A GUERRA DOURADA

GABRIEL F. VIEIRA

A GUERRA DOURADA

MANCHAS DE HERESIA

LIVRO 1

plus+ editora

DIREÇÃO EDITORIAL
Giovanna Vaccaro

PRODUÇÃO EDITORIAL
Jadna Alana

PRODUÇÃO GRÁFICA
Giovanna Vaccaro

PREPARAÇÃO
Lucy Santos

REVISÃO
Rogério Mazzetto
Jadna Alana

CAPA
Henrique Morais

DIAGRAMAÇÃO
Michael Vasconcelos

DADOS INTERNACIONAIS DE CATALOGAÇÃO NA PUBLICAÇÃO (CIP)

Vieira, Gabriel F.
A guerra dourada / Gabriel F. Vieira. – 1ª edição – São Paulo: Coerência, 2020

ISBN: 978-85-5327-235-8

1. Ficção brasileira 2. Fantasia I. Título

CDD: 869.3

Grupo Editorial coerência
plus+ editora

São Paulo
Avenida Paulista, 326,
cj 84 - Bela Vista
São Paulo | SP – 01.310-902
www.editoracoerencia.com.br

Para minha filha, Ísis Gonçalves Vieira.

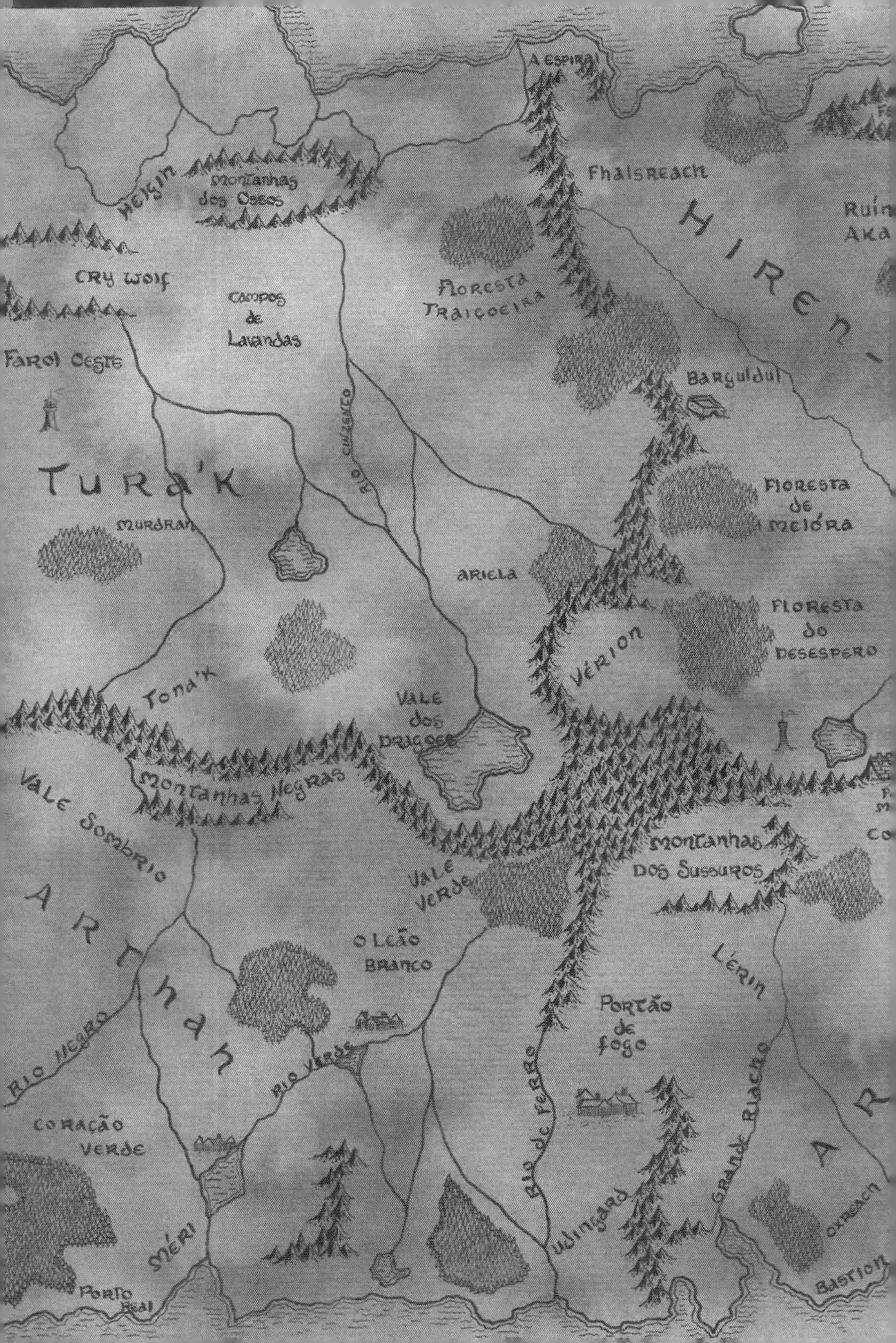
A Espiral
Fhalsreach
Montanhas dos Ossos
Cry Wolf
Campos de Lavandas
Floresta Traiçoeira
Farol Oeste
Barguldul
Rio Cinzento
Tura'k
Murdran
Floresta de Melóra
Ariela
Floresta do Desespero
Vérion
Tona'k
Vale dos Dragões
Montanhas Negras
Vale Sombrio
Montanhas dos Sussuros
Vale Verde
O Leão Branco
L'érin
Portão de Fogo
Rio Negro
Rio Verde
Rio de Ferro
Coração Verde
Grande Riacho
Méri
Udingard
Oxreach
Porto Real
Bastion

PRAIA
ILHA DOS HERÓIS
LIBELLEN
MONTANHAS BRANCAS
LÓREN
MAR DE ALDUIN
RIO LIBELLEN
RIO BRANCO
LAGOS GÉLIDOS
ACÁY
PRAIA BRANCA
PANTANO SILENCIOSO
L'OZAG
PORTO CINZENTO
BOSQUE SAGRADO
NÓRINON
N
O
L
S
ISTÍRIA
FORTE DO CARRASCO
PINE-FALLS
MONTANHAS CINZENTAS
PORTO CONGELADO
LICH
TERRAS DESOLADAS
ESSENIA
O LESTE
TULUFIN
FAROL SUL
MEIA LUZ
QUE OS VENTOS TE GUIEM

PARTE 1

1

SOMBRAS DO PASSADO

Deu-se início com Clavicus Mora, aquele que é chamado de Criador pelas mais distintas raças existentes no mundo, que, antes de moldar qualquer coisa, vagava pela imensidão do vazio. Criou, por fruto de seu pensamento, sete seres supremos, abaixo de seu poder celestial, e ficaram conhecidos também como os vedaín, os Divinos, aqueles que possuíam distintos atributos para moldarem o mundo à perfeição. O dom de um completava o de outro.

Mora veio diante dos Sete, e eles se curvaram diante de sua imagem. Mora levantou sua mão direita, enquanto a esquerda permanecia aconchegada em seu peito, tocando profundamente sua alma, e lhes disse:

— Faça-se do vazio estelar a conversão que ordeno!

Os Sete repetiram suas palavras seis vezes, pois, durante a sétima, Clavicus estendeu a mão esquerda para eles e, a partir dela, formou-se a terra. Após a conversão, Clavicus disse aos Sete que poderiam ir até a terra, agora nomeada Westonia, e a moldassem como desejassem. Foi assim que longas florestas e árvores solitárias cresceram, tal como montanhas; mares se formaram ao redor das ilhas de Westonia, e estrelas salpicaram o céu. As criaturas, as mais diversificadas possíveis, agradáveis a uns, horrendas a outros, também foram criadas. De forma inebriante, os mares que cercavam as terras abençoadas vazavam da borda do mundo e caíam, feito cachoeira na imensidão do vazio.

Embora moldada e bela, Westonia ainda permanecia engolida pela escuridão do vazio. Clavicus, então, tirou a maior estrela do céu e a ofereceu para Arkay, deus do fogo e justiça, o mais poderoso depois de Clavicus Mora. Arkay lançou um sopro quente sobre a estrela e a cobriu de fogo. Sua luz seria eterna e teria a tarefa de iluminar o mundo durante a metade de um dia. Maravilhado, Clavicus Mora a chamou de Sol e ele foi lançado aos céus de Westonia.

Para balancear o mundo – agora completamente iluminado –, foi confiada a Ýris, deusa da noite e das estrelas, a tarefa de criar, a partir de sua sabedoria, o astro que cobriria parte da luz do Sol, porém, que não engolisse a região ofuscada na escuridão do vazio. Em sua estrela mais querida, ela soprou um ar gélido, tingindo-a de cor e frieza. Assim, deu-lhe o nome de Lua. O sopro de Ýris fez com que as noites de Westonia se tornassem luminosas. E, diferente de um céu escuro e quieto, contemplavam-se auroras boreais que dançavam sempre em horizontal, com diversas cores, em sua maioria roxo, azul, vermelho, verde e amarelo. A essência de Ýris perpetuava nos céus magníficos que agora Westonia possuía, e os outros seis, juntamente com Clavicus, saudaram-na contentes.

Durante séculos, Westonia progrediu, fazendo com que árvores nascessem, crescessem e fossem renascidas, tal como os animais. No entanto, em segredo, revoltava-se Azrael, deus da morte. O Divino obteve pensamentos solitários e obscuros ao ver que os outros vedaín tinham dons magníficos e contribuíam para a prosperidade do mundo, enquanto ele apenas levava as criaturas mortas de Westonia para seu devido lugar no Oblivion.

Havia, então, chegado a hora de despertar seres para habitarem e darem continuidade ao mundo que havia sido criado. Clavicus despertou ao paraíso guardiões de sua vontade e os chamou de anjos celestiais. Estes vestiam armaduras de diamante e tinham asas douradas, tão reluzentes quanto ouro puro. Iam e vinham quando seus senhores ordenavam e seu trabalho era proteger e cuidar do Palácio Vitorioso; paraíso, lar dos deuses, terra dos imortais.

Ora, Clavicus Mora converteu do ar, que agarrava em sua mão, um grandioso trovão, que foi repartido entre todos os Divinos. Estes depositaram sua essência e amor, e, enfim, lançados a Westonia, deram vida aos povos que até então não existiam e que ficaram conhecidos como "Os Primeiros Filhos".

•

— Esse livro é chato, James! Não tem outro? — perguntou um garoto, entediado.

— Qual é! Este livro é incrível! *Os Sussurros do Passado* é o livro mais famoso de Timmóteo Eul, e conta a história da criação do mundo. Como vocês não conseguem se interessar? — replicou James.

— Não sei vocês, mas eu me sinto em uma aula chata, como as que tem nos orfanatos de Lóren — zombou uma garota, e seus amigos riram.

— Meu pai não acredita nessa besteira de criação do mundo, ou nesse Clavicus Mora. Ele conta que é apenas história antiga dos religiosos, criada há milhares de anos — mencionou outro garoto.

— Seu pai é chato, Rony! — irritou-se James.

— Não tão chato quanto alguém que conta histórias entediantes na roda da união!

Todos os amigos de James riram, sentados em troncos de madeira, formando um círculo.

Simples, humilde e tímido. Esse era James, um garoto de dez anos de idade. Sua curiosidade era maior que sua timidez, e ele sonhava em se aventurar em lugares onde nunca havia ido; onde poderia achar que seus olhos o estariam enganando, não acreditando, assim, na verdade que o mundo tinha a oferecer. O cabelo liso era de um preto-azulado como a noite, chegando até o pescoço e alcançando a pele branca como leite.

Era o único dentre seus amigos que se interessava por mitos e histórias antigas. Havia adquirido todos os livros de Timmóteo Eul, grande escritor e mensageiro dos deuses, habitante do leste de Essenia, a maior ilha de Westonia.

O garoto era solitário e carente, pois não conhecera seus pais e por isso tinha certa dificuldade em adquirir afeto pelas pessoas, exceto por uma, Odd, o lenhador. Cabelos castanhos um pouco grisalhos e uma barba engraçada em tranças, esse era Odd. Havia encontrado James ainda bebê, na beira do Rio Libellen, onde pescava todos os dias. Ele o pegara e o criara como se fosse seu próprio filho, pois, ainda que solitário, Odd partilhava da companhia de sua humildade e de seu bom coração. Mesmo sabendo que não era seu filho, Odd sempre o mencionava como tal.

James vivia uma vida serena e tranquila, em um chalé aconchegante de madeira, próximo do vilarejo Toca do Coelho, aonde ia todos os dias para brincar com seus colegas. Era um lugar verde e cheio de vida, onde lindas casas feitas de madeira com teto de palha haviam sido construídas, e lareiras que aqueciam o coração em noites frias eram sempre encontradas nas salas de estar.

Pássaros cantavam durante o nascer do sol, e o som que as árvores e o lago proporcionavam quando o vento soprava em direção ao norte trazia o sentimento de renovação. Amava os bosques e campos que havia por perto, banhava-se em lagos frios, apanhava frutas dos pés e corria contra a brisa, pois amava a sensação do vento batendo em seu rosto, por mais gelado que fosse.

Seus colegas saíram rindo, zombando de James, e o deixaram sozinho, próximo à fogueira que haviam acendido. O garoto, então, apagou o fogo e caminhou para casa, já tarde da noite. Da Toca do Coelho até a cabana de Odd não era muito longe e no caminho havia luminárias na beira da estrada, pregadas ao chão, feitas de madeira. Ao chegar à casa, encontrou Odd pondo o jantar na mesa. Havia preparado seu prato predileto, um delicioso frango assado com batatas.

— Chegou bem na hora, hein? — disse Odd a James, contente em vê-lo. — Achei que teria de devorar esse frango sozinho.

— Que sorte a minha, pai. Esse frango parece delicioso.

Sentou-se à mesa, lambendo os lábios, com água na boca.

— E eu já te decepcionei alguma vez no jantar? Não só parece, como *está* delicioso! — gabou-se.

Os dois sorriram e jantaram, contentes e felizes. O dia de James podia ter sido terrível e melancólico pela falta de consideração que seus colegas tinham por ele, mas, sempre quando chegava em casa, encontrava paz e felicidade. Odd transmitia aqueles sentimentos a James, fosse pela comida caprichada ou apenas por estar presente em sua vida e se importar com ele. James amava Odd em todos os aspectos.

Após o jantar, o menino foi para a cama, onde Odd sempre contava uma história para dormir ou apenas narrava suas aventuras pelo mundo afora, antes de se tornar um lenhador. Graças a Odd, James pegara amor por histórias e lendas, pois ele sempre contava as que sabia. Eram histórias de todo o tipo: sobre guerras e criaturas fantásticas que haviam desaparecido do mundo há milhares de anos, como os dragões. Mas, acima de tudo, James sempre gostava de um bom conto.

Conhecia contos dos quatro continentes do leste e nunca enjoava de nenhum. Sempre estava disposto a aprender algo novo, era inteligente e esperto.

James pegou no sono rapidamente, antes mesmo de Odd terminar sua história, mas o homem acabou dormindo logo após. O que James não sabia, no entanto, era que depois daquela noite tudo seria diferente.

•

Ao acordar na madrugada em meio a fumaça e fogo, James não compreendeu o que estava acontecendo. Sua casa estava em chamas. Levantou-se desesperadamente, gritando por seu pai, mas não o encontrava. As chamas já haviam entrado em seu quarto, e, graças a um rompimento na parede pelo fogo ardente, James conseguiu sair do quarto. Fitou a estante de livros completamente destruída e as páginas se tornando pó. No entanto, não havia tempo para lamentar, pois sua dor foi tomada por gemidos vindos de fora de casa. Ele logo correu para ver, queimando um pouco seus pés e braços no percurso. Deparou-se com uma cena que partiu seu coração. Odd estava ao chão, arquejando de dor com uma estaca de madeira enfiada em seu estômago.

Sem saber o que fazer, James se aproximou do seu pai com lágrimas nos olhos, perguntando o que estava acontecendo e implorando para que ele não o deixasse.

— Meu filho, não se preocupe, já estou esperando por esse dia há muito tempo — contou Odd, já conformado. — Você não é um garoto qualquer. Essa marca que tem em seu braço... ela é especial, James. Não se esqueça disso. Argh...

— Eu não entendo... deve ter algo que eu possa fazer para salvá-lo, pai! Não me deixe! — James implorou, chorando amargamente.

— Escute-me, garoto. Ele está aqui e procura por você... Ele descobriu como fazer e não desistirá até conseguir.

— Ele quem? Conseguir o quê? — berrou, em prantos.

— Você precisa correr. Corra o mais rápido possível pela trilha do caçador, ao norte. Se tiver dúvidas, olhe as placas de madeira nas encruzilhadas, mas não pare até chegar a Lóren. Lá, deverá encontrar alguém que acredite em você. Diga... diga que Malogh retornou.

— Isso não pode ser possível, não pode! — urrou, fazendo com que os corvos no topo das árvores deixassem seus galhos e voassem para longe.

Em lágrimas, observou seu lar ser destruído. E viu, em meio às labaredas do fogo ardente, uma figura aterrorizante. Uma sombra negra em forma humana, vestindo uma armadura de ébano, escura como a noite, exalando fumaça e escuridão de suas entranhas. Segurava uma espada coberta de sombra e desespero. Era ele. Malogh. O inimigo mortal do continente de Hiren-gaal. Conhecido pelos povos de Essenia como Lorde das Cinzas, de origem incerta. Tinha vindo ao mundo durante a metade da primeira era, com o objetivo de corromper os povos do império à sua imagem, aumentando seu exército e assim buscando superar o poder dos Divinos.

Hiren-gaal não recebera ajuda dos reinos vizinhos durante a primeira era, pois acreditavam que além das montanhas da fronteira não deveriam se intrometer. Malogh convocara em Essenia o seu exército, que pouco a pouco corrompera os povos do continente a se unir a ele. Longo, o Lorde das Cinzas causara tormento e grande fora sua astúcia sobre Hiren-gaal. Sua tirania durara por cerca de quinhentos anos, até a grande marcha da Aliança, facção composta pelos sete reinos de Hiren-gaal. Graças a Findrath, o Destemido, que desferira um golpe final em Malogh, Hiren-gaal fora liberta da escuridão.

Derrotado e sem poderes, Malogh fora acorrentado e lançado nas Terras Corrompidas, ilhas onde nem mesmo os mais corajosos ousavam velejar. Terra abominada e amaldiçoada pelos Divinos. Malogh fora esquecido. Contudo, Timmóteo Eul havia proferido em seus dias de glória sobre a profecia de *Héstia e a Guerra Dourada*, onde Malogh encontraria uma maneira de escapar de sua prisão e retornaria à Hiren-gaal, buscando vingança.

— Você... não pode se esconder... da escuridão... — Sua voz ecoou em forma de sussurros e fortes suspiros.

— Vá! — ordenou Odd, empurrando o garoto com o que havia restado de sua força.

James então correu como se não houvesse amanhã, enquanto Odd se levantava lentamente, com seu machado de lenhador em punho. Ele confrontou Malogh com nada mais que sua honra como aventureiro de outrora, já sabendo que a única coisa que conseguiria em tal batalha seria a chance de James escapar. Correndo sem olhar para trás, ouviu um terrível grito de dor vindo de Odd, e, naquele momento, James sentiu que sua vida deixou de fazer sentido, pois a única pessoa que ele tinha, e que o amava, havia deixado aquele mundo.

2

A JORNADA E SUAS CONSEQUÊNCIAS

Raiou o sol no horizonte, dando os primeiros filetes de luz ao novo dia. Andando sem possuir mais fôlego ou energia, James caiu de joelhos no topo de uma colina, cabisbaixo. Quando ergueu sua cabeça, contemplou uma belíssima cidade, tão grandiosa que o deixou boquiaberto. Lóren, a capital de Hiren-gaal. Bandeiras azuis com a estampa de uma grande e bela coroa dourada ao centro, ostentavam os enormes muros rochosos e mostravam, a quem quer que as visse, que ali residia o rei supremo de Hiren-gaal.

James se sentia cansado e faminto, pois havia passado a noite inteira andando até encontrar Lóren. Lembrou-se, então, das tortas de framboesa que Odd fazia e sentiu um aperto em seu peito. Sentia-se seguro à medida que se aproximava da grande cidade, porque bela e convidativa era Lóren, com seus maravilhosos rios vivos contornando a cidade e seguindo ao sul, onde formava uma cachoeira encantadora. Adentrou na cidade, direcionando seu olhar a todos os cantos, traumatizado com a figura aterrorizante que tinha visto na noite anterior. Embora aliviado por ser acolhido numa cidade segura, era consumido pela lembrança ruim da noite passada. James começou a chamar a atenção dos guardas, dizendo-lhes sobre o retorno de Malogh, sobre a aparição próximo à Toca do Coelho e a destruição que havia causado. No entanto, todos o ignoraram.

Caminhando pelas ruas da cidade, avistou a estalagem A Lebre e o Leão, a maior e mais famosa estalagem da província. Achou que lá poderia conseguir comida ou uma cama para descansar, ou quem sabe até alguém que acreditasse nele.

Belo e indispensável, o estabelecimento era o tipo de hospedaria que todo viajante deveria visitar se passasse por Lóren. Espaçoso, aconchegante e com seus acabamentos em madeira, o ambiente era agradável a qualquer um que o visitasse. As mesas ficavam nos cantos das paredes, e diversos lustres com velas iluminavam o ambiente. Em Essenia, era comum todas as boas estalagens e hospedarias terem uma grandiosa fogueira ao centro do primeiro piso. Não era diferente com A Lebre e o Leão, que tinha uma alta fogueira, na qual os mais corajosos aventureiros contavam suas histórias. Em toda hospedaria havia um músico, fosse de harpa, flauta ou alaúde. Eram chamados de bardos, e traziam conforto e ânimo para os viajantes com suas canções, cobrando apenas três hires por cada uma.

Cheia e barulhenta, a estalagem assustava o pobre garoto, já que não tinha ninguém para acompanhá-lo ou defendê-lo.

— Posso ajudar, menino? — indagou Todd, atrás de um balcão, inclinando-se para a frente a fim de enxergar James.

— Eu preciso de comida e de um lugar para dormir — respondeu, entristecido e esperançoso.

— Mas é claro! Você pode ter tudo isso, se pagar, é claro. Você tem hires?

— Hum... não...

— Então não posso te ajudar, garoto. Nós não trabalhamos de graça.

Todd virou seu rosto, desfazendo-se de James enquanto esfregava uma caneca com um pano úmido.

— Por favor, senhor. Precisa me ajudar; minha casa pegou fogo e Malogh retornou. Meu pai foi morto por ele, você tem de acreditar em mim! — esbravejou, fazendo com que todos parassem o que estavam fazendo e começassem a encará-lo, cochichando entre si.

— Já chega, garoto! Histórias tristes e lendas não irão fazer você conseguir algo aqui.

Todd o puxou pelo braço, expulsando-o de sua estalagem.

Obrigado a fazer do chão sua cama, James se deitou próximo a barris de lixo, ao lado da estalagem. Acordou pelo anoitecer, com leves trotes de cavalo, o que o deixou assustado mais uma vez. Levantou-se cuidadosamente para não fazer barulho e espiou no canto da estalagem. Viu um homem a cavalo, vestindo um manto preto velho. O capuz cobria seu rosto, escondendo sua aparência, deixando à mostra somente a barba feita. Seu cavalo era escuro como a sombra e havia bagagem em suas laterais traseiras; sacos de dormir, bolsas de água e vegetais.

O homem misterioso desceu de seu cavalo, amarrando-o em um pilar de madeira na sacada da estalagem. Ele carregava uma espada embainhada e vestia botas longas, certamente era um cavaleiro, ou mercenário. Olhou para os dois lados e adentrou no recinto. James, com fome, correu até o cavalo, procurando por comida. Foi quando encontrou cenouras e frutas do vale. O garoto olhou para a porta do recinto e, vendo que não havia ninguém, começou a comer com grande gula.

Não satisfeito, James continuou a fuçar na bagagem do homem até encontrar uma bolsa de água, fartando-se dela.

– O que significa isso? – Uma voz veio por trás.

Engasgado pelo susto, James derrubou a bolsa de água no chão e começou a tossir.

– Perdoe-me, senhor, eu não queria... eu não sou ladrão! Eu só... eu só estava muito faminto. Não faça nada comigo, eu imploro.

– Não deveria estar na rua a essa hora da noite. Vá para casa.

Ele pegou no braço do garoto e avistou a marca que James tinha.

– Não tenho casa, ela... ah, que diferença faz, você não vai acreditar – concluiu, desapontado.

O homem misterioso tirou o capuz, revelando-se. Os olhos e o cabelo médio eram castanhos, os traços de seu rosto eram finos e delicados. Parecia ser um rapaz reservado, porém não muito jovem.

– Chamo-me Vincent. Como você se chama, garoto?

– James, senhor.

– Bom, James, acamparei não muito longe de Lóren, pois gosto de ver as estrelas. Você gostaria de me acompanhar? Lá, poderá me contar as coisas que aconteceram a você.

— Eu não sei se devo... estou confuso...

— Você está faminto e não tem casa, o que poderia ser pior que isso?

— Tem razão...

Sentiu-se bobo.

Vincent montou em seu cavalo, Shadow, e estendeu a mão para James, que subiu em seguida. Partiram de Lóren para as colinas ao norte, onde se tinha uma bela vista do vasto continente a leste. Quando chegaram, o homem colocou dois sacos de dormir sobre a grama e acendeu uma fogueira. Vincent olhou para James e viu o garoto sentado, admirando a cidade de longe, iluminada pelas milhares de tochas acesas.

— James, o que aconteceu com você?

O menino se aproximou da fogueira e contou a Vincent sobre sua vida, sobre a triste história de não conhecer os pais e ter sido criado por um lenhador, que morava em uma cabana retirada do vilarejo. Contou-lhe sobre a noite anterior, a mensagem que Odd havia lhe passado e sobre o Lorde das Cinzas.

— Acredita em mim, Vincent? Mesmo sem me conhecer?

— Acredito, sim. Este dia já estava escrito. No entanto, os outros não serão facilmente convencidos de que o inimigo retornou.

— Os outros? — inquiriu James, curioso.

— Sim. Os grandes reis de Hiren-gaal. Acha que derrotaremos o inimigo sozinhos? — Sorriu, mas logo ficou sério. — Só uma pessoa pode derrotá-lo, como é dito na profecia.

— A profecia de Timmóteo Eul conta sobre Fendrel, o rei arcanjo.

— Exatamente, não importa o que façamos, é Fendrel quem dará o último golpe em Malogh.

— Odd disse para contar a quem acreditasse. Agora não sei mais o que devo fazer. Sinto que minha missão terminou.

— Sua missão está apenas começando, James. Essa marca em seu braço é muito mais preciosa do que imagina — comentou enquanto preparava um ensopado com batatas e cenouras.

— O que ela representa? Ninguém sabe o que é. Pelo menos, nunca me disseram...

— Deve descobrir por si só, James.

— Vincent, contei tudo sobre mim, sobre minha vida. Conte-me sobre você, tem família?

Vincent hesitou por um instante.

— Não, eu... não tenho.

— O que houve? Quer desabafar?

O garoto queria ajudar.

— Está no passado, James. Vamos comer.

A impressão que James teve do cavaleiro era de completo mistério. Vincent escondia algo em seu coração, algo que tinha ocorrido no passado e não gostaria de desenterrar por qualquer motivo que fosse. A negativa de Vincent em contar sobre sua vida e família fez com que James se interessasse ainda mais pelo cavaleiro. James queria descobrir o que tinha acontecido com ele.

Depois de longos minutos conversando sobre diversos assuntos, os dois decidiram que era hora de dormir. James foi o primeiro a pegar no sono, enquanto Vincent fitava as estrelas. Repentinamente, o homem teve *flashbacks* sobre dias perturbadores que havia passado, sobre o bater das espadas enfurecidas. O sofrimento que conhecera e que o acompanhava desde então assombrava sua vida. Ele balançou a cabeça, mandando as lembranças para longe. Enfim, dormiu.

Um novo dia surgiu, os pássaros cantavam, coelhos pulavam pela bela campina e os altos pinheiros balançavam levemente com o soprar do vento frio da manhã. James se levantou esticando as mãos para cima, com o punho fechado enquanto bocejava, espreguiçando-se.

— Dormir tarde e acordar cedo, esse é o espírito da vida adulta, James — Vincent comentou com uma gargalhada contida, olhando para James, deitado com o cotovelo apoiado na grama.

— Eu nunca consigo dormir demais; sempre foi assim.

— Está com fome?

— Estou, sim.

— Já caçou alguma coisa antes?

— Eu já pesquei, conta?

Vincent se levantou e buscou um arco, que estava preso em seu cavalo.

— Não, não conta!

Ele sorriu, entregando o arco ao garoto.

— Está falando sério? Mas eu nunca usei um arco e flecha na vida!

— Tudo tem uma primeira vez.

Vincent levou o garoto para um bosque próximo, que era repleto de animais inofensivos. Ensinou-o a sentir a presença de qualquer outro ser vivo, como agir sem fazer ruído e como manejar um arco. Vincent era um cavaleiro e sabia disparar flechas corretamente, mas nada se comparava à sua habilidade física em combate com espada, que ainda não havia apresentado a James. E lá estava o garoto com o arco apontado para um veado que saciava sua sede em um riacho. Sua mira estava na costela do animal e seu corpo duro feito pedra. Com o auxílio de Vincent, disparou.

— Muito bom, James. Você acertou em cheio na costela. Vá, vá pegar seu prêmio.

Vincent sorria, orgulhoso.

James não sabia o que sentia naquele momento, nunca havia matado nada antes e, matar um animal, na opinião dele, era um fardo bem maior do que matar um ser humano. Ficou feliz, pois era capaz de usar um arco corretamente; mas também triste, já que tirara a vida de um ser indefeso. Levaram o animal até o acampamento, onde Vincent cortou a caça em partes para grelhar na fogueira.

— Eu conheço esse olhar, essa expressão... Você nunca havia matado nada antes, não é mesmo?

— Tenho apenas dez anos! Ele não merecia morrer — comentou, pesaroso.

— Este mundo é complicado. Fazemos coisas das quais nos arrependemos, mas eu acredito que tudo acontece por um motivo. Tudo é uma lição. Às vezes temos de passar pelo mais difícil para entender como a vida realmente é — aconselhou Vincent.

James sentia orgulho de si, mas ao mesmo tempo sentia medo; medo por não saber se o mundo era de fato o que ele sempre havia sonhado conhecer. A dubiedade de sentimentos assolava o garoto. Vincent contou sobre suas aventuras em Hiren-gaal e situações em que tivera de tomar decisões difíceis. Entretanto, sempre fazia o que achava certo. O homem dizia que "tudo o que você fizer, há de retornar".

As tiras de carne estavam no ponto, e os dois companheiros se serviram e encheram a barriga vazia. James passava a língua nos beiços de um lado para o outro, enquanto Vincent chupava os dedos.

— Devemos ir até Acáy, a cidade dos anjos, e alertar o rei Fendrel sobre tudo. Será mais fácil de convencê-lo, já que seu pai foi o responsável por derrotar Malogh uma vez. — Vincent montou em seu cavalo. — Isso não é apenas um jogo de gato e rato, meu garoto. Não posso esconder você para sempre de Malogh; ele fará de tudo para te encontrar, pois você é a chave de tudo isso.

— Como posso ser a chave de uma tarefa tão difícil, se nem sei do que sou capaz?

— Na hora certa, você descobrirá do que é capaz e o que deve fazer. James, não estou te obrigando a vir comigo, você é livre para ir aonde quiser. No entanto, não importa aonde for, se estiver sozinho, ele o encontrará. Ao meu lado, podemos enganá-lo. Você pode contribuir grandemente para a profecia se cumprir, mas a jornada terá suas consequências. O que me diz?

Assim que terminou de falar, estendeu a mão para o garoto.

James olhou ao seu redor, a dúvida e o medo rondavam sua mente. O garoto observou o belo horizonte, os campos verdes e lagos azuis. Fechou os olhos e suspirou profundamente, então os abriu, fixando seu olhar em Vincent, franzindo a testa.

— Então que a jornada comece! — afirmou, agarrando o antebraço de Vincent e montando em Shadow.

Os viajantes seguiram pela Estrada da Turbulência, caminho mais rápido entre Lóren a Acáy. Eram belos os campos e bosques que eles atravessavam. James ficou boquiaberto em ver a imensidão do mundo e sua perfeição, pois jamais havia saído da Toca do Coelho. O sol brilhava forte ao meio-dia. Vincent se sentia mais vivo a cada cavalgada para o leste, porém também sentia temor e preocupação sobre o futuro. Sabia o que aconteceria nos próximos dias e que não seria fácil. Enquanto cavalgavam, o homem sentiu em seu peito uma forte dor, que o fez resmungar por um momento, com expressão de tortura em seu rosto.

— Que há, Vincent? — perguntou James, virando-se para o cavaleiro.

— Não é nada.

Ele apertou o peito, e James se voltou para a frente mais uma vez.

Pararam em um lago próximo, pois Shadow estava com sede e a viagem até Acáy duraria três dias. James se sentou à beira do lago e pôs os pés dentro da água, balançando-os. Sentiu então a companhia de diversas carpas em seus pés, peixes adoráveis que habitavam os lagos do continente de Hiren-gaal.

— Essa sensação é maravilhosa, olha só o carinho dos peixes — comentou James, alegremente.

— Tome cuidado, nunca se sabe onde a fera do mar está escondida — alertou Vincent.

— Do que está falando?

— Da aberração de Absalom. Ele, um dos príncipes das trevas, é o domador dos mares e da fera que o acompanha. Conta a lenda que a fera possui corpo de homem e, no lugar de suas pernas, uma serpente de cinco cabeças. Ele vive nas profundezas do mar de Alduin, deus do mar e dos ventos, e destrói barcos que velejam em seus mares. Para uns é apenas mito; para outros é o pesadelo encarnado. O mito cresce em Hiren-gaal, pelo motivo de sua fortaleza amaldiçoada, Nórinon, ser localizada próximo de nosso continente.

— Não tente me assustar, Vincent. É claro que essa tal fera não está aqui embaixo. Se é mesmo como descreve, ela nem caberia neste lago.

— Tem razão, é esperto demais para sua idade, não? — disse com um sorriso.

— Sou, sim, senhor.

Vincent deu uma respirada e admirou o lago.

— Dizem que os lagos de Acáy são tão cristalinos que te purificam de seus pecados mais profundos. Ah, os lagos gélidos! Aquele lugar sempre será magnífico.

— Já visitou muitas vezes?

— Apenas quando pequei demais. — Fechou os olhos por um instante e em seguida os abriu. — Já visitei mais vezes do que posso contar.

Entristecido por seu companheiro, James se levantou da beirada em que estava sentado, caminhou até Shadow e acariciou os pelos negros reluzentes.

— Nada me restou, Vincent, e você me acolheu quando ninguém o fez. No fim das contas, sabe que é um bom homem por isso, não sabe?

— Sem tempo a perder, meu caro. Sem tempo a perder... — Foi a resposta do entristecido cavaleiro solitário com os olhos cheios de lágrimas.

A vida de Vincent era conturbada, além do sofrimento que carregava eternamente consigo, não possuía um lar. Ora estava em um canto, ora estava em outro. Passava as noites em hospedarias ou acampando pelos prados e montanhas de Hiren-gaal. Por mais que tivesse fortes e leais amigos, inclusive na corte real, Vincent tinha escolhido o orgulho e por isso se mantinha distante.

Após um dia de cavalgada, decidiram acampar na brecha de uma montanha próxima, onde fizeram uma fogueira. Haviam acabado de atravessar o Rio Branco, divisão entre as províncias de Lóren e Acáy. Começara a nevar, e o clima se tornara mais frio e ventoso. Vincent vestiu o manto reserva e rasgou parte dele para James. Ora, enquanto descansavam, ele cutucou o garoto, fazendo-o olhar o belo céu de Ýris, no qual maravilhosas e encantadoras auroras boreais dançavam com as estrelas reluzentes, cores verdejantes e azuladas.

— "Observe os céus, viajante" — dizia Vincent. Era uma frase que os aventureiros sempre repetiam uns aos outros.

— O céu daqui é lindo... Vincent, qual sua crença?

— Do que está falando, James? — indagou o cavaleiro.

— Bem, há algumas crenças em Westonia, mas nunca tive a oportunidade de conhecer alguém distante para perguntar sobre isso.

— Você é um garoto muito esperto para a sua idade. Qual é a sua crença? — contrariou James, fugindo da resposta.

— Bem, creio na religião dos Seis e o Um.

— Muito interessante, muitas pessoas acreditam nos vedaín. É a crença mais comum de Westonia. Nos primeiros anos da primeira era, quando os povos já habitavam Essenia, Azrael se sentiu humilhado de tamanha forma por seus irmãos, os Divinos, que acabou por se rebelar contra eles.

Por sua traição, os seus poderes foram retirados e ele foi expulso do Palácio Vitorioso, sendo obrigado a viver a eternidade na terra, em um corpo podre e amaldiçoado. Não se teve notícias de Azrael e ele não se apresentou para nenhum dos povos. A partir daí, sua existência se tornou mito.

"Então, o que antes, como dito por Timmóteo, mensageiro dos deuses, era conhecido como os Sete Divinos, tornou-se apenas os Seis Divinos. Uma era depois, houve um acontecimento marcante e histórico no oeste de Essenia, lugar onde reinam os homens de Orjüun, e os elfos de Hältiat. Ragnar, príncipe real e filho do imperador de Orjüun, juntamente com seu exército, conquistou todos os reinos do oeste para seu pai, somando assim vinte reinos. Sua força e determinação era inigualável, tal como sua honra. Havia unificado ambos os continentes a servirem à família Falk, seu sangue. A época ficou conhecida como o Segundo Império, que vigorou por aproximadamente duzentos anos.

"Os reis daquela época estavam morrendo, tal como seu pai, que passou a coroa de imperador para Ragnar. A desconfiança de que Ragnar talvez tivesse a vida eterna se tornou parte do falatório, pois há muito governava e há muito mantinha o império a seu favor. Isso durou até a vinda do grandioso Olaff Caolho, o elfo cinzento de Hältiat, que assassinou Ragnar Falk, pois não concordava com as leis do Segundo Império, libertando assim Hältiat de seus serviços.

"Por fim, Ragnar, querido por muitos reinos, havia sido derrotado. Em seu funeral, muitos foram os que compareceram e o contemplaram. Enquanto rezavam por sua alma diante das estátuas dos seis grandiosos Divinos, Ragnar apareceu em espírito, com tamanho elevado e fortes luzes o acompanhando. Ele vestia uma armadura acolchoada e uma capa larga, que cobria seus ombros e braços. O elmo semiaberto estava em sua cabeça e ele saudou todos aqueles que haviam presenciado seu sepultamento.

"Após isso, todos o reverenciaram como o deus da guerra e governo, uma vez que em vida havia conquistado mais reinos que qualquer outro ser e tinha feito leis incríveis e únicas para seu reinado durante o Segundo Império. Ragnar foi mundialmente conhecido como o humano que ascendeu ao divino, mais tarde reconhecido até mesmo por Timmóteo Eul, a leste, que ouviu o rumor pelas próprias divindades. Ragnar se tornou parte dos vedaín e por isso o panteão passou a ser chamado de Os Seis e o Um."

— Ragnar deve ter sido incrível em vida.

— Sim, James. Seus feitos são lembrados até hoje. É claro, alguns não acreditam. Como os elfos cinzentos, a oeste. Justamente por Olaff Caolho ter sido aquele que assassinou Ragnar. Sua raça não acredita que o imperador tenha se tornado um deus e julgam ser superiores, por causa do ato de Olaff. Os elfos cinzentos acreditam nos vedaín como apenas os Seis.

— Que confusão. Essa história toda me deu sono... — disse o garoto, coçando os olhos.

— Sim, deu em mim também. — Sorriu. — Vamos dormir, pois amanhã será um dia longo, muito longo.

3

O REI ARCANJO

Grandioso era o portão da igreja. Pesado, feito de madeira refinada e camadas de ferro, fazia um barulho que lembrava calabouços antigos quando se abriam. Três soldados entraram seguindo um rapaz jovem. Usavam armaduras de prata e seus elmos possuíam asas de anjo em cada lateral. Caminharam em direção à segunda fileira de bancos da igreja, do lado esquerdo, onde o único presente no local se encontrava com olhos fechados e mãos entrelaçadas apoiadas no banco à sua frente.

— Senhor, nossa província está mais fria que o comum. Saímos para caçar e encontramos animais mortos pelo caminho. Se assim continuar, creio que teremos de comercializar com as províncias vizinhas — informou o jovem responsável pelos três soldados que o seguiam.

Ele abriu os olhos, apoiando as mãos em seus joelhos, levantando-se.

— Presumo que os deuses estejam furiosos com algo, meu irmão. O que encontraram nas colinas?

— Quatro cervos e sete coelhos, meu senhor. Serviram de alimento, mas creio que não chegaremos sempre a tempo, outras feras carnívoras hão de caçar também e são mais velozes que nossos homens.

— Se for preciso, você tem a liberdade de usar as asas para caçar e se defender de outras feras, se elas assim apresentarem algum mal a você e a seus homens, Arafel.

— Meu senhor. — Fez uma reverência e saiu da igreja junto de seus homens, deixando o primeiro sozinho mais uma vez.

A igreja voltou a ficar fria e silenciosa. As grandes janelas verticais a deixava bem iluminada pelo brilho do sol e os bancos compridos de madeira não tinham poeira. Havia quatro degraus para o altar e, em cima dele, as sete estátuas dos Divinos. No entanto, uma delas estava comprometida, com o rosto destruído.

Era Azrael.

•

Ora, quando Clavicus Mora havia abençoado os Sete com distintos poderes, Azrael recebera o título de Senhor da Morte e tinha como objetivo levar aqueles cuja hora havia chegado para o Oblivion, lugar de tortura eterna. Azrael, ingrato e envergonhado perante os Seis, que haviam recebido dons grandiosos e maravilhosos, sentira grande inveja, que lhe causava uma amargura sem fim. Assim, viera à tona sua vontade de se tornar maior que seus irmãos, de forma desonesta e infame e, enfim, houve o que todos sabem.

Contava-se que os primeiros seres a despertarem em Essenia foram os anjos. Eram os primogênitos dos deuses, sob ordem do grande Criador. Há 3.500 anos, haviam construído primeiro a sagrada igreja, antes mesmo de levantar qualquer muralha ou parede de Acáy. Assim, fizeram-na para adorarem aos deuses e receberem suas riquezas, porque acreditavam fielmente neles. Os anjos despertaram sem veste alguma, apenas com as asas. Não sentiam o impacto do frio, nem poderiam morrer por ele, já que era a temperatura em que nasceram para governar.

Os deuses não portavam moedas de hires ou material algum. Para eles, a verdadeira riqueza era a paz, o amor, a harmonia e a lealdade. Com os atributos dados pelos deuses aos primogênitos, foram levantados pela força de vontade e, com ela, criaram a segunda maior cidade do continente, chegando a ter caminhos por baixo e por cima de montanhas, até o Altar Sagrado, que se localizava fora do castelo de Acáy. Os anjos foram guiados pela angelical Valindra, primeira a despertar.

À Valindra fora dada a bênção para despertar outra parte dos anjos, semeados pelo Criador aos pés das Montanhas Brancas, ao norte de

Acáy. Entre eles, estava o mais hábil e respeitado dentre todos; suas asas eram também as maiores e mais brancas que a neve em que pisavam. Era Findrath. Valindra o abençoara e o nomeara senhor de Acáy, a quem todos os outros anjos seguiriam.

O tempo se passou e a cidade prosperava cada vez mais. Mesmo que Valindra tivesse feito seu papel, fora sussurrada a ela uma tarefa maior, que ecoara pelos mares e pelas montanhas nevadas. Dizia:

Saístes muito bem em tuas tarefas. Porém, há mais uma coisa que deves fazer. O mal habita em terras próximas a estas e há de se revelar em breve. Todos os povos devem se defender das criaturas que o inimigo trouxer consigo. Para o rei arcanjo, uma lâmina divina deverá ser forjada e esta deverá ser mais poderosa que qualquer outra já feita até então. Assim, o teu coração há de entregar à lâmina, fazendo-a conter tua essência, provendo vida eterna aos anjos enquanto a lâmina existir neste mundo.

Valindra, com sua fé elevada às alturas, não hesitara quando recebera tal incumbência. Arkay, em um estalo de dedos, tinha criado uma forja celestial no centro da igreja de Acáy e convocara o ferreiro dos anjos, Folk, para auxiliar na criação da arma. De Valindra, fora tirado o próprio coração, que fora condensado junto à prata abençoada pelos deuses. Sua criação durara um dia e uma noite, e, no começo do segundo dia, o trabalho fora concluído. Ela fora conclamada, em voz forte e superior, à criação da arma, e tirada do altar por Findrath, diante de todos os anjos despertados na campina e aos pés das Montanhas Brancas.

Houve grandiosa comemoração por Findrath. Acáy estava grandemente povoada. No topo da mais alta montanha daquela região, Halani despertara, criada a partir da estrela mais bela de Ýris. Halani se casara com Findrath e concebera três filhos: Fendrel, Arafel e Uriel.

Todos ficaram entristecidos por Valindra, e do pensamento do povo de Acáy seu nome não saíra. Vendo o desespero e tristeza de todos, fora despertada em uma pequena ilha no mar uma criatura que possuía seu espírito, era majestosa e tinha uma única tarefa: proteger Acáy, se em tormenta estivesse. No entanto, a criatura só poderia ser despertada por aquele escolhido pelo Criador. E lhe foi dado outro nome: Namíra, o dragão de gelo. O maior dos dragões que já havia pisado no leste de Essenia e sua sombra ao céu cobria grande parte da cidade de Acáy.

Todos celebraram os acontecimentos, e não havia motivo para tristeza, já que Valindra havia retornado em outra forma, e Findrath governara por mil anos. Malogh, que tinha uma vontade sombria de corromper todos os seres à sua imagem, fora a Essenia e batalhara contra Findrath, que o derrotara. A batalha havia ocorrido na província de Acáy e se estendera até dentro do castelo da cidade. Aqueles que tinham o corpo perfurado por alguma lâmina das cinzas, dada por Malogh a todos os seus servos, eram corrompidos e se tornavam escravos de sua vontade. O que os anjos sussurravam durante a ceia da pureza era que apenas uma espada poderia derrotá-lo: Tempestade de Gelo.

Ora, Findrath desarmara Malogh em um combate único e perfurara seu coração com a lâmina divina, enfraquecendo-o e o banindo para terras distantes, sem poder algum. Tal ação havia causado grande dano à lâmina. Os boatos eram de que, se Malogh um dia retornasse, apenas a lâmina sagrada seria capaz de derrotá-lo mais uma vez. Porém, tal ato causaria a destruição da arma, e, com ela, a vida eterna dos anjos. Assim, o reinado dos anjos findaria. Ora, durante o tempo em que Malogh ficara em Essenia, o Lorde das Cinzas havia forjado uma runa corrompida para si e nela aprisionara grande parte das criaturas majestosas de Hiren-gaal, uma vez que elas assassinavam seus servos. Malogh escondera a runa. Após sua derrota, ela permanecera perdida e assim persistira por 3.500 anos.

•

Ele caminhou para os portões da igreja, pisando no tapete vermelho com tranquilidade. Usava uma armadura de prata junto com vestes de couro e com pelos de urso como decoração. Ao sair da igreja e fechar os pesados portões, permaneceu paralisado. Fechou seus olhos azuis e sentiu o vento bater no rosto, fazendo com que seus lisos cabelos brancos balançassem com o vento. Era Fendrel, filho mais velho de Findrath e rei de Acáy desde o sumiço de seu pai no início da segunda era.

O rei caminhou pelas estradas de Acáy, e todos que o viam o reverenciavam. Em sua bainha, estava Tempestade de Gelo, lâmina criada por Valindra para a linhagem real dos anjos. Todas as armaduras dos anjos eram feitas de prata e, na parte de trás, havia duas grandes fendas em vertical para quando precisassem libertar as asas.

O mesmo ferreiro de Findrath era o de Fendrel. Folk, que perdera sua forja celestial após Arkay destruí-la quando criara a lâmina sagrada, trabalhava em sua bancada de criação na parte de trás do castelo de Acáy, na brecha de uma montanha, com escadaria decrescente.

A cidade de Acáy era tão bela quanto seu castelo. Era completamente branca, acabada em mármore e prata. Das montanhas onde a cidade se posicionava, desciam diversas cachoeiras, e suas águas eram ligadas ao mar através de uma correnteza que passava pela cidade. Em seus grandiosos muros, eram penduradas as bandeiras com o brasão de sua província — uma asa branca em lateral e um fundo preto — e bandeiras com o símbolo da Aliança — uma coroa dourada em um fundo azul.

Fendrel, nas horas vagas, sempre visitava o canto do ferreiro para vê-lo, pois era ele o anjo mais hábil dentre os outros para forjar seus equipamentos de batalha e proteção. Além do seu martelo de forja ser o melhor e mais belo dentre todos os outros a leste de Essenia. Ao adentrar ao castelo, após uma escadaria de vinte degraus até a entrada, Fendrel seguiu para a sala do trono: uma espaçosa sala com uma mesa de jantar imensa e retangular. Ao fundo, havia o trono dos anjos, feito completamente de gelo. Nenhum outro ser, nem mesmo anjo, sentava-se no trono de gelo, apenas a linhagem de Findrath.

Embora tivesse forte paixão pelo seu castelo e trono, Fendrel passava a maior parte do dia na igreja de Acáy. Todos os acayanos o respeitavam, tal como a seu compromisso para com os Divinos de orar sempre por dias bons.

O rei encontrou Uriel ao lado do trono, apoiando-se no encosto. Ela conversava com o velho Burton e outros dois orcs. Estes possuíam a estatura comum de humano e a pele variava do verde ao cinza-escuro. Tinham presas na arcada dentária inferior e orelhas um pouco pontudas. Nativos de Cliffside, província a oeste de Essenia, os orcs eram seres leais apenas a seu próprio império. Construíam a fortaleza de suas tribos aos pés ou em cima de grandiosas montanhas. Escavavam túneis e formavam minas para extrair minério. Embora fossem extremamente brutos e com força física superior à de todas as raças, os orcs eram seres inteligentes, amigáveis e encaravam a lealdade como sua maior relíquia.

Burton aparentava ser um velho homem. No entanto, carregava consigo uma espada mais pesada que si mesmo e que equivalia ao peso de três orcs. Era ele quem comandava a fortaleza dos orcs na Fenda Valiosa, nas montanhas da província de Fhalsreach. Vestia um manto comprido, esverdeado, e sua lâmina era conhecida como Castânica. Diziam que havia um encantamento negro em seu interior, sendo assim permitido a Burton capturar a alma daquele de que ele tirava a vida. Não se sabia ao certo como Burton conseguia segurar uma espada mais pesada que si mesmo, pois era algo que ele não revelava.

— Ora, minha senhora, sabe que não sou um velho de contar mentiras, não? — ele persuadia Uriel.

— Mas é claro que não. Ainda mais quando mente dizendo que é um velho, quando na verdade consegue carregar o peso de uma arca nas costas — ironizou Uriel.

— Apenas peço para que ajude os orcs na Fenda Valiosa, visto que os dias estão se tornando mais escuros naquele lado da terra.

— Por que não pede a ajuda dos homens ou dos elfos negros? Estão mais próximos da sua fortaleza.

— Homens? Elfos negros? O que são eles se não uma mente fraca e cheia de mentiras, fadados ao orgulho?

— Você e sua teimosia para com os anjos... verei o que posso fazer, meu amigo — concluiu, despedindo-se do velho.

Simpática e gentil era Uriel, que, diferente de seus irmãos, que tinham cabelos brancos como a neve, possuía cabelos na cor de ouro e eram tão belos que deixavam todos os outros seres caídos por ela. Vestia a armadura de prata dos anjos e possuía duas lâminas do mesmo metal em sua bainha.

Ao ver Fendrel se aproximar, encantada pelo brilho resplandecente da coroa de prata em sua cabeça, reverenciou a seu irmão, não como parente, mas como rei de todos os seus descendentes. Contou a Fendrel, enquanto este se sentava no trono, que Burton havia informado que os dias em sua província haviam ficado mais escuros e que boatos sopravam através do vento o mesmo acontecimento em outras regiões. Tal ação talvez explicasse a forte nevasca fora do comum que Acáy enfrentava nos últimos dias.

— Besteira essa sua comparação com as terras de terceiros para com nosso clima atemporal, minha irmã — ponderou Fendrel.

— Os orcs são seres de bom coração e não fariam uma viagem tão longa até nossa província quando há muitas outras próximas a eles se não temessem tanto a escuridão — replicou Uriel.

De fato, a viagem havia durado cinco dias da fortaleza dos orcs, em Fenda Valiosa, até Acáy. Fendrel não se comovia com o cansaço daqueles que vinham de fora, principalmente orcs, pois acreditava que eles eram uma obra maligna por causa de sua aparência verde e hábitos reclusos. Hábeis e com força de vontade elevada, cavavam astutamente por dentro das montanhas e lá faziam tanto moradia para seu povo quanto cavernas para minerar joias e metais valiosos. A Fenda Valiosa, embora povoada apenas por orcs, era governada por Burton, o velho.

Quando o líder dos orcs fora morto pelas hordas de Malogh durante a primeira era, Burton salvara o povo com a lâmina Castânica, afastando todos aqueles que planejavam o mal contra os orcs e salvando a fortaleza. Os orcs não tinham crença em deuses, nem mesmo nos vedaín. Acreditavam que um dia viria um herói que faria algo relativamente significativo para sua espécie, tornando-se assim seu deus-rei e salvador. Quando Burton defendera os orcs na Fenda Valiosa, estes o viram como esse salvador, embora os orcs nativos de Orjüun discordassem e ainda permanecessem sem seu herói.

Fendrel permaneceu sozinho no salão principal, pois sua irmã o deixara. Portanto, os únicos sons ouvidos eram os da lareira queimando os troncos de madeira, nas duas laterais daquela sala, e o ruído da nevasca lá fora. Diversos pilares estavam espalhados pelo salão e em cada um deles havia tochas. Além disso, três lustres de madeira com quinze velas em cada estavam pregados ao teto.

O rei estava pensativo sobre os acontecimentos, embora achasse que era egoísmo seu ter se desfeito de sua irmã e do "rei" bruxo dos orcs. Ao anoitecer, Arafel adentrou a sala do trono.

— Meu irmão, Vincent pretende vê-lo e está acompanhado de uma criança — informou Arafel.

— Vincent? Já faz um bom tempo... mande-o entrar — ordenou.

Após entrarem no grande salão, James ficou boquiaberto ao ver a belíssima decoração do castelo. As bandeiras, os guardas reais encostados nos pilares segurando suas lanças de prata e vestindo elmos com asas chamaram a atenção do garoto, que estava deslumbrado. Ao ver Fendrel pela primeira vez, não soube como agir. Vincent teve de ajoelhá-lo à força, tal como ele havia feito, mostrando reverência. E diante deles se ergueu o majestoso rei.

— Levantem-se.

Assim o fizeram.

— Obrigado por nos receber, meu rei — disse Vincent.

— Achei que não o veria mais, Vincent. Mas sei que não veio aqui simplesmente para fazer uma visita.

— É verdade.

— Que há então?

— Não será fácil convencê-lo disso, mas, ainda assim, será mais provável que convencer Aimir II. — Ele deu uma pausa considerável e, quando notou que o rei continuava esperando, revelou: — Malogh retornou.

Após as palavras serem proferidas e ecoarem pelo salão, os guardas reais — que antes fitavam à frente, mantendo a posição de combate — se entreolharam, demonstrando dúvida e temor.

— Vincent... — O rei se mostrou cauteloso em suas palavras. — Sabe que esse nome não é dito, e você bem sabe, desde a derrota causada pelo próprio senhor meu pai. Como pode brincar com esse assunto? Isso não é aceitável na cidade sagrada.

— Estou completamente ciente, meu rei, e não viria de tão longe até aqui com intuito de brincar. Como ele retornou? Não sei, mas sei o que ele procura.

— Você o viu? — inquiriu o rei.

— Não.

— Boatos, apenas.

— Eu o vi, senhor! — interferiu o garoto com a voz superior as demais.

— E quem é você, jovem?

— James. Meu nome é James. Sou de uma vila próxima a Lóren, a Toca do Coelho. Ele invadiu minha casa e a incendiou... E assassinou meu pai, a única pessoa que eu tinha — explicou James, entristecido.

— E como ele era?

— Alto, escuro e sombrio. Usava uma armadura tão escura quanto carvão, deveria ser ébano. Sua espada era longa, fina e parecia estar velha e cega. Do ar à sua volta exalava uma sombra, como uma cortina negra.

Fendrel fitava os olhos da criança em silêncio e, após alguns segundos, disse em tom alto e claro:

— Os viajantes estão cansados, pois fizeram uma jornada longa até aqui. Levem-nos até nosso quarto de visitas, no andar superior do castelo.

Os guardas acompanharam gentilmente os viajantes em direção aos aposentos, e, antes de passar pelos corredores, James virou a cabeça em direção a Fendrel, que estava pensativo, ainda em seu trono. Os guardas se retiraram, deixando-os a sós na porta de seus aposentos, no corredor frio de pedra iluminado por tochas nas paredes.

Agradável e confortável, o cômodo tinha duas camas com peles de lobo-da-neve, uma banheira com água quente, cestas com frutas e pratos prontos para serem grelhados, além de uma lareira esplêndida, que era tudo o que James e Vincent desejavam desde a passagem pela região nevada.

Após se banharem e jantarem coisas boas, os aventureiros se sentaram à beira da lareira, aquecendo o coração enquanto conversavam sobre a viagem que haviam feito.

— Conte-me uma história — pediu James.

— O quê? Não conheço histórias para crianças, James.

— Não. Essas são chatas mesmo. Conte-me algo que você goste.

— Tudo bem. Vamos ver... Esta é a lenda do urso e do mercador. Dizem que, antigamente, um mercador viajante construiu sua casa no meio de uma floresta na província de Pine-falls. Um dia, perto de sua cabana, ouviu o choro e o ruído de um animal. Quando foi ver o que era, encontrou um filhote de urso. O mercador, inicialmente, teve medo, é claro. Medo de a mãe do urso aparecer e o assassinar facilmente, porém nada aconteceu. Ninguém veio, nem mãe, nem pai, nem irmão.

"Foi quando o mercador decidiu pegar o filhote para si e o criar. Apaixonado por mel, o mercador coletava, vendia, comprava, revendia, assim por diante. Alimentava o urso todos os dias, sem deixar faltar nada. Sua rotina era sempre a mesma, pescava peixes no Rio Branco, voltava para casa para preparar um prato de peixe com mel para o pequeno urso e depois partia para diferentes vilas, vendendo sua mercadoria. Assim foi a vida do mercador por anos, que muitas vezes deixava de comer para alimentar seu urso.

"Certo dia, discutiu feio com uma bruxa, que lhe tacou uma maldição, dizendo que a vida dele iria virar de ponta-cabeça e que sua bondade seria sua ruína. Não lhe dando ouvidos, o mercador voltou para sua rotina. Na semana seguinte, não havia mais peixes para serem pescados, seu armário, onde armazenava seus potes de mel, desmoronou, quebrando todos, fazendo-o perder sua mercadoria. Em uma noite, um ladrão invadiu a cabana e roubou um saco de hires que, para o azar do mercador, era tudo o que ele tinha.

"Lamentando-se por não ter mais como se manter, ou manter o urso, o mercador começou a chorar. O urso, já adulto, ficou de coração partido vendo a situação em que seu dono estava, dia após dia. Então, melancolicamente, trouxe em sua boca uma adaga que o mercador possuía e a ofereceu, inclinado o corpo de lado, mostrando o que seu dono deveria fazer para que vivesse mais.

"O mercador, que estava sem comer havia semanas, louco por sua fome e miséria, pegou a adaga oferecida pelo urso e, com o coração partido, matou-o. Cortou a carne e a grelhou na fogueira. Por um certo tempo, o mercador dormiu de barriga cheia, mas de coração vazio. Todas as noites, antes de dormir, ele berrava sua solidão, e todos os cantos da floresta se enchiam com sua dor e arrependimento.

"Até que em certo dia, acabou morrendo de angústia por ter matado e devorado aquele que havia criado desde que era um filhote. Dizem que até hoje, quando se vaga durante a noite pelas florestas de Pine-falls, ouvem-se os berros do velho mercador, pedindo perdão aos Divinos."

— Uau! Essa eu nunca ouvi antes. Você já foi às florestas de Pine-falls durante a noite, Vincent?

— Só quando pretendo encontrar filhotes de urso ou caçar velhos mercadores! — brincou, e os dois riram.

Satisfeitos de estômago e boas histórias, decidiram que era hora de dormir. Deitaram-se em suas camas, e James, mais uma vez, foi o primeiro a capotar de sono. Vincent, que esperara James dormir, saiu de seu quarto cautelosamente e procurou por Fendrel, que estava na sala de estratégias.

Era comum, em todos os grandes castelos, haver uma sala como aquela, onde os reis e comandantes reais planejavam batalhas, cercos e defesas. Geralmente, era uma sala com cadeiras nos cantos da parede e que tinha, no centro do local, uma grandiosa mesa retangular, feita de pedra, mármore ou até mesmo madeira. Em cima, havia um enorme mapa completo do leste de Essenia, todo pintado por ilustradores reais, com tinta preta e pena.

— Demorou a vir, cavaleiro — disse o rei, de costas para Vincent, com as mãos apoiadas na mesa de pedra, observando o vasto continente em que viviam.

— Esperei James dormir primeiro; essa não é uma conversa para crianças.

— Por que o trouxe aqui, Vincent? Fez uma criança de oito anos viajar... — O rei deu uma pausa. — Vocês vieram de Lóren? Se sim, está com ele há dois dias.

— Ele tem dez anos, majestade.

— Que seja, Vincent, que seja.

— Meu rei, James não é uma criança comum, ele é especial.

— Especial para quem?

— Para o Criador. E se algo é precioso para o Criador, é mais precioso ainda para o inimigo, que o almeja mais que tudo.

O cavaleiro se aproximou de Fendrel, que ainda estava de costas.

— Ainda com a ideia de que *ele* retornou, Vincent?

O rei pendeu a cabeça para o lado.

— Não é apenas uma ideia, meu rei. Diga-me que não há algo diferente nesta terra? Quais são as notícias de ultimamente?

— As nevascas estão mais fortes, os deuses estão furiosos com algo. Burton veio até Acáy hoje e disse à minha irmã que os dias estão ficando mais escuros em sua região.

— Isso basta para acreditar que o retorno do inimigo é possível! — Vincent exclamou, posicionando-se ao lado de Fendrel. Os dois trocaram olhares por um momento. — Você sabia que esse dia chegaria, Fendrel, pois sempre esteve escrito.

— Vamos ver Wald pela manhã — afirmou Fendrel.

4

O TROLL E A RAPOSA

O vento soprava tão forte que acabou por acordar James. O garoto notou que Vincent não estava no quarto, muito menos seus equipamentos. Intrigado, saiu à procura do cavaleiro pelo castelo e, a cada passo que dava, mais perdido ficava. Silenciosos e frios, os corredores pareciam não ter fim. Sua única companhia era o som que as chamas faziam queimando as tochas pregadas na parede. James sentiu uma energia dentro de si e, à medida que avançava, ouvia sussurros.

O garoto, com medo, começou a correr. Os corredores ficaram mais longos, então ele abriu uma porta e saiu para fora do castelo. Alto, era muito alto onde estava, mal conseguia ver o chão. O caminho à sua frente era uma ponte branca em linha reta, longa, que ultrapassava as montanhas que rodeavam o castelo. A ponte levava até a última parte do castelo e foi para lá que James, curioso por sua natureza, decidiu correr. Os sussurros ficavam cada vez mais fortes. Ao chegar ao final da ponte, abriu a pequena porta de madeira que encontrou junto a uma grande parede. Adentrou cauteloso, olhando tudo à sua volta, especulando se tinha alguém ali.

O interior tinha como vista o mar, era à beira do precipício. O chão redondo e grandioso mais parecia com um altar. Sim, era o Altar Sagrado. As lendas antigas contavam que tinha sido ali, no Altar Sagrado, onde Findrath, o Destemido, havia despertado Namíra de seu profundo sono, montando-o para a grande batalha contra Malogh.

James contemplava maravilhado o mar, pois nunca o vira antes. Mesmo à beira do precipício, temendo que aquele local desmoronasse, causando sua morte, não se importava. Para ele, aquela era a mais bela maravilha que já havia presenciado. Superando campos verdes, árvores, vinhedos e os lagos onde pescara com Odd. O mar de Alduin o hipnotizava mais que tudo. Os sussurros haviam findado e o barulho que entrava nos ouvidos de James era o das ondas batendo nas rochas aos pés da fortaleza.

— Nunca vi algo assim antes, não posso acreditar que isso realmente existe! — James disse a si mesmo, esfregando os olhos com força e balançando a cabeça, a fim de ter certeza de que não estava sonhando.

A ventania naquele ponto da região era mais calma, e James sentia uma conexão inexplicável com o lugar. Na beira do altar, havia um pilar de madeira escura, aparentando grande envelhecimento, e seu topo estava coberto pela neve. James se aproximou, analisando-o.

— É uma antiguidade interessante, não é?

Fendrel surgiu como uma sombra, assustando James.

— Meu senhor, quer dizer, meu rei. Perdoe-me, eu não queria...

James ficou sem jeito.

— Está tudo bem. Se o altar o atraiu até aqui, então você tem algo especial para dar ao mundo.

— Eu vi seu olhar antes de deixar o salão principal na noite anterior. O senhor não quer acreditar, mas sabe que talvez possa ser verdade.

— Vamos partindo para descobrir isso. Se realmente for verdade o que viu, então todos devem ficar sabendo. Agora, vamos. Vincent está te esperando fora do castelo. Não vamos muito longe.

James ficou na dúvida se deveria seguir Fendrel. Como não ouvira o rei se aproximar? No entanto, quase imediatamente, lembrou-se de que Acáy era a cidade dos anjos. Fendrel voara para chegar até ele. O garoto, mais curioso do que nunca, desejou muito ver as asas do rei e descobrir cada vez mais sobre os costumes daquele povo.

O rei o acompanhou pessoalmente até a porta do castelo, onde Vincent os aguardava montado em Shadow. James se juntou ao cavalo do cavaleiro enquanto Fendrel montava em um cavalo branco, aparelhado com prata como proteção em seu rosto. Um estandarte com o brasão de Acáy adornava cada lado do cavalo.

Foi entregue a Fendrel uma bainha que guardava uma reluzente e chamativa espada, roubando a atenção de James. Era Tempestade de Gelo, a lendária espada que havia perfurado o peito de Malogh durante a Lua Sangrenta, a grande batalha entre os povos da Aliança contra os exércitos do Lorde das Cinzas, em sua primeira vinda a Essenia.

Partiram então por uma estrada na saída norte da cidade e seguiram pela estrada que ligava até a hospedaria O Troll e a Raposa. Localizada no topo de uma colina congelante, a hospedaria quase nunca recebia visitantes, pois, para chegar até lá, tinham de enfrentar uma forte tempestade de neve e ventania. E era justamente lá que o ancião da Aliança morava. James se agarrava fortemente em Vincent, que se apoiava no cavalo.

Após uma breve jornada, avistaram as luzes da hospedaria. Ao se aproximarem, apearam dos cavalos, deixando-os amarrados no lugar apropriado em que havia água, teto e comida. Entraram na hospedaria que, como esperado, estava quase vazia. Apenas um argo e um orc conversavam em uma mesa, tomando hidromel. Os argos eram conhecidos pela aparência reptiliana; pele verde, cauda longa e sotaque sibilante como o de uma cobra. Eram nativos de Argona, uma província pantanosa a sudeste da Ilha de Ursula. Além disso, era um povo um tanto enigmático e havia muito o que se saber sobre a raça e a cultura dessa espécie. Eles sofriam preconceito fora de sua província natal, sendo comparados a bandidos e sequestradores. Duas incríveis características dessa raça eram a capacidade de respirar por baixo d'água, por terem brânquia, e serem imunes a quaisquer tipos de doenças. Embora não fossem um povo religioso, os argos acreditavam nos Seis e o Um.

Perto da lareira, sentado em uma cadeira de madeira, um jovem bardo produzia canções com uma harpa pequena. Havia lustres de vela no teto, e a hospedaria toda era acabada em madeira refinada.

Caminharam até o balcão, no qual havia coelhos mortos e diversos vegetais pendurados em uma corda próxima à parede.

— Rei Fendrel, o que o traz aqui?

— Olá, Henry, viemos ver Wald — informou.

— Podem subir; ele está lá em cima, como sempre.

Subiram pela escada espiral até o andar superior, entrando na grande sala repleta de estantes com livros, frascos e joias brilhantes.

— O que são todas essas coisas? — perguntou James.

— Coisa do Wald. Acredite em mim, você não vai querer entender — Vincent disse.

— Wald, está aí? Sou eu, Fendrel! — gritou do meio da sala.

— Ouço uma voz amigável e meu coração se conforta ao receber uma visita tão magnífica!

Um velho se aproximou, carregando consigo um livro.

— É um prazer revê-lo, Wald, mas nosso tempo é curto. Precisamos de respostas — adiantou-se Vincent.

— Para quais perguntas, nobre cavaleiro? — Wald quis saber, fixando seu olhar em Vincent.

— Os dois dizem que o inimigo de todos escapou de sua Prisão Amaldiçoada, nas Terras Corrompidas — contou Fendrel, indicando James e Vincent com o queixo. As Terras Corrompidas eram ilhas amaldiçoadas e abominadas, localizadas a noroeste da terra de Essenia.

Wald se dirigiu a James e fixou seus olhos nos dele.

— Vejo sofrimento em você, garoto.

Pôs uma das mãos em cima da cabeça de James enquanto a outra segurava o pesado livro.

— Sabemos que não é impossível. A profecia citada por Timmóteo Eul há de ser cumprida. Sabíamos que ele retornaria — mencionou Vincent.

— Sim, ele retornou — afirmou Wald, retirando a mão da cabeça de James.

— Tem certeza disso? — Fendrel insistiu, inquieto.

— Clara certeza. — Wald ajoelhou-se diante de James. — Você passou por momentos terríveis nos últimos dias, não é mesmo, garoto?

— Então é verdade... Como seria possível? Ele estava aprisionado pelos deuses — argumentou Fendrel.

Wald se pôs de pé e caminhou até a estante de livros. Passando os dedos pelas lombadas empoeiradas, Wald selecionou alguns deles, tal como escrituras e pergaminhos antigos. Colocou todos em uma mesa de madeira e começou a visualizar o conteúdo. Parte do conto de Timmóteo Eul, sobre Hiren-gaal, dizia que, durante a criação do mundo, seis dos sete deuses haviam forjado uma runa para cada um deles e que fora lhes dado o nome de luvnirs, joias celestiais criadas a partir da bênção e luz dos Divinos, contendo grande poder. Elas foram guardadas no coração do paraíso, escondidas de todos os outros seres celestiais. Timmóteo conta em seu diário que Malogh foi levado ao paraíso duas vezes enquanto preso, para se humilhar e se arrepender.

— Não há como escapar das Terras Corrompidas, mas Malogh foi levado duas vezes ao Palácio Vitorioso — mencionou Wald.

— O que quer dizer com isso? — inquiriu Fendrel.

— Temo que a única saída seja através dos deuses ou algum artefato do paraíso...

— Como ousa dizer que os Divinos conspiram com nosso maior inimigo? Você enlouqueceu? — Fendrel disse, furioso.

— Não estou blasfemando, muito menos sendo hipócrita, meu rei. Não digo que os deuses foram fracos a ponto de serem corrompidos, mas podem ter sido enganados.

— De qualquer modo, Malogh almeja James acima de tudo, pois, se assim não fosse, já teria soltado os servos para causar um colapso, como diz a profecia — ponderou Vincent.

— E por que Malogh gostaria de ter James para si? — Wald se interessou.

— Por isso.

Vincent pegou o braço de James e puxou a manga de sua camisa, mostrando a marca.

— Não pode ser! — espantaram-se, sem acreditar.

— Sou amaldiçoado? — James perguntou, preocupado.

— Longe disso, garoto, longe disso. No entanto, não cabe a nós explicar a que se refere a marca. Você deve descobrir por si só — asseverou Wald. — Até lá, aconselho a se manter bem distante de Malogh.

— Agora que temos a certeza, todos devem saber sobre o retorno do inimigo. Uma carta deve ser enviada a todas as províncias de Hiren-gaal, alertando-as — Vincent lembrou.

— Sim, essa tarefa cabe a Aimir II, como rei supremo que é. O que farei será escrever uma carta real com minha assinatura, comprovando os fatos — contou Fendrel.

Enquanto James folheava o diário de Timmóteo, notou uma ilustração em que aparecia um campo longo e belo.

— Do que fala essa parte? — James mostrou a Wald. — Nunca tinha visto o diário de Timmóteo antes, mas possuo todos os livros.

— Algumas cópias foram feitas, e é possível encontrá-las em algumas bibliotecas de qualquer província. Esta conta sobre Héstia: O Campo Dourado. Um lugar misterioso ao qual ninguém sabe como chegar, o lugar onde tudo será decidido. A profecia da *Guerra Dourada* conta que, um dia, Malogh escapará de sua Prisão Amaldiçoada e que retornará a Hiren-gaal, recuperando seu poder e buscando realizar seu plano de superar as divindades através do poder dos povos. A decisão será tomada em Héstia, a ilha desconhecida. Embora esse dia seja desconhecido por todos, é bom estarmos sempre preparad...

— Sem tempo para histórias — interrompeu Vincent. — Temos de unir forças para lutar ao nosso lado. Sabemos que os elfos negros não se juntarão a nós por conta da rebelião. E os povos de outras terras de forma alguma lutarão nossa batalha. Os únicos que talvez nos ajudem são os bárbaros de L'ozag.

— Velejar até L'ozag será demorado, Vincent — argumentou Fendrel.

— Kalaine pode ser útil nesse quesito. Eu a emprestarei a vocês — afirmou Wald.

— De modo que os bárbaros são difíceis de se convencer, eu irei até L'ozag.

— Boa ideia, meu rei. Leve James consigo. Quanto mais distante ele ficar dessas terras, mais difícil será para o inimigo o encontrar. Tudo bem para você, James? — Vincent perguntou.

— Verei você em breve? — Quis saber James.

— Pensarei em você a todo momento, James. Você estará mais seguro ainda com Fendrel, pois ele é o rei e o líder dos grandiosos anjos da santíssima Acáy.

— Devemos nos encontrar em Pine-falls depois de todos terem realizado suas tarefas — informou Wald.

Apressado, Vincent partiu com Shadow até Lóren, para tratar com o rei supremo de Hiren-gaal. Fendrel, no entanto, voltou para Acáy em seu cavalo branco, juntamente com James. Foram até o Altar Sagrado, e Fendrel convocou Arafel, dizendo-lhe que ficaria responsável pelo reino até a volta de seu rei. Imenso era o amor de Arafel por Fendrel e pelo governo de sua província e, na ausência de seu irmão, governava com regozijo.

Wald entoou um assovio majestoso, em sinfonia perfeita com o vento. Do horizonte, surgiu uma belíssima e grandiosa criatura coberta de penas. Possuía asas e bico de águia e corpo de leão. Eram conhecidos como grifos, criaturas lendárias e popularmente chamadas de cavalo dos deuses, e Kalaine era o mais belo dentre todos. Tinha as penas brancas como a neve e douradas como o ouro.

Os olhos de James brilharam ao ver Kalaine pousar majestosamente no altar, crocitando um canto belo e sereno. Wald confiou a Fendrel seu animal e lhe garantiu que estaria a salvo enquanto estivesse com ele. Fendrel pôs James em cima do animal, que era de grandioso tamanho, e subiu logo após. Wald ordenou a Kalaine que os levassem e assim ela o fez.

•

Como ancião, abençoado com a imortalidade, Wald possuía habilidades mágicas desconhecidas por qualquer outro mago supremo do colégio Meia-luz, o mais renomado colégio de magia e feitiçaria de Essenia, localizado no sudeste de Arcádia. O velho havia decidido que teria de ir até o Bosque Sagrado, onde as árvores sussurravam umas às outras, e seres que serviam a Kyne, deus da natureza e dos animais, surgiam em forma de espíritos abençoados para aqueles que carregavam a Luz dos deuses em seus corações, uma dádiva que os Divinos destinavam àqueles que tinham grandes feitos a realizar.

Levaria três dias a cavalo até o bosque. No entanto, Wald tinha mais truques que qualquer um poderia imaginar. O ancião retirou de debaixo de seu manto uma adaga encantada, arma mística utilizada por bruxos e feiticeiros para canalizar poder e proferir magia, e, a partir do vento e do trovão, conjurou um lobo. Este tinha a forma de uma ventania cinzenta, e, de seu interior, relâmpagos e trovões eram vistos e ouvidos. Sua forma iluminava qualquer escuridão da mesma forma como escurecia qualquer luz. O andar provocava faíscas na terra e no céu, podendo assim se mover na velocidade em que a chuva atinge o solo em dias de fortes tempestades.

Poucas horas após o feito, Wald conseguiu chegar até o Bosque Sagrado. Magnífico e incomum era o bosque dentre toda Hiren-gaal. Suas árvores eram as mais cheias de vida e as mais belas. Seus lagos, os mais azuis, cobertos de beleza e glamour. Por isso, diversas espécies de animais preferiam o Bosque Sagrado a qualquer outro e lá faziam morada. Mesmo que belo, repleto de esquilos, coelhos e raposas, havia também aqueles que se denominavam predadores, ursos e tigres-da-floresta.

O bosque beirava o mar de Alduin, a sudeste do continente. Ali, a presença do bruxo ancião se fez notada. Como outrora, Wald esperava alguma manifestação dos espíritos, servos do Criador.

De repente, um lago próximo entrou em agitação, jorrando suas águas para cima, tal como uma fonte. Em meio ao jato, surgiu um espectro em forma de mulher. Era esplêndida, com cabelos lisos até os joelhos, amarrados em um rabo de cavalo; a cor era preta como a noite. Sua pele era tão branca que produzia uma aura de luz ao seu redor.

— A ti venho, pois a bênção em teu coração há de presentear minha manifestação — disse o espírito.

— Serva, venho, pois preciso esclarecer uma coisa apenas.

— Sei o que desejas entender, ancião. Anseias saber sobre o inimigo, agora que sabes de seu retorno.

— Conte-me para que possa proteger meu povo. Como escapou?

— Nossos deuses foram enganados. Após um longo tempo preso, os deuses ofereceram outra chance a Malogh, para que ele deixasse de ter malícia e maldade em seu coração e começasse a servir a luz. O erro deles foi levar Malogh até o paraíso para implorar perdão. Malogh roubou as luvnirs e as corrompeu. Agora ele se alimenta lentamente do poder contido nas joias.

— E quanto aos deuses e ao Palácio Vitorioso?

— Os deuses são os deuses, meu nobre ancião. Não interferem em Essenia, pois seus poderes poderiam causar a própria destruição deste mundo. O Palácio Vitorioso está em perfeito estado, a terra dos imortais prospera com a vinda de novos povos.

— A profecia *Héstia e a Guerra Dourada* há de ser cumprida, mas quando ocorrerá? — questionou, temendo a resposta.

— No tempo em que deve ocorrer, meu senhor. Enquanto isso, Malogh enviará seus exércitos a Hiren-gaal, pois aqui está o que ele busca. O lorde tem a vantagem, uma vez que os povos dos continentes vizinhos não acreditam em sua vinda durante a primeira era. Se o Lorde das Cinzas conseguir o que quer, ele dominará Essenia, e todos sucumbirão a sua ira. Malogh não irá suportar o dano desta vez e, ao contrário da última vez, será totalmente destruído, bem como seu espírito. Como Timmóteo já proferiu, será pela mão de Fendrel que o Lorde das Cinzas deverá ser destruído, pela única espada que possui poder o suficiente — concluiu ela, desvanecendo-se numa cortina de fumaça branca.

O espírito adentrou no lago, que se tornou calmo.

Com a descoberta e sabendo que aquela talvez fosse a última vez que teria contato com um espírito, Wald teria de falar a Vincent antes de partir ao encontro com Aimir II, em Lóren.

5

DOIS ELFOS E UM ÚNICO HOMEM

Vérion nunca estivera tão conturbada quanto naquele momento. Soldados marchavam frequentemente nas estradas que ligavam às províncias dos rebeldes. E, embora a Aliança estivesse com a cabeça no lugar e firme em suas fortalezas, os rebeldes treinavam cada vez mais soldados a fim de ampliar suas forças. Seu líder, Sven, rei de Vérion, era a maior influência dos elfos negros.

Ora, os elfos negros tinham a pele azul-escura, orelhas pontudas e olhos completamente escuros, até a esclera. Houve um tempo em que sofreram com sua raça e passaram a ser considerados inferiores aos humanos. A birra teve início com Aimir I, que se revoltara quando os elfos negros negaram a crença aos Seis e o Um e alegaram que seu deus verdadeiro era Noreen, uma figura de cuja existência não havia provas. Por centenas de anos, os elfos negros tiveram a crença herege aceita, até o reinado de Aimir I. Frequentemente em seus conselhos reais, diante de todos os grandes reis do continente, Aimir I discursava palavras de ódio e superioridade para com os elfos negros.

Outro principal motivo da rebelião fora a censura de um costume incomum dos elfos negros: a comercialização e o uso de uma bebida exótica, o hidromel-lunar. Fabricado a partir de fortes elementos e recursos naturais, dos quais sua combinação gerava fortes efeitos alucinógenos a quem a consumisse, a bebida havia sido proibida por um decreto real de

Aimir I, visando à segurança e à saúde do povo de Hiren-gaal. No entanto, os elfos negros continuaram a comercialização e o uso, irritando Aimir cada vez mais, até o dia que tudo se tornou diferente.

Durante um conselho real, em um discurso odioso de Aimir I para com as infelicidades que os elfos negros estavam causando nos últimos tempos, o supremo rei dissera que os elfos negros eram inferiores aos homens e que não mereciam partilhar das mesmas riquezas.

Representando a todos aqueles de sua raça com atitude que nenhum outro elfo negro jamais teria em vida, tal como a coragem, Sven assassinara Aimir I diante de todos os outros grandes reis de Hiren-gaal, perfurando seu coração enquanto estava sentado. Em seguida, discursara sobre o valor de sua raça e tradição, tal como sua força. Assim convencera três dos grandes reis – Evendros, de Fhalsreach; Hadgar, de Istíria e Tevior, de Akatash – a segui-lo. Com a influência dos exércitos, grande parte dos habitantes do continente passaram a apoiar a rebelião de Sven.

Após a morte de seu pai, o sucessor e filho único, Aimir II, ordenara um ataque a Akatash, província mais próxima da capital, que pertencia aos elfos negros. Os exércitos de Akatash marcharam para confrontar as forças da Aliança, mas foram barrados nos Campos de Lírios pelo exército inimigo. Ali, uma batalha fora travada, ato que ficou conhecido como A Guerra dos Lírios.

O ataque fora devastador para os elfos negros, que tiveram seu exército massacrado. Depois disso, Aimir II, insatisfeito com a traição dos elfos e com sede de vingança por seu pai assassinado, ordenara que Akatash fosse desolada. Assim fizeram. Todos os habitantes da cidade, inocentes e não inocentes, haviam sido mortos, e a cidade fora esquecida pelos ventos, banhada em cinzas e pó.

Após a queda de Akatash e a morte de seu rei Tevior, A Guerra dos Lírios chegara ao fim. Porém, o conflito civil entre as facções estava apenas iniciando. Sven se escondera em sua fortaleza e lá ficara seguro.

Localizada a sudoeste de Hiren-gaal, na ponta do continente, havia a província de Vérion. Cercada por grandes montanhas cinzentas e uma escura floresta no fim dos campos, era a maior cidade dos elfos negros e também fortaleza de seu líder, o próprio rei Sven.

Vérion ficara conhecida como Cidade Cinzenta, pois grande parte de sua estrutura era feita de recursos naturais que as próprias montanhas ofereciam, uma rocha completamente cinzenta como o aço.

Fora planejada em solo plano, no canto das montanhas que cercavam a cidade, deixando assim um longo campo gramado, onde foram construídos vilarejos e fazendas. Os campos tinham seu fim na Floresta do Desespero. Bela e encantadora, a floresta tinha sido enfeitiçada por uma bruxa na segunda era. As árvores cresceram tanto ali que se tornaram as maiores de todo o continente. A floresta fora guardada por segredo, medo e sufoco. Assim, todos que a adentravam, dificilmente conseguiam escapar, pois ficavam enfeitiçados e encontravam seu fim brevemente, fosse por criaturas ou emboscadas élficas.

•

Em uma varanda do terceiro andar do castelo de Vérion, sentado em uma cadeira, Sven tomava hidromel em sua caneca de chifre. Contava com a companhia de seu filho mais velho, Randovir, que trazia consigo dois cachos de uvas. Sven era conhecido por todo o continente e já tinha ouvido de tudo a seu respeito: destemido, corajoso, traidor, covarde, entre outros. Porém, o único título que se proclamava merecedor era o de libertador. Isso por causa do rompimento dos laços entre os homens e os elfos. Não carregava vergonha alguma de seus atos, nem se arrependia das escolhas que fizera em sua vida.

Sven estava dando boas-vindas à velhice, porém carregava em suas costas a determinação e bravura e assim seria até o dia em que partisse deste mundo. Embora a idade o tivesse deixado um pouco mais enfraquecido, ainda portava dentro de si a poderosa força e a habilidade com armamentos.

Melancólico, Ariandar adentrou o aberto salão.

— Meu querido amigo, que palavras os deixaram com tal expressão de medo em seu rosto? — indagou Sven.

— Uma carta chegou de nossos olheiros. Veio da província de Lóren.

Ariandar entregou a carta para Sven.

— Malogh supostamente retornou. Isso não pode ser sério, pode? — O rei apertou a caneca de chifre com força. — Que provas ele tem disso? Apenas o boato de um chalé queimado pela região?

— Se for verdade, é questão de tempo para Aimir II enviar uma carta real para todos os reinos, alertando-os — Randovir mencionou.

— De qualquer forma, Ariandar, envie uma águia para Fhalsreach e Istíria. Diga que convoco Evendros e Hadgar para uma reunião.

— Sim, meu senhor — disse Ariandar, retirando-se.

Ariandar e seu irmão, Ereneth, conhecidos como os cavaleiros do vale, faziam parte da corte real e eram amigos de Sven. Ereneth sentia uma inveja profunda de Randovir, pois este, na ausência do pai, governava Vérion. Pensava que por ser íntimo do rei, tal como Ariandar, ele é quem deveria substituí-lo em sua ausência. Os irmãos tinham sua moradia no castelo real de Vérion. Ariandar residia com sua esposa, Kath, e seu filho, Luth. Enquanto Ereneth, irmão mais velho, não era casado e nem tinha filhos.

Randovir trazia grande honra para o senhor seu pai: era o comandante de seus exércitos e sempre tomava vilas e fazendas pertencentes à Aliança. Sua mãe, Valery, falecera durante a Guerra dos Lírios. Estava em Akatash juntamente com a esposa de Evendros, que também falecera pela chacina na cidade. Após Randovir, filho mais velho, vinham seus irmãos Tanur, Tarin, Aélia e Rantorr.

Ao ver a esposa assassinada entre os escombros da cidade, Sven a levara consigo e a queimara na sala do trono de Vérion. Sua espada fora dada para Randovir, e Sven pedira para que o filho prometesse que vingaria a mãe, enchendo seu coração de ódio e vingança. Corrompido pela miséria de seu pai, ele havia prometido.

As espadas dos elfos negros tinham um padrão próprio e não eram como as dos homens ou dos anjos, longas, finas e retas. As espadas élficas possuíam uma curva mínima na lâmina e o material era composto por aço temperado com jade, de cor verdejante. Isso era utilizado em suas armaduras, que tinham aparência fina e leve. Elas tinham traços finos em ouro refinado, enriquecendo a beleza daqueles que as vestiam. No peitoral, duas majestosas espadas se cruzavam, símbolo da rebelião de Sven, simbolizando a negação de um império de paz e submissão.

•

Ora, passando-se alguns dias, primeiro chegara Evendros ao palácio, seguido de seu comandante de batalha, Elenor. A reunião aconteceria na própria sala do trono, onde Sven se sentava calmamente, com uma das mãos no braço do trono e a outra coçando a barba curta.

— Meu senhor, é uma honra vê-lo — cumprimentou Evendros.

— Igualmente, meu amigo. Onde estão os ursos-selvagens? — perguntou.

— Não tenho notícias, mas sabe como é, essas viagens nos custam muita energia, já não somos tão jovens quanto antes.

— Ainda assim, minha determinação continua a mesma. Como está o norte, Evendros?

— Belo, meu senhor. O norte pertence ao senhor — reverenciou.

Após um tempo, adentraram o castelo Hadgar, rei de Istíria, e seu conselheiro, Telos. Os conselheiros reais outrora tiveram muito impacto nas decisões dos reis. Na segunda era, a maioria dos reis haviam se desfeito de seus conselheiros, e, os que os mantinha, tomavam suas decisões sem consultá-los.

Hadgar era o único homem que havia se juntado à causa rebelde, portanto, Sven desconfiava de sua lealdade, pois estava contra a própria raça. Eram conhecidos como os ursos-selvagens, e o que diziam era que os membros da família real conseguiam se transformar em ursos gigantes, se assim desejasse.

— Perdoem-me o atraso, mas tive algumas desventuras no caminho.

— Como de costume, não? — apontou Evendros. — Posso imaginar quais desventuras.

— As melhores possíveis, posso lhe afirmar. Ainda assim, que bom estarmos unidos aqui, dois elfos e um único homem — zombou.

— Hadgar, devo lembrá-lo de que está na presença de seu rei supremo? Ou consegue ver com seus próprios olhos? Não deveria zombar — apontou Elenor.

— Elenor, não te vi! Como está?

— Meus amigos, não estamos aqui para brincadeiras — zangou-se Sven. — Enfrentamos dificuldades neste momento.

— E que dificuldade seriam essas, meu rei? — indagou Evendros.

— Um boato chegou até os portões deste castelo e se trata do retorno do Lorde das Cinzas.

— Apenas boatos, Sven. O suposto inimigo foi derrotado há dois mil anos. Por que retornar agora? — Evendros murmurou.

— Devemos ficar atentos, pois há uma profecia entre os anjos que conta sobre seu retorno — Hadgar disse, misterioso.

— De qualquer modo, se for verdade, corremos um grande perigo. Nossas forças, embora grandiosas, não são como as forças daquela época, cujos reinos se uniram para derrotá-lo. Estamos divididos em duas facções, e se Malogh desejar atacar uma a uma, nós cairemos, não importa se os primeiros ou os últimos. — A sala ficou em silêncio profundo, mas Sven continuou: — Sua volta pode ser um boato, mas também pode ser verdade. O melhor é estarmos preparados. Todos sabemos que um dia ele retornaria, como o patético Timmóteo Eul havia mencionado em suas profecias antes de desaparecer do mundo.

— Pobre coitado, deve estar morto, pois já era velho na época em que escreveu seus livros — observou Telos.

Os reis permaneceram discutindo por horas o que poderiam fazer e quais precauções haviam de ser tomadas. Evendros sairia em breve para uma expedição juntamente de uma companhia para explorar uma caverna ao norte de Fhalsreach, nomeada Espiral. A sombria caverna era conhecida por causa dos aventureiros que nunca retornaram para contar o que havia em seu final. Existiam boatos sobre tesouros, relíquias, mas nenhum deles se provaram verdadeiros.

A Hadgar e Evendros foi entregue a tarefa de, com seus filhos, reforçar os acampamentos militares e, mais que isso, aumentar as proteções da fortaleza. Assim fizeram. O rei rebelde dispensou seus aliados, após designados em suas tarefas, ficando sozinho novamente, sentado em seu trono.

Sentiu um breve calafrio em seu corpo. Algo o preocupava, mas não sabia o que era. Talvez o boato maldoso sobre Malogh, talvez o fim de suas forças, não sabia ao certo. O elfo não dormia em paz desde o dia em que havia assassinado Aimir I. Desde então, tudo havia mudado para ele.

6

KALIMA

Fhalsreach era o refúgio dos elfos negros ao norte de Hiren-gaal. Era naquela cidade que a riqueza dos elfos negros se fazia. Moldada e construída, assim como Vérion, com recursos rochosos e cinzentos, Fhalsreach tinha um diferencial que chamava a atenção de todos: em seu castelo real havia uma torre tão grandiosa que topava com as nuvens do céu, nomeada de Torre do Ferreiro. Era lá que estava a forja real de Evendros e também era o coração da cidade.

Durante a noite, em meio às sombras que as nuvens faziam, o brilho da fornalha iluminava toda a área em volta da torre. A cidade possuía diversas pontes feitas de pedra, ligando-a em muitas direções. Grandiosos lagos e rios cortavam a cidade e se cruzavam por baixo das pontes, tornando a cidade bela e serena.

Evendros deixava os portões principais da cidade, marchando junto de Elenor e cinquenta elfos na estrada norte. Grotesca e sombria, a caverna causava calafrios naqueles que a viam e que tinham de fazer o trajeto em seu interior.

— Nenhum desafio é demais para quem não teme a escuridão — disse Evendros para Elenor, trotando em seu cavalo.

Alguns elfos cochichavam entre si, comentando que Evendros era mais corajoso que Sven, pois o próprio líder não tinha ousado fazer tal jornada. Era a oportunidade perfeita para que os elfos negros mostrassem superioridade àqueles que os haviam julgado menores e inúteis.

— A confiança só se perde uma vez e isso serve para todos.

— Os homens jamais confiarão em elfos negros novamente, assim como não confiam em argos.

— A diferença é que não somos comparados a ratos de esgoto como os argos, mas como grandiosos seres, despertados propriamente por Noreen — apontou Evendros.

— O que acha que encontraremos nas profundezas se ao menos conseguirmos chegar até lá?

— Não sei, Elenor, mas uma coisa posso afirmar, estou pronto para conhecer o Oblivion há muito tempo.

— Não crê que seu nome está escrito nas Areias do Destino, meu rei? — perguntou Elenor.

— Não acredito nas Areias do Destino e não me preocupo com meu nome cravado nelas. E, se quer saber, busco desafios maiores no pós-morte, não só descansar em um palácio celestial.

Neblina revestia a estrada cercada por montanhas estreitas. O solo era coberto por ossos, tanto de gente quanto de animais. Os soldados demonstravam medo e incerteza de seu destino, mas seguiam fielmente seu rei, pois era a única inspiração para lhes dar coragem.

Quando finalmente avistaram a entrada da caverna, em uma brecha rachada no fim da estrada, viram uma tenda montada próximo à entrada e uma fogueira acesa. Sentado em um tronco de madeira, estava um elfo da floresta, era bem velho. Nativos de Ungor, vasta província florestal ao norte da Ilha da Alvorada, os elfos da floresta possuíam tamanho comum dos humanos, pele amarelada e orelhas pontudas. Eram amantes da natureza e também servos devotos do deus Kyne. Faziam parte do império élfico da floresta e moravam apenas em regiões florestais. Eram capazes de utilizar um canto especial de sua cultura para atrair animais comuns e os fazerem lutar por eles; não existiam melhores arqueiros em toda Westonia.

Além de ferido, o elfo se mostrava traumatizado. Vestindo uma simples armadura de ferro, estava com os braços cruzados apertando fortemente a pele, com olhos arregalados e tremendo da cabeça aos pés.

— Senhor? A quem serve e o que faz aqui? — questionou Elenor, cruzando os braços e franzindo a sobrancelha.

— Não pode... é grande demais... sombria demais... devem todos fugir... fujam... enquanto podem... — falou o velho, com voz trêmula e angustiada.

— Não vou perguntar novamente, a quem deve suas riquezas, velho?

— Muito grande... não sobrou nenhum... — dizia. Suas palavras eram sem sentido.

Impaciente, Evendros se irritou e desembainhou majestosamente a espada, fazendo com que o barulho chamasse a atenção do velho, que se virou para ele. Antes que pudesse dizer qualquer palavra de alerta ou misericórdia, o rei elfo desferiu um golpe habilidoso no pescoço do velho, decepando a cabeça, fazendo-a rolar entre seus homens. Empolgados com a atitude de seu rei, destruíram o acampamento e chutaram a fogueira que o elfo da floresta havia feito.

— Está livre de seus tormentos agora — mencionou Evendros. — Que os ventos te guiem.

— Que os ventos te guiem — repetiu Elenor.

Em seguida, embora com medo, seus soldados seguiram para a escuridão da caverna. Tochas foram acesas aos montes, produzindo o máximo de luz que conseguiram. A caverna era espaçosa e seus caminhos em espiral os levavam cada vez mais fundo. Após longos minutos explorando, chegaram às profundezas, topando com algumas criaturas como morcegos gigantes e vermes da terra. Estes tinham o corpo como o de uma cobra e, no lugar da cabeça, havia uma boca com longas fileiras de dentes usados para cavar túneis nas rochas. Essas aberrações acabaram por derrubar dois dos soldados de Evendros, que lutaram bravamente antes de caírem. O ataque deu uma trégua. Todos estavam exaustos, então o rei decidiu que era hora de descansarem um pouco, para reporem as energias.

— O que acha que encontraremos daqui para a frente? — Elenor perguntou.

— Sombra e terror, meu amigo. Sombra e terror — respondeu Evendros.

— Não deve ser tão ruim quanto dizem, não é?

— Ninguém sabe o que há no final desta caverna, nem quem a fez. Não estou confiante de que encontraremos alguém que se declare amigo, Elenor.

— De qualquer modo, espero que Noreen nos ajude.

Elenor olhou para cima a fim de encontrar uma luz divina no meio de toda aquela escuridão.

— Receio que estejamos sozinhos nesta profundeza.

O rei Evendros gostava de ser entretido por qualquer pessoa, com histórias, canções e lendas. Elenor, por ser cavaleiro real, já havia cavalgado a diversas regiões de Essenia, inclusive o grandioso continente de Hältiat, lar dos elfos. A pedido de Evendros, Elenor contou a história que mais mexia consigo, uma que os elfos cinzentos sussurravam em suas estalagens tempestuosas: *A história dos Irmãos Cooper*.

— Conta-se que na terra de Hältiat havia uma taverna, na região das Terras Tempestuosas, historicamente chamada de Os Irmãos Cooper — começou Elenor. — Certo dia, um viajante estava de passagem pela cidade e a avistou. Cansado e com fome, decidiu entrar para retomar o fôlego. A taverna sempre estava lotada, como uma taverna deve ser. Pessoas bebendo, dando gargalhadas, cantando e se divertindo. A mesa mais vazia estava ocupada por um único senhor enquanto todas as outras estavam rodeadas de pessoas.

"O viajante perguntou gentilmente se podia se sentar junto a ele. Feliz por ter companhia, respondeu cordialmente que sim. Em uma ingênua conversa, o velho se apresentou como Harper Cooper, pai dos irmãos Cooper. Contou que todos os dias visitava a taverna dos irmãos, pois se orgulhava da conquista dos filhos. Disse também que morava a três quadras ao norte da taverna, em uma estrada sem saída. O viajante havia gostado de Harper e disse que gostaria de vê-lo novamente, para contarem histórias e aventuras. Marcaram, então, o encontro para o outro dia, na mesma taverna, no mesmo horário.

"No dia seguinte, o viajante encontrou Harper na mesma mesa e conversaram por horas. Fizeram essa rotina durante cinco dias e cinco noites, até que, no sexto dia, algo aconteceu. O viajante chegou à taverna, mas dessa vez não havia pessoas bebendo ou conversando, ou cantando. Estava vazia, sem nenhum ruído, exceto pela presença dos dois irmãos Cooper no balcão da taverna.

"O viajante se sentou à mesma mesa e esperou pelo velho, mas ninguém apareceu. Intrigado, decidiu perguntar aos irmãos se seu pai tinha aparecido mais cedo ou avisado sobre algum imprevisto. Os irmãos, que entristecidos ficaram, contaram ao viajante que o velho havia morrido cinco anos atrás, em um incêndio que tomara conta de sua casa. Espantado, o viajante decidiu ir até a casa de Harper, onde, no primeiro dia de conversa, dissera morar. O viajante caminhou as três quadras ao norte, entrou em uma rua sem saída e, ao final dela, deparou-se com algo aterrorizante. Não havia vizinhança naquela região, havia apenas uma única casa, que se encontrava em cinzas."

— Aterrorizante, não gostaria de presenciar tal situação, admito — comentou Evendros.

— Este é o lado ruim de ser rei: não poder ter uma vida de aventura mundo afora, nem ir e vir na hora que desejar.

— Venho e vou quando desejo, mas as consequências são graves. E, se eu não tomar cuidado, tudo pode desmoronar — asseverou, pensativo sobre a vida que tinha e a que poderia ter se não fosse rei. — Bom, estou em uma aventura que jamais imaginaria viver. Meus filhos pediram para que eles viessem em meu lugar. No entanto, sinto que eu devo fazer isso. Devo admitir que não é lá tarefa para um rei. Porém, os reis de Hiren-gaal são assim.

Logo o grupo retomou a jornada e, a cada passo que davam, mais perto ficavam da escuridão e do desconhecido. Evendros percebeu o medo no rosto de seus homens, achou por bem encorajá-los.

— Meus senhores, estamos todos aqui por uma razão, somos aqueles que nosso rei supremo escolheu para desvendar o mistério deste lugar sombrio onde ninguém ousou pisar por uma era — começou, chamando a atenção dos soldados. A voz ecoava pela imensidão da caverna e pelos corredores. — Hoje, nossa raça reforçará nosso título de corajosos guerreiros. Quando encontrarmos nossos inimigos, lá em cima, vamos dizer: Somos aqueles que caminharam na escuridão. Somos aqueles que a venceram. E, se vencemos a escuridão, vocês não serão nada além do pó que sopraremos para apagar nossas fogueiras quando estivermos comemorando a vitória de nossa grande rebelião! Seremos todos parabenizados pelo nosso rei supremo como os elfos negros mais corajosos de toda Hiren-gaal. Dizem que a morte não teme nada, mas eu prometo a vocês, meus senhores: neste dia, a morte terá um motivo para temer e esse motivo está bem aqui, na minha frente. Agora me digam... Vocês estão comigo? – bradou Evendros, quase sentindo o sangue nas veias de seus companheiros pulsar.

A expressão dos soldados não mostrava medo, mas sim coragem. E, assim como uma avalanche desliza sobre as montanhas, o grupo de elfos negros desceu à escuridão sem temor algum, buscando trazer glória a seu povo. Adentraram uma grande zona onde uma cachoeira vazava por uma fenda aberta no topo da montanha e seguia um rio, traçando um caminho para o mais profundo abismo, e foi para lá que o grupo caminhou.

De repente, ouviram um estrondo e o chão tremeu. Um terremoto fez com que grandes rochas caíssem, esmagando alguns soldados e bloqueando a passagem por onde o grupo tinha vindo. Não havia como retornar. O barulho do terremoto e da queda das rochas tinha sido tanto, que vermes da terra despertaram novamente. Evendros ordenou que corressem em vez de lutarem, e assim o fizeram. Foi quando viram, entre os cantos das paredes e o chão, enquanto corriam, teias de aranha enormes e resistentes, de uma cor esverdeada e grudenta.

Logo que tocaram as teias e moveram as cordas umas nas outras, diversas aranhas surgiram, infestando o lugar. Tinham o tamanho de um cão e presas do tamanho de adagas. Estas roçavam uma na outra, e os oito olhos de cada aranha estavam fixos no grupo de invasores, e partiram para atacá-los.

Cansativa e horrenda foi a luta contra aqueles seres. O exército sofreu a baixa de alguns soldados, enrolados em teias e levados para o escuro do ninho, para serem devorados mais tarde. Um grito de horror e bravura pôde ser ouvido durante a batalha.

Embora a luta fosse assustadora e nojenta, Evendros era como a flâmula de uma batalha, que fica fincada em um campo verdejante, sob o mais alto raiar do sol no primeiro dia da aurora serena, a estação mais quente do ano. Seus soldados élficos lutavam com bravura quando o viam em ação. As armaduras finas e leves lhes davam agilidade na batalha, tornando a destreza sua maior virtude.

Quando a infestação veio a desaparecer do caminho dos elfos, haviam chegado ao fim do corredor, que agora era bloqueado por um escudo de teias tão longo que se estendia por dez metros. Com a espada e a adaga, Evendros cortou fio por fio, abrindo caminho para seus soldados passarem. Todos seguiam o líder, embora fossem menos soldados do que quando chegaram.

Evendros prosseguiu até ouvir um barulho de madeira enquanto desferia golpes com sua espada. Era uma porta, uma grande e pesada porta de madeira, antiga e praticamente destruída. Ao tentar abri-la, despencou para dentro, deparando-se com um vasto salão negro com muitos pilares preenchidos com braseiros que iluminavam o centro do local. Ouviram um som arrepiante de muitas patas se movendo no chão, nas paredes e no teto. Ora, houve um desmoronamento como o anterior, e as rochas caíram mais uma vez sobre a passagem, separando a saída da sala onde estavam e esmagando mais soldados.

— Posso sentir o medo pulsando em suas miseráveis veias... — Uma voz feminina ecoou do fundo da sala, na escuridão.

— Quem está aí? — Evendros questionou, apontando a espada, seus soldados fizeram o mesmo.

— Vocês estão perdidos na escuridão, não há luz que possa salvar a vida inútil que habita em vocês. — A voz mudava de direção conforme cada palavra era dita, como se quem as falasse andasse rapidamente pelo salão.

— Somos descendentes de Noreen. Sua escuridão não será suficiente para nos apagar deste mundo, maldita criatura! — esbravejou Evendros.

Das sombras, aproximou-se lentamente, revelando sua identidade, uma mulher cercada por escuridão e névoa densa, montada na maior das aranhas gigantes.

— Sacrilégio! — diziam os soldados.

— Seu salvador não enfrenta as profundezas, ele não o salvará aqui.

Desamparados, os soldados de Evendros não acreditavam no que viam, aquela criatura era horrenda, enorme, de cor negra e com manchas verdes espalhadas pelo corpo. Seus oito olhos fitavam cada um que representava ameaça. Os membros do grupo, aterrorizados, estavam com as espadas e lanças tremendo em suas mãos; exceto Evendros, que permanecia firme e com a testa franzida fortemente. O líder então percebeu que a mulher usava um bracelete de ébano em ambos os braços e que deles saíam as sombras que a envolviam. Logo imaginou ser a fonte de seu poder.

— Se essa é a grande causa de os antigos seres nunca terem retornado de suas aventuras, sinto lhe dizer, criatura, mas você não viverá para ver outro dia — berrou Evendros.

— Você ousa me desafiar? A grande Kalima? — gritou irritada, perfurando dois dos soldados com as patas gigantes de sua aranha, que mais pareciam lanças. — Vamos, Vexia, está na hora de entreter os convidados.

Kalima voltou à escuridão montada em Vexia e desapareceu nas sombras, causando dúvidas entre os membros do grupo que olhavam para todos os lados e nada viam. Os braseiros se apagaram, engolindo a sala no mais profundo breu, e o ar se fez frio, frio como o primeiro dia de lótus congelado, como era conhecida a estação invernal.

Os soldados acenderam novamente as tochas, mas, ainda assim, a escuridão era forte. Eles tremiam, o coração batendo descompassado, o medo tomando conta de cada um. Kalima saltou no meio de todos, tentando perfurá-los com as patas de Vexia, a horrenda aranha gigante. Pela lateral, Evendros desferiu um golpe em uma das patas de Vexia, cortando-a de seu corpo. A criatura soltou grandes urros de dor, e diversas aranhas menores desceram do teto para batalhar contra os invasores. O grupo se separou para combatê-las enquanto Evendros batalhava contra a criatura terrível.

Evendros gritou a Elenor que os braceletes de Kalima deviam ser a fonte de seu poder e que seria necessário alcançá-los. Vexia conseguiu abater mais alguns soldados élficos, deixando a companhia de Evendros cada vez mais em desvantagem. Kalima libertava sombras negras de suas mãos, conjurando o desconhecido, fazendo com que suas sombras envolvessem os soldados na escuridão, sufocando-os, matando-os. Tropeçando enquanto se movia para trás, Evendros caiu de costas. Vexia veio em grande agilidade para cima do rei élfico, buscando envolvê-lo em suas teias grudentas e nojentas. Foi quando Evendros fincou a espada em seu estômago, três vezes, deixando-a altamente furiosa e atordoada.

Elenor, vendo que Evendros tinha obtido um pequeno sucesso, subiu por cima da aranha pela traseira enquanto a criatura ainda estava aturdida. Ele sacou a adaga e levantou o braço, preparando-se para assassinar Kalima pelas costas, mas foi surpreendido. A mulher se virou rapidamente e enfiou a mão no peito de Elenor, perfurando sua pele e seus ossos, retirando o coração ainda pulsante. O corpo sem vida de Elenor tombou para o lado, caindo na frente de Evendros.

Ao ver o amigo naquela situação, olhou em volta e contemplou toda a maldade de Kalima. Seus soldados fiéis mortos, a fúria das aranhas, a escuridão cobrindo a luz. Aquilo o enfureceu a tal ponto que apertou o cabo de sua espada com tanta força que sua mão chegou a sangrar. Libertou do mais profundo de seu coração um grito de raiva e vingança tão forte que superou a risada zombadora de Kalima. Imediatamente, todas as aranhas recuaram, temendo o rei élfico.

Ele direcionou a espada para a frente, correndo em direção a Vexia, soltando gritos de batalha repentinos, fazendo com que Vexia recuasse aos poucos, sentindo medo. Então, fincou a espada na cabeça da criatura, seguido de um golpe na horizontal, o que a fez sentir extrema agonia e dor. Enquanto se debatia, Evendros rasgou o grandioso abdome da aranha, fazendo com que saísse um grotesco líquido verde e um tecido gosmento branco.

Vexia cambaleou pelo salão e trombou nos pilares de rocha, derrubando-os em cima de si mesma, causando sua morte. Dentre a fumaça das rochas e a escuridão, Kalima surgiu, e os braseiros voltaram a se acender. Evendros caminhou em direção à mulher junto com que restara de seus soldados.

— Conseguiu o que queria, meu senhor. Provou ser maior do que aparentava.

— O bracelete, entregue-me — exigiu Evendros, estendendo a mão.

— O senhor vem até a mais profunda escuridão em busca de algo que nem sabe o que faz? Que propósito tem isso?

— Não me importo o que faz. O Lorde das Cinzas supostamente retornou, e buscamos qualquer força que possa confrontá-lo.

— Malogh retornou? — indagou ela, mostrando o primeiro resquício de sentimento. — É um tolo se pensa que pode deter Malogh com seu próprio poder.

— O que está dizendo, criatura?

— Sou serva de Malogh, sua primeira criação sombria em Essenia. Ele selou em mim uma pequena parte de seu poder. Trancou-me no fim desta caverna para que ninguém me encontrasse e o tirasse de mim. Pôs Vexia para me proteger e ela o fez enquanto pôde. Todos os que vieram aqui não voltaram para contar o que viram ou não encontraram o que tinham vindo buscar. Todos, exceto você. Tudo o que Malogh escondeu e guardou para mim, ele colocou em meu coração e neste bracelete.

— Se é uma criação de Malogh, então é ameaça para todos. Você assassinou meu comandante de batalha, isso não será perdoado.

O rei brandiu sua espada.

— Não pode ser perdoado, porém há algo que possa ser retribuído. O bracelete que procura de nada adiantará se não possuir a essência de meu coração. Você pode destruir o poder que em mim habita e libertar esta caverna da escuridão. Contudo, você tem outra escolha. Pode usá-los a partir do meu coração e terá grande poder, ele fará todos se curvarem diante de seus pés e terá uma vida imortal — persuadiu.

Evendros ficou pensativo e, embora quisesse assassinar Kalima pelo que havia feito a seus soldados e Elenor, pensou em sua terra e em seu povo, pensou que poderia salvá-los com o poder de Kalima. Talvez não de Malogh, mas da própria Aliança. Pensou também em uma vida longa, imortal, tal como os anjos que ele tanto invejava. Cego pelo desconhecido, o rei aceitou a proposta de Kalima e a seguiu para a escuridão junto com o restante de seus homens, que agora eram menos que dez. Kalima soltou uma cortina de fumaça e conjurou uma forja negra diante de todos. Explicou para Evendros as consequências daquele rito: o espírito dela estaria sempre ao seu lado e iria auxiliá-lo em suas batalhas. Jamais poderia se separar do espírito, pois sua vida estaria atrelada a ele. Para isso, Evendros deveria arrancar o coração de Kalima e, junto de suas lágrimas, aperfeiçoar sua espada na forja sombria.

Os outros elfos pediam que não o fizesse, pois não haveria volta; tinham medo do que poderia acontecer em seguida, já que Kalima era maliciosa e sombria. Contudo, de nada adiantou, pois Evendros não ouvia ninguém, estava cego pela busca da salvação de seu povo. Era um rei justo e honroso. Assim, arrancou o coração de Kalima, coletou as lágrimas de seus olhos e as acrescentou na forja. Usando os braceletes negros, com o auxílio de seus homens, ficou longas horas aperfeiçoando a espada, unindo sua alma à de Kalima. Os outros elfos o temeram mais que nunca e, pela primeira vez, abominaram-no.

A espada finalmente havia sido aperfeiçoada, o espírito de Kalima a envolveu por completo, fazendo com que todos temessem e se curvassem diante dela. Era envolta em uma aura de sombra e sussurros, deixando-a negra. Evendros levantou a lâmina e a contemplou, vendo seu reflexo. Percebeu que uma densa névoa sombria partia da lâmina para seu braço, cobrindo metade de seu corpo. Dali, surgiu o espírito de Kalima.

— Como chamará a lâmina que todos deverão temer a partir deste dia? — sussurrou o espírito.

— Lamento de Kalima — respondeu o rei, após sentir o poder conquistado.

7

A BRUXA E O CAVALEIRO

Escurecera e Vincent decidira acampar em vez de concluir a viagem no meio da noite. Não muito longe de Lóren, havia montado seu acampamento em uma pequena floresta ao leste. Sentado em uma pedra, próximo à fogueira que acendera, Vincent passava uma pedra de afiar em sua espada enquanto esperava o grelhado de coelho ficar pronto.

Shadow relinchou, demonstrando inquietação e atraindo a atenção de Vincent. Então soube que não estavam sozinhos. Apurou os ouvidos, olhando em volta com cautela. Ouviu um ruído entre as moitas próximas, como o som de galhos sendo pisados. O barulho ficou mais intenso, fazendo com que Vincent se levantasse com a espada já em punho. Da mata, surgiram três elfos negros com armaduras reais e elmos que escondiam suas identidades, prontos para o ataque.

Vincent derrotou um a um, imobilizando-os com ferimentos graves. Contudo, de repente surgiu um quarto soldado e ele era mais habilidoso que os outros três. Mesmo lutando com destreza, Vincent o venceu, ferindo-o no braço.

O cavaleiro se aproximou para avaliar a situação do oponente e, distraído, tomou um golpe surpresa do soldado, que havia fincado uma adaga na coxa de Vincent. Ele soltou um berro de dor e socou a cabeça do soldado duas vezes, fazendo seu elmo cair no chão e revelar sua identidade.

— Que diabos, uma mulher? — vociferou, ao tirar a adaga de sua coxa.

— Qual o problema? Não consegue aceitar que uma mulher é melhor do que você? — replicou a soldado.

— Não sou eu quem está manchando o chão de sangue.

— Se eu fosse você, não teria tanta certeza — disse, apontando para o ferimento dele.

— Por que vocês me atacaram? Quem ordenou?

— Ninguém, estávamos fazendo uma patrulha.

— Tão perto de Lóren? Vocês são realmente loucos. — Ele deu uma pausa, preparando a espada para finalizar a briga. — Escolheram o homem errado para confrontar.

— Espere! Não sou como os outros! Dê-me uma chance para explicar, eu imploro!

— Explicar o quê? Que tentou me assassinar?

— Eu não luto pelos rebeldes. Por ser uma elfa negra, quis me passar por um soldado rebelde para vir a Lóren junto de uma patrulha.

— Por qual motivo? Se virem você, vão assassiná-la sem nem perguntar seu nome.

A mulher retirou a armadura, ficando apenas com a roupa de linho, e pôs a mão próximo de seu ferimento no braço, produzindo uma luz, curando-o instantaneamente.

— Eu luto pela liberdade do povo de Essenia; por todos eles, não apenas a minha raça — justificou, afastando a mão do ferimento totalmente cicatrizado.

— Você é uma bruxa... mas os elfos negros não permitem esse tipo de magia em sua raça, por tradição a Noreen — comentou Vincent.

— Nas minhas terras não há espaço para a magia. No entanto, meus poderes provêm da luz. A luz que os cura e os mantêm afastados do mal. Estou sendo procurada, fui condenada à morte, pois descobriram meu envolvimento com a magia e minha crença aos vedaín.

— Bom, nesse caso, eu lhe desejo boa sorte, senhora. Seja lá o que estiver tentando fazer, não parece maldoso.

Vincent guardou a espada na bainha e preparou as coisas para partir com Shadow.

— Meu senhor, eu imploro, tem de me ajudar, pois não conseguirei realizar minha tarefa sozinha.

— Não tenho tempo para isso; tenho coisas mais importantes a fazer. Se conseguiu chegar até aqui, poderá ir a qualquer outro lugar.

— Mas me disse que eu morreria facilmente em Lóren.

— Tem razão. Nesse caso, lhe desejo uma morte rápida e indolor — concluiu, montando em Shadow.

— Por favor, ouça o que tenho a dizer, pelos deuses.

— Diga-me, por que eu deveria dar ouvidos à mulher que tentou me assassinar na primeira chance que teve? — argumentou ele.

— Já te disse, era apenas um disfarce, não sou como eles. Eu precisava fazer isso para sobreviver.

— Da última vez que acreditei em alguém que me feriu, a mesma cena se repetiu depois, só que a consequência foi maior.

E partiu, deixando a elfa para trás.

Vincent continuou sua viagem no meio da noite, cansado e ferido. Após um tempo de cavalgada, resolveu parar mais uma vez, pois não estava mais aguentando a dor. Precisava cuidar daquele ferimento. Já havia atravessado a floresta que dava em Lóren e já conseguia ver a bela e grandiosa cidade por causa das imponentes tochas acesas. Apertou um pedaço de pano em seu ferimento e os olhos começaram a pesar. Seu corpo estava enfraquecido.

Logo, desmaiou.

•

Quando abriu os olhos, sentiu-se encandeado pelo sol. A manhã já havia chegado e o barulho dos pássaros que sobrevoavam pela floresta faziam a manhã mais convidativa. Ao se sentar, notou que estava deitado em um saco de dormir e, próximo a ele, havia uma fogueira acesa. Atordoado, voltou a se deitar, tentando lembrar do que havia acontecido.

— Não sei como você consegue ficar tanto tempo sem comer. Está mais fraco que um cão abandonado.

Vincent ouviu a voz familiar, olhou por cima do ombro e viu a bruxa da noite anterior. A mesma que havia deixado para trás. Trazia consigo um ensopado de peixe e cenoura, que havia preparado com a provisão presa em Shadow. Também havia um suco de framboesas para acompanhar.

— Coma — ela ordenou. Ele titubeou. — Não está envenenado. Acredite, se eu fosse matar você, teria feito enquanto dormia. Vamos, o ensopado está bem quente, acabei de preparar. Sinto muito, acabei devorando o grelhado de coelho que você deixou na noite anterior.

— Por que está fazendo isso? — perguntou Vincent, desconfiado.

— Só estou cuidando de você. É o que as pessoas com amor no coração fazem.

— E sempre fazem isso depois de tentar te matar?

— Já te disse o motivo do ataque: não é pessoal. Achava que você fosse igual a qualquer um deles, mas você sabe que é diferente. A propósito, meu nome é Lauren.

— Vincent.

Ele observou o ferimento na coxa, que agora estava cicatrizado.

Lauren contou sua história enquanto Vincent comia o ensopado que ela havia preparado. Era uma camponesa, crescida em um dos vilarejos de Vérion, protegidos pela Floresta do Desespero. Sua mãe era uma bruxa incrível, na qual Lauren se inspirara para se envolver com a magia. Não conhecia o pai, pois a mãe nunca falara dele, nem sequer sabia seu nome. A mãe de Lauren fora caçada pelo seu envolvimento com a magia e teve de se exilar em Arcádia, deixando a filha para ser criada por sua irmã. Desde então, ela nunca mais tivera notícias da progenitora. Lauren escondera por longos anos seu dom com a magia, mantendo-o em sigilo.

— Sinto muito por sua mãe, mas ainda não disse seu interesse em Lóren — comentou Vincent.

— Há escrituras que só podem ser encontradas na biblioteca de Lóren. — Ela ponderou e continuou: — Além disso, há boatos sobre o retorno de Malogh, eu preciso saber se é verdade.

— Vou lhe poupar de arriscar sua vida, minha senhora. Sim, os boatos são verdadeiros. Malogh retornou.

— Como é possível? — questionou a bruxa, visivelmente surpresa.

— Eu devo ajudar na luta contra ele, pela libertação dos povos — afirmou.

— Lauren, isso é assunto da Aliança, os anjos irão comandar essa missão, não há espaço para os elfos negros.

— Apenas me leve junto com você para Lóren. Eu escondo minha identidade — implorou.

— Como sabe que estou indo para Lóren? — indagou.

— Eu não sei, mas senti que estava...

— Levarei você apenas até a biblioteca. Depois disso, siga seu próprio caminho — disse Vincent, decidido.

Ele sabia que Lauren o atrasaria em sua tarefa, porém acreditou que sua história era verdadeira e propôs ajudá-la.

Arrumaram as coisas e Vincent deu a Lauren seu manto. Ela o vestiu e pôs o gorro para esconder sua aparência. Montaram em Shadow e cavalgaram até Lóren. O cavaleiro a acompanhou até a biblioteca real, como prometido, e a deixou lá, um majestoso estabelecimento de mármore, com uma grandiosa estátua de Timmóteo Eul em sua entrada. Quando partiu para o castelo, deparou-se com uma visita inesperada.

— Wald? O que está fazendo aqui? — perguntou, surpreso.

— Vincent, finalmente! Achei que não conseguiria encontrá-lo, está um pouco atrasado, afinal, não?

— Digamos que eu tive um breve contratempo em minha viagem — justificou, olhando para a biblioteca.

Os dois ficaram alguns minutos conversando e foram interrompidos por Lauren, que havia saído da biblioteca rapidamente. Vincent ficou envergonhado e contou o que havia acontecido. Ouvindo a história de que Lauren havia se oferecido para ajudar na luta contra o inimigo, Wald disse que precisariam de toda a ajuda possível, porém seria difícil a tarefa de convencer Aimir II a dar sua permissão. Pois orgulhoso era o grande rei de Lóren e odiava os elfos negros mais que tudo pelo que fizeram ao seu pai no passado, além de sua traição.

O ancião contou aos dois o que havia descoberto no Bosque Sagrado e que precisariam com grande urgência relatar ao rei supremo. Lauren acreditou nas palavras de Wald, que havia conseguido respostas sobre o retorno do inimigo. Foram até o castelo de Aimir, e, como Wald era grande conhecido do rei, conseguiu facilmente uma audiência com ele. Pediu a Lauren para que ficasse fora do castelo, pois teriam de ter grande cautela ao pedir que o rei supremo permitisse sua participação na tarefa.

Vincent e Wald adentraram o grande salão real, onde Aimir II estava sentado no maior dos tronos de toda Hiren-gaal. O rei supremo possuía a barba média, o bigode loiro e seu cabelo ondulado penteado para trás alcançava pouco abaixo de seu ombro. Um forte brilho resplandecia em sua cabeça: era a esplêndida coroa de ouro, posta na cabeça daquele cujo dever era governar todos os reinos de Hiren-gaal. Cravados na coroa real de Aimir II, havia três belíssimos rubis refinados.

Enquanto os dois se aproximavam, ouviram uma alta voz ecoando no salão do castelo e seu tom era de glória e orgulho:

— Vocês estão na presença de Aimir II, o único e verdadeiro rei supremo de Hiren-gaal. Devem se ajoelhar e prestar respeito à sua majestade — disse o conselheiro de Aimir, Flutt, ao lado do rei, com seus braços cruzados e pernas abertas, vestindo uma túnica púrpura e dourada.

Flutt havia sido o conselheiro de Aimir I e o alertara sobre um presságio ruim que sentira para com os elfos negros. Tinha aconselhado o rei de que não era sábio fazer o discurso que pretendia no conselho real, mas Aimir I o ignorara, ação que havia resultado em sua morte.

Ora, embora ainda faltasse algum tempo para a velhice, Aimir II já possuía quatro herdeiros para seu trono real. Sua esposa, rainha Elena, havia concebido Aimir III, Aimir IV, Ania e Atarr. Eram adultos e com certa posição na corte real.

Os dois se ajoelharam, prestando respeito ao rei. Aimir pediu para que se levantassem e os saudou como outrora fizera, em tempos de alegria.

— Em tempos difíceis e conturbados, eis que recebo a visita de bons amigos. Vincent, você não envelheceu nem um pouco! — saudou os companheiros, com um sorriso em seu rosto.

— Meu querido rei, é uma honra vê-lo novamente. Trago notícias ruins e conselhos para essas horas de dúvidas e pavor — revelou Vincent.

— Se está se referindo ao boato sobre o retorno do Lorde das Cinzas, não perca seu tempo. Malogh é apenas um mito de dois mil anos atrás. Os anjos contam a história de que todos os reinos guerrearam contra ele, mas já estão todos mortos para alegar a veracidade. Exceto os anjos, é claro, mas ainda acredito que é apenas uma história antiga.

— Eu estava lá, Aimir, esqueceu-se? Eu estava na guerra contra o Lorde das Cinzas durante sua primeira vinda, assim como Wald.

— Já não bastam os problemas que tenho com os rebeldes, agora tenho de receber dois colegas imortais em minha casa. Devo ter pecado muito em minha vida miserável — murmurou baixinho, para que não o ouvissem, e fechou o punho.

Wald contou sua ida ao Bosque Sagrado e sua comunicação com o espírito de Kyne, enviado do próprio paraíso.

— Essa afirmação que fizeram... sabem que pode mudar o rumo de todo o mundo, não sabem? — perguntou Amir a Wald e Vincent.

— Sim, meu rei — respondeu Vincent. — Apenas com o seu decreto real é que todos passarão a acreditar que os boatos se provaram verdadeiros. Não podemos permanecer cegos ao inimigo, que se move cada vez mais, todos devem ficar atentos.

Aimir II era um homem honrado e corajoso, tal como seu pai, que o treinara para ser um rei magnífico, exatamente como estava sendo. E ele não cederia aos elfos negros, muito menos tiraria a coroa de rei supremo tão facilmente.

Aimir I tinha sido um rei admirável. Havia erguido grandes vilarejos, fazendas e moinhos em diversas partes do continente e provera riquezas com seus tesoureiros reais. Não havia um ser que passasse fome durante o seu reinado. Ora, quando o príncipe Aimir II assumira a coroa, a estabilidade do continente caíra por terra, e um dos motivos foi o bloqueio de capital das cidades dos elfos negros. Lóren ainda tinha as terras do oeste com quem negociava através do Porto Cinzento e, embora não fossem aliados, a negociação era benéfica para seu reinado.

— O que sabemos é que Hiren-gaal se tornará um lugar mais perigoso do que já é. Como anteriormente, os outros continentes não se juntarão à nossa luta, pois pensam ser apenas um problema isolado e acreditam que estão protegidos por trás das grandes montanhas que dividem a fronteira. Devemos ficar de olho em quem entra e quem sai do continente — explanou Flutt.

— Onde está Fendrel? — perguntou Aimir.

— Fendrel viajou para L'ozag, em busca da ajuda dos bárbaros — informou Vincent. — Pediu para lhe entregar isso.

— Uma carta do próprio rei arcanjo. Certo... Aqueles bárbaros não se importam com o problema de outras terras, a não ser sua própria ilha isolada. Se quer saber, acho pouco provável que ainda estejam vivos.

— Então, acredita em nós, meu rei? — perguntou Wald.

Aimir suspirou fortemente e passou a mão por seus cabelos, que caíram no rosto.

— Eu não acredito em uma ameaça que não consigo ver, mas atenderei o chamado para que todos os reinos fiquem atentos.

Aimir ordenou dobrar a guarda nas fronteiras, controlando quem entrasse ou saísse de Hiren-gaal, pois sua terra e seu povo precisavam ser protegidos a qualquer custo. Vincent convenceu o rei a visitar Pine-falls, pois Fendrel, ao retornar de L'ozag, iria encontrá-los lá.

— Diga-me, meu rei, se algum elfo negro se oferecesse para lutar pela sua causa, o que faria? — investigou Vincent.

— Eu o assassinaria antes que ele o fizesse — respondeu, curto e frio.

— De fato — murmurou Vincent, fazendo uma reverência junto de Wald, deixando o salão.

Vincent e Wald se encontraram com Lauren fora do castelo e a levaram para fora de Lóren o mais rápido possível. Ao saírem pelo portão sul, contaram que era melhor manter sua ajuda em segredo, por ora, pois Aimir não estava nada contente com toda a situação.

— Preciso voltar para a província de Acáy e esperar por Fendrel e James. Assim eu os acompanharei a Pine-falls — avisou Wald.

— Eu também deveria voltar; não deveria ter deixado James. E se algo acontecer? Eu me culparei até a morte.

— Ele está sob os cuidados de Fendrel. O que poderia acontecer? James literalmente tem um anjo da guarda.

Wald deu altas gargalhadas e fez com que Vincent sorrisse.

— O que faço se não posso mostrar minha identidade para os seus aliados? — perguntou Lauren.

— Daremos um jeito. Salor entenderá melhor, pois precisa de ajuda em Pine-falls — informou Vincent.

— Deixe-me ir, então. Até breve, meus companheiros, e foi um prazer, Lauren. Desejo-lhes boa sorte.

Wald partiu de volta para Acáy. Sua movimentação pelo continente era invejável por qualquer um que o visse, pois ia e vinha quando assim desejasse. Vincent temia que o pior acontecesse tanto a ele quanto a Lauren. *Seria traição me aliar com a raça inimiga?*, pensou ele. *Mas é claro que seria, onde está com a cabeça, Vincent?*, concluiu em seguida. No entanto, via no olhar de Lauren o quanto estava disposta a ajudar e ela havia sido a única dentre milhares de elfos negros a se juntar a uma causa maior do que disputas entre raças e territórios: a luta pela libertação de todos os povos. Uma alma boa e gentil.

Embora Vincent fosse difícil de se convencer sobre algo, era um cavaleiro misericordioso. Eram características que faltavam em cavaleiros de Essenia. Pois, enquanto todos eram cobertos pela raiva e impiedade, Vincent era coberto pela razão e pela verdade, ou achava que era. Houve tempos em que tivera de tomar decisões difíceis, que havia custado muitas vidas. Mas estava disposto a dar uma chance para Lauren, pois via em seu coração bondade, afinal.

8

NO MEU TEMPO DE NECESSIDADE

Quando se tratava de piedade e segundas chances, logo todos pensavam em Salor. Apelidado pelos habitantes da cidade de O Misericordioso, Salor perdoava até os mais altos crimes cometidos em seu reino. Para ele, não havia justiça na morte, por mais cruel que tivessem sido os crimes. Mereciam conhecer o Oblivion apenas aqueles que eram amaldiçoados em vida. Assim julgava a todos que serviam ao exército de Pine-falls, homens corajosos e dispostos a se sacrificar pelo povo. Salor rezava aos Seis e o Um para que lhe dessem vida longa em Essenia e a eternidade no Palácio Vitorioso.

Seguia os ensinamentos do divino Raklion, deus da sabedoria e conhecimento: "Amai ao próximo em quaisquer circunstâncias. Seja bondoso e será recompensado. Seja injusto e será punido". No entanto, seus filhos, Fenton e Taran, haviam puxado o lado da esposa de Salor, impiedosa e cruel. "Não há justiça neste mundo. Se até divindades foram traídas, o que esperar de seres comuns?", era o discurso que Serana havia encucado aos seus filhos para semearem a verdadeira justiça que acreditava ser correta: a impiedade. Assim como o pai, os irmãos tinham o cabelo negro, com a diferença apenas no corte, que era curto. Salor possuía longos cabelos trançados em um rabo de cavalo e barba igualmente trançada.

Contava-se que quando Salor deixava a cidade para resolver questões pessoais, Serana instigava seus filhos a tomarem as mais cruéis decisões para com os problemas da cidade. Quando Salor retornava, a espada do carrasco sempre se encontrava coberta de sangue. Se havia amor no coração de Serana pelo rei Salor, todos desconheciam. Pois esperava ansiosamente pelo dia em que o rei de Pine-falls falecesse para assim tomar posse da majestosa clava que o rei havia adquirido. Uma clava de ferro, bela e tenebrosa. Sua haste era de tamanho médio e na ponta havia a estrutura de três rostos gritantes, um ao lado do outro.

Era chamada de Grito. Estava na família de Salor havia três gerações e fora conquistada por seu tataravô. Originalmente, a clava pertencera aos orcs de Orjüun, que a deram de bom grado após um favor grandioso prestado a eles. Desde então, a família de Salor a carregara como relíquia.

— Vamos, mate-o de uma vez por todas! — Salor berrou a seu filho Fenton.

— Você irá sangrar! — Fenton avançou fortemente com a espada empunhada, atacando o homem à sua frente. — Mas que diabos?

Duas imagens se fundiram a imagem do primeiro que acabara de ser perfurado.

— Deve ser mais esperto, rapaz!

Quatro figuras o cercaram e pularam para cima de Fenton, tornando-se cinzas. Restava apenas uma, que permanecia ao lado de Salor, de mãos para trás e pernas fechadas.

— Se um dia lutar verdadeiramente contra ilusões, elas não se desmancharão em cinzas quando o atacarem — alertou o homem.

— Eu sei, Nazir, eu sei. Mas não há como saber quem é ilusão ou não...

— Talvez não, talvez sim — cantarolou o rei.

— A ilusão está na sua mente; ela que o engana. Concentre-se e saberá diferenciar uma ilusão da realidade — explicou Nazir.

— Por hoje chega, Fenton. Procure seu irmão e levem a carruagem de suprimentos para o Forte do Carrasco.

— Sim, pai. Nazir. — Fez uma reverência. — Obrigado pela aula de hoje.

Fenton deixou a floresta e caminhou de volta para a magnífica cidade onde residiam. Salor preparava Fenton para ser rei, pois era seu filho mais velho, mas ele não se dava bem com a espada. Nazir era um bruxo especializado na arte de ilusão. Diversos bruxos espalhados por Essenia eram formados no colégio Meia-luz, localizado em Arcádia, continente ao sul de Hiren-gaal.

Salor havia construído uma espécie de fortaleza de vigia. Dentro, havia uma pequena vila militar. Chamou-a de Forte do Carrasco. Visto que a província inimiga se encontrava próxima, sendo ela Istíria, Salor tomara a decisão de criar o lugar para conter os exércitos inimigos até a chegada de seus aliados, em caso de uma guerra. No entanto, o forte nunca fora atacado. Ficava sob o comando de Naya, tenente dos exércitos de Salor.

Ora, Naya era conhecida como a estrela quebrada, portadora do sol. Rezavam as lendas que Naya tinha sido despertada por Ýris, tal como fizera com Valindra no início dos povos. O que contavam os ventos era que, dos céus iluminados, Ýris avistara a estrela que menos brilhava e fez dela a imagem como deveria ser: bela e serena. Moldara-a e a despertara com grande conhecimento de liderança e junto do seu corpo fora dada Sol, a espada que chamuscava fogo de sua lâmina.

A dádiva fora concedida apenas a dois seres em toda Essenia: Naya e Veyas – o alto rei das Terras Tempestuosas, a oeste, cuja lendária espada tinha o nome de Amanhecer Glorioso. Diferente de Salor, Naya não possuía piedade para com aqueles que a desobedeciam. Eventualmente, bandidos tentavam invadir o forte, pois ali uma valiosa arca de hires era guardada. Porém, nenhum deles saía de lá com as mãos inteiras.

Serana tinha grande inveja de Naya. Era fina e usava túnicas de tecido por onde quer que fosse; Naya vestia o ferro dos homens, e o fogo que ardia em sua lâmina era o mesmo que fervia seu coração durante as noites frias e solitárias. No entanto, Salor tinha mais admiração por sua comandante do que por sua esposa.

Fenton preparou a carroça e montou em um dos cavalos castanhos.

– Taran, venha logo! Seja pontual em suas tarefas! – Fenton gritou, chamando a atenção de seu irmão mais jovem.

– Não se apresse muito, meu irmão. O futuro que tanto apressa é a morte e dela não há como escapar – comentou, terminando de colocar sua bainha.

Após um curto tempo, montou no cavalo ao lado do de seu irmão.

– Pode zombar do tempo como quiser, mas faça suas tarefas direito.

– Você não faz isso por nosso pai, não é? Faz por Naya.

Fenton demorou a responder.

– De onde tirou isso?

— Você nunca me apressa para nenhuma tarefa, a não ser quando se trata de levar a carroça até o forte. Eu vejo o jeito com que olha para ela, Fenton. Desista... Ela é a estrela quebrada, portadora do sol, que interesse ela teria em um herdeiro de uma província escondida por florestas de pinheiros e um riacho longo à beira do mar? Além do mais, você mal sabe manejar uma espada.

— Você nada sabe sobre meus desejos e como olho as pessoas. Fique calado, Taran, e vamos logo com isso — irritou-se Fenton.

Era meio-dia quando os irmãos iniciaram a viagem até o forte. Ao saírem da cidade, avistaram seu pai junto de Nazir, caminhando de volta para o castelo. Assim que passou pelos filhos, Salor colocou a mão no peito, observando-os. Eles retribuíram o gesto. Para os nascidos em Pine-falls, era costume se despedir de familiares colocando a mão no peito, simbolizando compaixão e respeito.

Taran tinha a cabeça feita pela sua mãe, que o enchia de desejos egoístas e fome de poder. Sendo assim, tornara-se uma pessoa gananciosa e sem escrúpulos. Fenton, no entanto, não caía no ardil de sua mãe e procurava obter o orgulho e aprovação do pai, como primeiro herdeiro que era.

— Não importa seu intuito com o mal, mesmo que o carregue para fazer o bem, pois ele irá lhe corromper e, quando perceber, estará causando discórdia e fazendo escolhas horríveis, as quais acha serem corretas e necessárias. A partir dessas escolhas, se tornará o monstro que temia ser — advertiu Fenton a seu irmão enquanto trotavam lado a lado.

— Se souber usar o mal a seu favor, ele nunca o corromperá, irmãozinho.

— Ando sentindo coisas, irmão. Sinto destruição... e morte. — Fenton se mostrou preocupado.

— São apenas sentimentos, nada mais.

Assim que avistaram as grandes muralhas feitas de pedras rochosas, com arqueiros guardando seus postos, e lanceiros ao portão, sabiam que haviam chegado ao forte. Os guardiões logo reconheceram os filhos do rei e abriram os grandiosos portões de madeira que protegiam o lugar. Adentraram o forte sendo saudados pelos soldados de Naya. "Salve, filhos do rei", era o que diziam. Os irmãos apearam e os entregaram aos guardas para levá-los ao estábulo. Do salão militar, saiu a bela Naya, com seus cabelos dourados, que chegavam até as costelas dançando ao ritmo do vento, e seus olhos verdes, seduzindo de imediato Fenton, que com seus olhos perfurava de longe a bela guerreira.

— Ora, meus meninos, como foi a viagem? — questionou, sorrindo para os filhos do rei.

— Tranquila. Não tivemos imprevisto algum — informou Taran.

— E ela acaba de melhorar ao vê-la aqui, sorrindo, espalhando a felicidade a todos — mencionou Fenton, com tom interesseiro.

Taran revirou os olhos e balançou sua cabeça, envergonhado pelo irmão. Naya caminhou com os filhos do rei pelas muralhas, observando tudo, conversando. A preocupação de Naya era sobre Malogh, e o decreto real de Aimir II significava que os boatos eram verdadeiros e que talvez não estivessem prontos para o retorno do inimigo.

— Não é simplesmente uma guerra. Ele está buscando algo, mas o que é? — perguntou Taran. — Se desejasse uma guerra, já teria feito.

— Soube que está atrás de uma criança que dizem ser de extrema importância para Malogh — respondeu Naya.

— E que criança é essa?

— Não a conheço, nem sei seu nome, mas é certo de que os anjos a guardam.

— Parecem até dragões que guardam seus ovos preciosos — Fenton comentou.

— Não seja tolo, dragões são uma lenda — Taran advertiu.

— Só porque você não os vê, não significa que não existam. Há dragões em outras terras.

— Esqueçam essa história de dragões — interrompeu. A discussão era desnecessária. — Os dias escuros estão na região contrária de onde os anjos estão, creio que Malogh busca outra coisa — Naya refletiu.

— Isso saberemos em breve.

Naya carregava em sua bainha a encantada espada. Esta chamava a atenção de Taran, ardiloso como a mãe. Fenton encontrou o ferreiro real de Pine-falls, Thror Silver-hand, do qual era bem próximo, afastando-se de seu irmão e Naya.

— Venha comigo, Taran — convidou a tenente.

Ela levou Taran para dentro dos salões militares e seguiu até seu quarto. Suspirando, retirou a armadura das costas, entregando para Taran, sentindo-se aliviada por tirar o peso de seu corpo. Ao remover a bainha, deu-a também para o rapaz.

— Vejo que você repara muito nessa espada, ela chama sua atenção? — questionou ela.

— Chama a atenção de todos — respondeu, um tanto sem jeito. — Inclusive a de meu irmão, que mais está interessado em sua aparência.

Naya abaixou a cabeça e sorriu, retirando a espada das mãos de Taran, contemplando-a.

— Os homens são todos parecidos, não? Apenas olham sua aparência, seu corpo, e isso é o que importa.

— Você tem razão, os homens são fracos.

Sentou-se na cama de Naya, cruzando os braços.

— Mas nunca o vi reparando em minha aparência ou em meu corpo.

— Porque não o faço, minha senhora.

— Não me chame de senhora, me soa como velha. Temos apenas sete anos de diferença.

— Bem, isso é ser velha — afirmou, com um sorriso, provocando Naya.

— É um garoto sem modos, sabia? Se sua mãe não te ensina a ter bons modos, eu ensinarei.

Ela desabotoou a camisa e a afastou, deixando os seios à mostra.

— Ter modos é muito padrão, não sou como os outros homens — avisou, puxando Naya pela cintura, trazendo-a para seu colo, beijando-a profundamente.

Ambos ficaram excitados, fervendo de desejo um pelo outro.

Deitaram-se na cama de Naya e tiveram um momento raro em tempos turbulentos como aqueles. Um momento de prazer e diversão. Naya nunca havia estado com alguém tão novo antes, e Taran tinha dezessete anos. Ela possuía dentro de si o desejo de sair com pessoas mais novas, principalmente fora do padrão de bom senhor. Da mesma forma, Taran se interessava por mulheres mais velhas, mas nunca havia pensado em Naya. Taran se mostrou surpreendente para sua idade, enquanto Naya revelou outra razão pela qual carregava o título de portadora do sol, pois, naquele momento, a cama ficou em chamas para os dois.

•

Fenton gargalhava junto de Thror e alguns guardas, sentados à mesa em que bebiam cerveja, sob a luz do luar, no pátio do forte. Contavam histórias e cantavam canções antigas, pois um dos guardas se mostrou ser um bardo, amante da música e comprometido com os melhores prazeres da vida: uma boa taverna, boa comida e, sem dúvida, boa bebida.

— Cante aquela do cavaleiro vermelho! — pediu Fenton.

— Já cantou essa duas vezes! Estou bêbado, mas certamente me lembro de ouvir essa! — comentou um dos guardas, e todos caíram na gargalhada.

— Agora me respondam uma coisa: por que maldição há sempre um Silver-hand onde quer que eu vá? — Fenton comentou, dando um soco no braço de Thror. — O guarda real de meu pai é Nazir Silver-hand. Já visitaram uma taverna na estrada para Istíria? Certamente o atendente do balcão é um Silver-hand. Só não consigo me lembrar qual!

Em um desprazer, tiveram a impressão de ouvir sons estranhos vindo de fora do forte. As gargalhadas cessaram, assim como a falação de Fenton. Todos ficaram quietos, focando nos sons que ouviam. Pareciam gritos espirituais ou rugidos sussurrados. Chamaram os guardas dos portões, mas estes não responderam. Levantaram-se e desembainharam suas espadas lentamente, ficando a postos. Foi quando invadiram o lugar. Moviam-se como o vento quando se desvaneciam em fumaça e sombra, cegando a quem os procurava. Seus urros de guerra eram sussurros quase inaudíveis e seus elmos fechados escondiam a aparência.

Eram servos de Malogh, e uma batalha surpresa foi travada ali, mas aqueles soldados estavam bêbados demais para conseguir lutar com destreza. A bebedeira se tornou sua ruína. Estavam lentos, alguns não conseguiam enxergar as sombras que os atacavam, pois se escondiam na escuridão da noite. Outros já haviam sucumbido ao ataque. Até que a trombeta do forte foi tocada e os guardas que residiam dentro dos salões saíram para a luta.

Fenton viu Naya com Taran saindo dos salões militares. Estava tão entretido que não percebeu o tempo que tinham ficado juntos. Logo imaginou coisas e sua ira se intensificou ainda mais.

Naya levantou a espada aos céus, fazendo-a se cobrir de chamas e um brilho resplandecente. Uma forte aura de claridade se fez num estrondo ao redor do forte, mostrando as criaturas em sua forma real, que não conseguiriam mais se esconder nas sombras de sua vergonha.

As forças agora estavam com os humanos, concedendo-lhes vantagem, pois, embora assustadores e amaldiçoados, os servos de Malogh temiam a luz mais que tudo. Quando mortos, desvaneciam-se e se transformavam em fumaça, fazendo com que fossem expurgados onde haviam sido destruídos.

Diante da lâmina Sol e dos combatentes encorajados por Naya, os que restaram do grupo de Malogh recuaram e adentraram nas sombras, na qual a aura flamejante da lâmina não os alcançava, fugindo dali. Aqueles chamados servos de Malogh não eram monstros nem humanos, possuíam a forma de espírito e por isso eram vulneráveis. Vestiam armaduras de ébano e se moviam como o vento.

Malogh se comunicava com qualquer servo, manipulando-os para que fizessem a sua vontade, embora não falassem, a não ser por murmúrios e sussurros involuntários, eles o obedeciam.

Os sobreviventes da batalha contra os soldados de Malogh caíram de joelhos ao chão, agradecendo aos Seis e o Um por terem sido poupados da morte. Naya rezou, agradecendo e pedindo proteção e bênção. Fenton passou por Taran e lhe disse rapidamente, sem esperar resposta:

— Demorou para vir nos ajudar, hein? Cuidado com suas decisões.

E, quando terminou, caminhou para dentro dos salões militares.

— Se o decreto real não bastou, agora temos a prova viva de que Malogh retornou — falou Naya, enfurecida, ao se aproximar.

— De fato, mas por que atacaria o forte? — perguntou Taran.

— Malogh não habita lugar nenhum, ele deseja tomar terras para si, um forte próximo de duas grandes províncias me parece um local bem estratégico — argumentou Naya.

— Se deseja tanto tomar este lugar e fazer dele sua realeza, ele teria mandado um exército maior e não apenas um grupo, não?

— Pode ser, mas ele é inteligente, se não o fez, tem seus motivos, deve estar usando seus servos para algo maior, mas o que seria? — Naya se perguntou, intrigada.

9

UMA CRIATURA INACREDITÁVEL

Depois de Acáy, James achava que não existia lugar mais frio para se estar, mas estava enganado. L'ozag era ainda mais frio. Ele admirava a vista do mar de Alduin enquanto Fendrel preparava uma fogueira para se aquecerem e se alimentarem. A viagem havia sido longa e cansativa, embora montar em grifos fosse confortável e aquecido por conta de seu corpo coberto de penas. Não se ouvia o canto lindo dos pássaros naquela parte do mundo, apesar das muitas árvores. Ouvia-se apenas o canto dos mares se chocando com as rochas da ilha e o chirriar de corujas vindo das profundezas da floresta escura.

— Aqui, James. Venha se aquecer um pouco; a carne está quase pronta.

— Está muito frio aqui, não sente? — perguntou James, sentando-se próximo à fogueira.

— Nós anjos não sentimos frio, pois nascemos no coração do frio. Embora não seja a parte mais fria do mundo, nosso corpo não interage com o clima gélido.

— E pelo calor? Existem terras vulcânicas e bem quentes, isso afeta os anjos?

— Bom, o calor é comum, pode nos queimar assim como pode queimar a qualquer um — explicou.

A carne ficou pronta, Fendrel havia caçado com facilidade um veado nas redondezas da floresta.

Estavam na ponta norte de L'ozag, em uma colina nevada. O mar de Alduin era belo aos olhos de quem o contemplava e desafiador a quem o explorava. Havia muitos mistérios envolvendo o mar de Alduin. As ondas ao norte eram violentas e imensas, e embarcação nenhuma conseguia vencê-las. O que se contava era que eram causadas por uma fera mística que habitava aquelas águas.

Ora, sussurravam pelas tavernas o boato de que a origem da fera mística se dera a mando de Absalom, que residia em Nórinon, fortaleza localizada nas profundezas do mar de Alduin, cidade perdida, lar das profundezas, refúgio dos afogados. Pouco se sabia sobre Nórinon.

Lendas antigas contavam que o lugar não abrigava apenas seu rei profano, mas uma civilização inteira de seres impuros. Homens corrompidos pelo mais profundo mar, com o corpo coberto de lodo, estrelas-do-mar e plantas marítimas.

Havia muitas especulações acerca de Absalom. Alguns diziam que o rei tinha dois metros de altura e seu braço esquerdo era formado por uma garra de caranguejo, afiada e mortal. Outros relatavam que carregava uma âncora em suas costas, amarrada por uma corda grossa, e seus dentes eram afiados como os de um tubarão.

Após descansarem bem, prepararam-se para partir, pois o vilarejo dos bárbaros ficava mais ao sul daquelas terras, escondido por baixo das altas árvores de L'ozag. Kalaine, a magnífica fera de Wald, fora deixada onde haviam pousado para o retorno a Essenia.

Enquanto caminhavam pela floresta de L'ozag, encontraram um pequeno campo aberto e nele se fazia presente uma figura macabra. Era um alce, maior que o tamanho comum. De seus chifres saía fogo, de sua boca e olhos saíam faíscas.

Fendrel desembainhou lentamente a espada para não chamar a atenção da criatura e pediu para James se esconder num matagal próximo. No entanto, James fugiu aterrorizado, e o barulho de seus passos fez a criatura se voltar para onde estavam, fixando o olhar em Fendrel. O rei arcanjo apontou a lâmina para a criatura e, ao fechar seus olhos e entrar em sintonia com sua fé, libertou suas asas de anjo. Grandiosas e brancas como cristal.

A criatura partiu para cima de Fendrel, que se esquivou com destreza, batendo as asas. Desferiu golpes na besta, que se mostrava resistente. A criatura atacou o anjo usando os chifres em chamas, ferindo Fendrel no estômago.

Uma fenda se abriu do vazio e dela surgiu um homem vestindo uma armadura brilhante e reluzente, que mais parecia ouro refinado. Em suas mãos, carregava uma espada longa e mortal, e saltou contra a fera, desferindo diversos golpes em seu pescoço até decepá-la.

— Quem é você? — perguntou Fendrel, recolhendo as asas.

— Pode me chamar de Enor.

— Como abriu aquela fenda da qual saiu?

— Magia antiga. Não lhe surpreende, não é?

— Já vi muita magia, mas transporte por fendas, não...

— De qualquer maneira, isto é um problema. Essa criatura não é uma corrupção de Malogh; há algo de errado nestas terras — explicou Enor.

— Por quem luta?

— Eu luto por mim mesmo, anjo-guardião. Não se intrometa em meu caminho.

— Tome cuidado com suas palavras, estranho. Não sabe com quem está falando — advertiu Fendrel.

— Pois sei, sim, Fendrel. Mas isso não importa para mim. Lembre-se: está longe de suas terras, não tem amigos aqui.

— Não preciso de amigos. Tire o elmo e se revele! — exigiu Fendrel.

— Isso não será possível. Nos vemos em breve, arcanjo.

Antes de sumir, fez uma reverência, desfazendo-se em uma cortina de fumaça em seguida. Ele desaparecera sem deixar rastros. Fendrel ficou intrigado sobre Enor: quem era e como sabia seu nome? Após um breve momento de reflexão, lembrou-se de James e imediatamente correu para tentar encontrá-lo.

•

James corria o mais rápido que conseguia, lembrando-se do dia em que Odd o deixara e de como precisara correr para se salvar. Seu coração se apertou diante do sentimento de dor e angústia. Cansado, parou e se encostou em uma árvore, respirando profundamente em busca de ar. Havia corrido tanto que já não se lembrava mais do caminho de volta. Com certeza estava perdido.

O garoto teve a impressão de estar sendo observado e descobriu que estava certo. Dos arbustos e do topo das árvores surgiram goblins, apontando lanças e espadas para ele. Eram criaturas pequenas, esverdeadas e trapalhonas. Embora existissem goblins comuns no continente de Hiren-gaal, que vestiam trapos velhos, aqueles vestiam grossos agasalhos por conta do frio. Embora fossem menores que James, estavam armados e eram muitos.

— Este tem cheiro diferente — comentou um deles, com a voz trêmula. — Não pertence a este lugar.

— Veio roubar nosso tesouro, menino-homem? — questionou outro.

— Roubar? Não! Eu estou perdido, não sou ladrão! — defendeu-se James.

— Ele é um kobold! Veio roubar nosso tesouro!

Kobolds eram pequenos humanoides de aparência cômica, um estranho cruzamento entre répteis e mamíferos. Possuíam por volta de 60 a 70 centímetros e eram leves, pesando não mais que 20 quilos. Sua pele variava entre tons terrosos, cinzentos ou esverdeados, também possuíam uma cauda curta semelhante à de um lagarto ou rato, e garras e dentes afiados. Inimigos comuns dos goblins.

— Um o quê? Não sou!

— Mentiroso! Veio roubar de nós! Vamos amarrá-lo e levá-lo para o acampamento!

— Para o acampamento, sim! — concordaram alguns, levantando as armas.

James tentou resistir, mas de nada adiantou. Ataram suas mãos e o empurraram pelo caminho. O garoto reclamava do aperto das cordas em seu braço, mas os goblins reclamavam mais ainda da lerdeza do garoto e de suas lamentações. Permaneceram a viagem toda brigando e ofendendo uns aos outros, até que, enfim, chegaram ao acampamento que, por sorte de James, ficava ao sul de L'ozag, deixando-o mais perto dos bárbaros.

Deixaram James amarrado aos pés de uma grande árvore e foram para o centro do acampamento, onde o restante dos goblins estava festejando ao redor de uma alta fogueira. O acampamento era bem bagunçado e tinha baús, cheios de hires e joias, tombados pelo chão, além de roupas e sapatos furtados. As tendas estavam espalhadas por todo o local, eram feitas de trapos velhos e ossos de criaturas grandiosas.

Ora, aproximou-se o líder dos goblins, o maior dentre todos, embora ainda não fosse maior que James. Mancha Verde era como o chamavam. Ele parou diante de James, segurando uma cabeça de lobo.

— Então você é o tal ladrão que tentou roubar nossos tesouros? — inquiriu o líder, fazendo com que os outros goblins ficassem inquietos.

— Não, senhor. Estava vagando, apenas. Busco pela vila dos bárbaros, estou um tanto perdido.

— Perdido, não, encrencado! Você agora está preso conosco. Certamente alguém procurará por você e terá de pagar tributos se quiserem tê-lo de volta, senão o mataremos! — esbravejou Mancha Verde, assustando o garoto. James esperava ansiosamente por Fendrel, pois sentia medo. Medo do que os goblins poderiam fazer a ele. — Tratam os goblins com desrespeito, como se fôssemos seres inferiores, mas somos uma raça como qualquer outra. E somos fortes, não apenas trapalhões que buscam por riquezas, aqui está a prova! — Jogou a cabeça de lobo para James, que começou a chorar em silêncio, tremendo da cabeça aos pés.

Os goblins saíram e deixaram James amarrado onde estava, sem comida nem água. Após um tempo, recolheram-se às tendas, e James ficou acompanhado apenas do belíssimo céu de Ýris, com auroras boreais aquareladas e milhares de estrelas brilhantes. Sentia frio e tremia, pois se sentava em meio a neve. Tentou se desamarrar com fortes movimentos, mas não surtia efeito algum, já que os goblins haviam dado diversas voltas com a corda no tronco da árvore em que ele estava amarrado.

Cansado e bufando, James percebeu dois vultos na escuridão da floresta à sua esquerda, primeiro um vulto grande e depois um pequeno. Pensou ser sua imaginação e rezava para que fosse. No entanto, ouviu barulho de galhos sendo quebrados. Seu corpo tensionou, assustado e com medo do que poderia ser. Das sombras saíram um enorme urso pardo e um vira-lata cinzento de tamanho médio.

— Não se preocupe, vamos tirar você daí. Não faça barulho.

— O quê?! Um cachorro falante?

James estava indignado, pois de todas as histórias malucas que conhecia, jamais havia se deparado com alguma parecida.

— Claro, claro! Cervos com chifres em chamas, dragões, grandiosos mamutes, e você se impressiona com um cachorro falante? — comentou o cão cinzento, em tom irritado.

— Perdoe-me, eu não quis ofendê-lo. É que isso é completamente novo e estranho para mim. Nunca soube de história com cães falantes.

James se envergonhou, porém pensou que poderia ser um sonho.

— Certo, agora me deixe tirar você daí.

O urso carregava em seu corpo um coldre que guardava uma adaga antiga feita de ferro. O cão pegou a adaga com a boca e começou a serrar a corda, libertando o garoto.

— Agora suba no urso, ele não vai morder, fique calmo.

James estava inseguro, pois o urso poderia engoli-lo por inteiro se assim desejasse. Mas, confiando no cão falante que o havia libertado, subiu no animal e, juntos, partiram. O cão os conduziu ainda mais ao sul, até uma cabana abandonada, próximo às margens de um rio, onde se abrigaram.

— Agora que não corremos o perigo de sermos estrangulados por goblins nojentos, prazer, meu nome é Dust, o Cinzento. E este é meu companheiro Buster, o Gordo.

— Prazer. Meu nome é James. Buster é mudo?

— O quê? Você acha que o urso fala? Olha só para ele, Buster. Ele acha que um urso pode falar, que divertido você é, menino.

Dust latiu alto e saltou no ar, zombando de James.

— Perdoe-me, eu acho — James murmurou, estava confuso demais.

Dust perguntou como James havia sido capturado pelos goblins. O garoto contou como viera de Hiren-gaal, além de sua história, é claro, tal como seu objetivo, como havia se perdido de Fendrel e como temia não o encontrar novamente. Vendo a tristeza do garoto, Dust tentou entretê-lo contando sua história.

— Outrora, eu era um bárbaro valente e forte, um dos mais fortes da vila dos bárbaros, e zombava de um antigo mago por ser fraco e velho. Um dia, cansado de minhas chacotas, o mago me amaldiçoou, transformando-me em um cão falante pelo resto de meus dias. Não importa o tamanho do seu adversário, se é grande ou pequeno, nunca deve o subestimar e nem o julgar – comentou Dust.

– Há alguma maneira de reverter a maldição do mago?

– Ele disse que a única maneira de retirar a maldição seria se eu matasse a mulher que amo, para testar a minha coragem e me arrepender amargamente das vezes em que zombei dele. Havia até me dado uma adaga de ferro para o serviço. Eu preferia morrer a viver sem a minha amada. Guardei a adaga apenas para tê-la, pois foi a única coisa que me restou. Todos me trataram como aberração, até mesmo outros cães e cavalos... Até que conheci Buster, nos dias de minha agonia. Buster esteve comigo quando ninguém mais esteve e partiu em uma aventura sem rumo ou objetivos, apenas para que eu não me sentisse sozinho. Mas o sofrimento que eu sentia não era o suficiente. Tentei me aproximar da minha amada depois de um tempo, mas vi que estava com outro. Nunca consegui falar com ela depois que tomei essa forma. Ela nunca soube que o cão falante abominado por todos, era na verdade aquele que faria tudo por ela. Mas isso não importa. Eu a vi sorrindo... Sim! Ela estava sorrindo... ele a fazia sorrir. Aquilo me fez feliz. A felicidade dela me bastava. Não foi fácil, mas abandonei o vilarejo com Buster, e, desde então, vivemos pela floresta.

– Sinto muito por tudo isso. Posso sentir a sua dor em meu peito. Que fim teve o mago, afinal? – perguntou James, curioso.

– Ele veio a falecer, vítima de um ataque de mamute.

– Tolo, teve o que mereceu.

– Nem tanto, James – ressaltou. – Acontece que o mago era na verdade uma encarnação de Daélius, um dos príncipes das trevas. O que significa que o mago havia sido apenas um fantoche, Daélius havia tomado a forma do velho para semear a maldição que desejasse e obteve sucesso em sua tarefa...

– Eu realmente sinto muito mesmo. – James tentou consolá-lo.

– Está tudo bem. Eu melhorei muito depois que me tornei cão. Tornei-me mais companheiro, mais apegado às pessoas, embora elas não me queiram, e também mais leal. Você sabia que os cães são os animais

mais leais a seus companheiros humanos? – James sorria e acariciava Dust enquanto Buster comia as folhas da trepadeira que cobria a cabana em que estavam. – Você passou o dia todo andando e sendo cativo de goblins, meu rapaz. Durma. Amanhã será um dia novo. Tentaremos encontrar esse tal Fendrel de quem falou.

– Sinto falta de quando Odd contava histórias para dormir... – mencionou James.

– Posso lhe contar uma história, se quiser! – o cachorro sugeriu, abanando o rabo.

– Faria isso? Conte-me sobre os príncipes das trevas.

– Tudo bem, então. Os príncipes das trevas, espalhados ao mundo, são quatro: Absalom, Daélius, Scarlet e Silverin. Porém, há uma lenda que conta sobre um quinto príncipe! Esta é a *Lenda de Udingard*. Udingard é uma ruína abandonada e amaldiçoada localizada ao leste de Arthan, nas encostas das montanhas que cercam o continente. Contava-se que, durante a terceira década da primeira era, havia esses quatro príncipes e um quinto, que era também o mais poderoso.

"Eles tinham forma física e era amedrontadora a quem os visse. Houve que os outros quatro tramaram em segredo trair o quinto príncipe para que se libertassem de seu corpo físico e pudessem se locomover em espírito para onde desejassem. Assim o fizeram. Ora, o mais poderoso descansava em um sarcófago em que acreditava ter sido despertado quando vieram para este mundo, e foi lá que ocorreu o desapontamento com seus irmãos.

"Os quatro o imobilizaram com o poder que tinham e retiraram o diadema de sua cabeça, lançando o quinto príncipe dentro do sarcófago e o fechando para sempre, com uma magia antiga que nem bruxo nem ancião algum consegue retirar. O diadema foi posto por cima de um pedestal na mesma sala em que o quinto estava preso. Ao realizarem o rito, portando o quinto diadema, o corpo dos quatro viraram pó e foram transformados em espíritos, os quais conhecemos hoje.

"Com a transmutação dos corpos físicos para espíritos, seus poderes diminuíram muito. Em compensação, tornaram-se imortais e vagam por toda Essenia. Por isso, ao assumirem formas físicas, não passam de ilusões.

Não há como destruir os príncipes das trevas, exceto... Bom, acho que já contei demais... Você não deve saber dessas coisas."

— Por favor! Eu quero muito! — insistiu James.

— Tudo bem, tudo bem... A *Lenda de Udingard* conta que o quinto príncipe ainda permanece trancado dentro do sarcófago, mesmo após três mil anos, no qual seus irmãos o aprisionaram, e, próximo a ele, está o pedestal com o quinto diadema. Se o diadema for tocado por qualquer mão que seja, a maldição lançada pelos quatro príncipes será rompida, e todos os príncipes abandonarão sua forma espiritual imortal e voltarão a seus corpos físicos, tão poderosos quanto outrora. O quinto príncipe... — hesitou — ... despertará de seu sarcófago, e certamente aquele que rompeu a maldição terá um fim breve.

— Uau! — disse James, bocejando de sono. — E como é a aparência dos príncipes em forma física? E quanto ao nome do quinto? Não disse isso.

— Eles têm suas vestes idênticas: mantos velhos e rasgados que cobrem seus pés, e escondem o rosto com uma máscara de ossos, dando ênfase apenas aos olhos escuros e profundos. E, é claro, os diademas em cima da cabeça. Há boatos de que eles não andam, pois se movimentam flutuando, ninguém jamais viu seus pés por conta do longo manto que os cobrem. Ah! Os cajados! Cada um carrega consigo um cajado longo feito de ouro, com aparência de serpente. O nome do quinto príncipe é um mistério e nem mesmo os quatro ousam dizer, pois pode quebrar a maldição.

Os príncipes das trevas eram seres superiores, comparados até com deuses das trevas. Sua origem era desconhecida, mas o que se sussurrava entre os povos era que existiam desde o início dos tempos. Após os quatro príncipes assumirem formas espirituais, libertaram-se de sua ruína e vagaram pelo leste de Essenia, causando discórdia entre os povos e os torturando, a fim de forçá-los a abandonar suas crenças, tomando os príncipes como deuses, pois se comparavam a tal. Eram extremamente maliciosos e muitas vezes tomavam formas comuns para cumprirem seu propósito sem serem descobertos. A exceção era Absalom, que assumira a forma de um rei profano dos mares e o tomara para si, manchando assim a imagem de Alduin, deus dos mares e ventos.

James se apoiou nas costelas peludas e aconchegantes de Buster, que o manteve aquecido, enquanto Dust se deitou ao lado de James e apoiou seu pescoço nas pernas do garoto. Assim, todos dormiram. Pela manhã, James sentiu um chute leve nos pés.

— Acorda, preguiçoso. Você veio parar longe, hein? — zombou Fendrel, aliviado por ter encontrado James.

James se levantou de supetão, coçando os olhos, que estavam com olheiras.

— Fendrel! Como me encontrou?

— Bem, vi pelos céus a grandiosa fogueira do acampamento dos goblins. Por sorte, você está a salvo. Goblins são criaturas horrendas e atacam qualquer um que não seja de sua raça, especialmente kobolds que tentam roubar seu tesouro.

— Eu fui capturado pelos goblins, mas fui salvo graças a Dust e Buster. Por falar nisso, onde estão eles?

James saiu da cabana e olhou para todos os cantos, mas não viu ninguém.

— E quem são esses?

— Um urso pardo e um cão falante. Eles me ajudaram a escapar, trouxeram-me aqui e dormiram comigo essa noite, mas não os vi indo embora... — comentou, entristecido.

— Um cão falante? — Fendrel soltou uma gargalhada. — Acho que este lugar está mexendo com você, James.

— É verdade. Ele me contou sua história e tudo mais... Ah, deixa para lá, talvez este lugar realmente tenha mexido comigo. Encontrou os bárbaros?

— Ainda não, mas estamos bem perto da vila, vamos.

Assim seguiram os dois. James sabia o que tinha visto e saberia se sua mente estivesse lhe pregando peças, mas não perderia tempo tentando provar aquilo para Fendrel. Só pensava em reencontrar Vincent para lhe contar o que tinha acontecido, pois tinha certeza de que ele acreditaria. Mesmo vivendo tantas aventuras e mantendo a cabeça ocupada, James sentia falta de casa, sentia falta de Odd, da pesca juntos, dos jantares e das histórias ao fim do dia. Enquanto o garoto pensava sobre sua casa e sua família, Fendrel pensava sobre o futuro de suas terras e o que poderia acontecer se fracassasse na Guerra Dourada, falhando com seu pai.

Finalmente encontraram a vila dos bárbaros. As muralhas eram feitas de troncos pontudos e estacas e não eram tão grandes assim. Além dos bárbaros, também habitavam ali os gigantes de gelo, tal como os que havia em Arcádia. Tinham a aparência assemelhada à de um ogro, porém com três metros de altura, e carregavam consigo um porrete de madeira resistente. Os poucos bárbaros que habitavam L'ozag acreditavam que os gigantes de gelo eram guardiões enviados pelos Seis e o Um.

Os dois adentraram na cidade e logo todos começaram a encará-los. James sentiu medo e vergonha. Todos os bárbaros possuíam cabelos loiros e compridos, era o que os caracterizava como clã.

— Preciso falar com seu líder. É um assunto de extrema urgência! — Fendrel gritou no centro da cidade.

Com cabelos trançados, corpo forte e alto para um bárbaro, e o rosto marcado por tinta preta, uma mulher se revelou detrás da multidão que os observava. Segurava um machado pesado de duas mãos.

— Vocês não pertencem a este lugar. O que fazem aqui? — Quis saber, aproximando-se.

— O inimigo retornou. Malogh — Fendrel disse sem rodeios. — Sei o que vai dizer, que Malogh não busca essas terras e que não pisou em L'ozag durante sua vinda a Essenia, como seus antepassados contaram de geração em geração. Mas precisamos de sua ajuda.

— Pois escute bem, Fendrel, filho de Findrath, o Destemido. Se busca a ajuda de meu povo é porque estão com poucos aliados em Hiren-gaal, estou certa?

— Houve uma rebelião recentemente, porém, mesmo se estivéssemos unidos não conseguiríamos detê-lo sozinhos. Para conseguir escapar de sua prisão amaldiçoada, Malogh teve de recuperar os poderes e deve estar ainda mais forte.

— De qualquer forma, estamos com nossos problemas aqui. Servos do fogo estão surgindo em nossas terras, e não compraremos uma batalha contra um ser que nem sequer sabe de nossa existência.

— Por que não se importa com a vida dos outros? O que acha que Malogh irá fazer se deter os protetores da Cidade Santa? Os continentes vizinhos não acreditam na ameaça de Malogh, mas ele existe. É questão de tempo até o Lorde das Cinzas escurecer todo nosso mundo com sua abominação.

– Escute, guardião de Acáy, você é o herói da profecia da Guerra Dourada, pois temos conhecimento dela. Com ou sem aliados, o dever de desferir o último golpe em Malogh é seu. Não arriscarei meu povo e essa é minha resposta final.

– Como se chama? – Fendrel perguntou.

– Alane.

– Alane, está cometendo um erro. Se falharmos, todos sofrerão.

No mesmo instante houve um estrondo e um terremoto naquela região. Rachaduras foram abertas no solo e delas surgiram servos de Malogh. Fendrel gritou para James correr em direção ao norte, até encontrar Kalaine, e assim voar de volta a Hiren-gaal. E ele o fez.

Fendrel desembainhou a majestosa Tempestade de Gelo, trazendo luz à escuridão e, como já feito antes, libertou suas asas para a batalha.

Alane deu a ordem para seus guerreiros lutarem por seu lar e terra, e assim eles o fizeram, com machados e lanças. Ainda que os bárbaros fossem mais fortes e precisos, os servos de Malogh eram muitos.

De repente, uma chuva de fumaça negra caiu sobre a vila e dela surgiu um dragão negro. Seu rugido era ensurdecedor e o Lorde das Cinzas montava sobre ele. A criatura cuspia sombra e escuridão. Todos a quem ele acertava, entregavam-se às trevas e se tornavam servos de sua vontade. O dragão usava uma proteção de ébano em sua carcaça, tornando-se ainda mais grotesco e resistente.

– Não há como detê-lo sozinho, siga pela estrada ao sudoeste, encontrará a força de que precisa para cumprir seu destino! – gritou Alane a Fendrel, voltando para a batalha em seguida.

– Não irei deixá-los! – rebateu.

– É inútil lutar. Vá... esperamos a vida toda por uma morte honrosa! – ordenou Alane

10

LAR, DOCE LAR

Fendrel avistou à frente uma arena abandonada, após ter deixado a vila dos bárbaros sob ataque do Lorde das Cinzas. Sua estrutura estava fraca e algumas partes haviam caído. Era uma antiga arena de batalha, onde os bárbaros se enfrentavam entre si e outras criaturas, como dragões ou serpentes gigantes. Caminhou por entre o lugar e ainda conseguia ouvir o rugir do dragão negro de Malogh. Fendrel parou no centro da arena.

— Pensei que estivesse sozinho — falou ao sentir que alguém o vigiava.

— Sozinho é uma palavra muito forte para o guardião dos anjos, não acha? — respondeu uma voz feminina, em tom seco.

Era uma elfa cinzenta, vestia uma armadura de prata adornada com tecidos avermelhados. Em uma mão, segurava um escudo e uma lança; na outra, seu elmo. Fendrel notou que ao final do caminho para onde pretendia seguir havia dois portões grandiosos de pedra e estavam selados. A arena era espaçosa, tinha formato redondo e havia pilares quebrados espalhados pelo solo.

— É através daquelas portas que há o que busco e é para lá que pretendo ir — Fendrel afirmou.

— Não é assim que funcionam as coisas, querido rei de Acáy. Aquela porta está selada por um encantamento superior, e tenho a ordem de protegê-la, de quem quer que seja. — Colocou o elmo depois que falou. — De quem quer que seja...

— Então você é uma guardiã. Escute, não precisa ser assim — Fendrel suspirou. — Você ao menos sabe o que tem lá dentro?

A estranha não respondeu, apenas avançou na direção de Fendrel, atacando-o com a lança. O arcanjo conseguiu se esquivar com as asas. A pancada da mulher no chão resultou em um grande estrondo, que jogou Fendrel para longe. O majestoso rei desembainhou Tempestade de Gelo, e o som que ela causou fez a mulher temer. A grandiosa espada que derrotara o Lorde das Cinzas agora a confrontava. A lâmina possuía encantamento divino e, ao ser manejada por Fendrel, transmitia uma aura gélida em um pequeno raio à sua volta, o que fez com que a mulher se tornasse mais lenta. A estranha empunhou seu escudo à frente, protegendo-se. Ela canalizou força e a soltou contra Fendrel, causando outro estrondo, dessa vez maior.

— Posso fazer isso o dia todo, se assim for necessário — ressaltou Fendrel.

— Um anjo nunca sabe quando está causando dor para o bem ou para o mal, não é? — apontou a estranha, zombando de Fendrel.

— Vamos acabar com isso de uma vez.

Fendrel libertou uma forma superior de seu corpo, passada por Valindra aos filhos de Findrath, quando chegasse a hora de portarem Tempestade de Gelo. Seu coração se encheu de uma luz tão poderosa que poderia cegar quem estivesse por perto. Seus olhos e boca emitiram a luz vinda do seu coração, uma luz divina. Suas asas dobraram de tamanho, acompanhando um pequeno aumento de seu corpo e uma grande auréola produzida de fogo celestial em formato de coroa começou a se moldar em cima da cabeça.

A estranha temia Fendrel como nunca e se defendeu de seus ataques com suprema força, pois o anjo se movia em alta velocidade. Contudo, a mulher cedeu, pois sua força não foi suficiente para batalhar contra ele. Fendrel desferiu um golpe na costela da guardiã, que caiu de joelhos, urrando de dor e agonia. O ferimento era congelante ao mesmo tempo em que ardia como chamas de fogo. Fendrel levantou sua lâmina para o golpe derradeiro, parando-a no ar assim que ouviu os portões de pedra se abrindo. O rei abaixou a espada e retomou à forma comum.

— Impossível... esses portões jamais se abriram — admirou-se.

— Estavam destinados a se abrirem para mim, pois sou descendente de Valindra, a Rainha Branca — declarou Fendrel, com tom de orgulho. — Vai me dizer o que tem atrás desses portões agora? — perguntou.

— Não sei o que há. Foi-me dito que havia algo que mudaria o mundo se caísse em mãos erradas e que deveria ser protegido a todo custo.

— Você conhecia quem lhe disse isso, afinal?

— Nunca o tinha visto antes, mas sabia desde o início que era meu dever salvar o mundo, protegendo o que há ali. Arghh... — gemeu.

— Pelos Seis e o Um, você estava sob encantamento sombrio, não percebe? Como pode proteger algo com sua vida sem ao menos saber o que é? — argumentou Fendrel.

— Sob encantamento? Mas... como? Por que esse encantamento se quebraria agora? — questionou, confusa.

— Ao ser ferida pela lâmina sagrada, foi purificada. Todo o mal que havia em você foi extraído como um veneno. Para ser sincero, acho difícil não ter morrido.

— Pelos deuses! Não posso acreditar! Estou envergonhada... — confessou, cabisbaixa. — Eu já nem sei há quanto tempo habito nesta arena abandonada.

— Como se chama, minha senhora guerreira?

— Sou Pandora, também conhecida como Dominadora.

— E qual é sua história, Pandora?

Pandora pertencia à família real dos elfos cinzentos em Hältiat, as grandiosas Terras Tempestuosas. Ainda jovem, Pandora tinha uma grande paixão por lutas. No entanto, seu pai, alto rei das Terras Tempestuosas, Veyas, não permitia que uma mulher herdasse títulos e portasse equipamentos de combate, e afirmara que quem herdaria sua coroa seriam seus três irmãos. Furiosa e entristecida, Pandora começara a sofrer em silêncio e rezar aos Seis por uma saída. Foi quando lhe fora dada a bênção de ter o estigma de tammer, aquele que consegue domar criaturas comuns para seu favor.

Inicialmente, Pandora domava cães e lobos para encantar seu pai, mas de nada adiantava, pois o grande rei estava certo de que alguém do sexo feminino não era digno de governar. Cansada das negações de seu pai por ser mulher, Pandora, certo dia, conseguira realizar um feito que nenhuma outra pessoa até então havia conseguido fazer. Realizara o Canto Dracônico, uma canção que ecoava entre montanhas e mares, e fazia com que um dragão fosse chamado e respondesse à convocação. A jovem cantara sobre o grande palácio do castelo de seu pai, na torre mais alta. Um majestoso dragão sobrevoara o palácio sob o comando de Pandora, que o montara e deixara Hältiat para sempre, a fim de viver suas próprias aventuras e ser dona de si, como guerreira e mulher que era.

Ora, o feito de Pandora havia se espalhado por diversas terras do oeste, e muitos tentaram realizá-lo, mas sem nenhum sucesso. Os que conseguiam realizar o Canto Dracônico, eram conhecidos por terem a Voz, aqueles que carregam consigo o sangue do dragão e que conseguem falar sua língua. Embora fossem poucos espalhados por Westonia, a maioria já nascia com tal dom, e poucos eram abençoados em vida. Montada em seu dragão, sobrevoara as terras e os mares, até chegar a L'ozag, quando descobrira a arena onde os bárbaros batalhavam contra criaturas.

Ao verem Pandora em um dragão, julgaram-na uma guardiã de seu povo e mãe dos gigantes de gelo. A partir daquele momento, a mulher havia descoberto que ali era de fato sua casa, pois a veneravam. Passara a ser conhecida como Dominadora pelos bárbaros.

Ora, veio um tempo em que a arena se tornara escura e sombria. Fora quando os bárbaros temeram e a abandonaram. Pandora pegara certo apego ao local, pois fora naquele solo onde havia sido amada e bem recebida pela primeira vez em sua vida. Lá ficara, ignorando qualquer escuridão que caíra sobre aquela terra. Até o dia em que ele viera. Uma figura velha, vestindo mantos e túnicas velhas e rasgadas de cor escura. Apoiava como bengala um cetro de madeira e em seus ombros pousavam corvos.

Ela não conseguira ver seu rosto, pois desacordara antes de ouvir quaisquer palavras do senhor.

— Triste história, Pandora. Deve ser terrível não ter aprovação do próprio pai, mas fico feliz que aqui tenha obtido refúgio.

— Eu estou aqui, é isso o que importa.

— Sinto muito pelo ferimento, mas foi necessário — desculpou-se.

— Era você ou eu. Fez o certo. Carrego comigo uma mistura de ervas que irá amenizar o ferimento.

Pandora cobriu o corte com a mistura e providenciou um torniquete com um pedaço do pano que vestia junto à armadura. Fendrel a ajudou a se levantar e, juntos, caminharam até os portões abertos.

Os elfos cinzentos eram especialistas em alquimia e poções. Em especial, sua medicina era extraordinária, não sendo necessário magia de cura, embora houvesse bruxos que a praticavam. Seguiam o ensinamento de Arkay, o qual dizia: "Ajudem os necessitados e curem os feridos. Tenham fé aos Sete e sejam justos, assim serão recompensados".

Após passarem os portões, encontraram uma pequena vila abandonada e se depararam com uma grande escadaria para o subterrâneo. Era uma masmorra, não tinham dúvidas. Mesmo com a incerteza do que encontrariam, desceram. Havia braseiros em todos os cantos, iluminando o local. Ao fim da escadaria, passaram por diversas salas, todas com cadeiras derrubadas, mesas quebradas, cobertas por teias de aranhas e pó.

Exploraram a masmorra com cautela. Contudo, não encontraram nenhum tipo de criatura que pudesse lhes arquitetar emboscadas. Avistaram uma porta chamativa; não era de madeira como todas as outras, mas de ferro, e correntes a lacravam. Fendrel desferiu golpes até quebrá-las, e houve um pequeno tremor no local, o que fez com que um pouco de poeira despencasse do teto.

Ao adentrarem, notaram que na sala havia apenas um pedestal e, em cima dele, algo brilhava em cor vermelha. Aproximaram-se e viram que se tratava de uma runa. Em volta do pedestal havia uma frase, seguida do desenho de um corvo:

O sangue daqueles que foram dignos para chegarem aonde estão, por sua vontade deve ser derramado sobre aquela que o escuro enfrenta, a que liberta aqueles que já foram livres, no céu e na terra.

De imediato, Fendrel entendeu a charada. Aquela runa diante deles era a em que Malogh havia aprisionado os dragões na primeira era.

Todo aquele tempo estivera escondida na ruína de L'ozag. Deveriam fazer uma espécie de rito, derramando o próprio sangue. Fendrel sacou uma adaga de prata que carregava consigo e fez um corte em sua própria mão, deixando o sangue escorrer e pingar sobre a runa, que ferveu o sangue e o absorveu em segundos. O mesmo ato foi feito por Pandora. A runa se rompeu, disponibilizando uma espécie de portal para outra dimensão.

Pandora, no entanto, aconselhou Fendrel a não entrar, pois não tinham certeza de que haveria como retornar, nem o que encontrariam lá.

– Minha linhagem é descendente da primeira luz. Fomos feitos para não temer nada. Seja lá o que houver do outro lado, eu devo encontrar. Se essa é a runa que Malogh aprisionou as criaturas, eu devo libertá-la.

– Eu não sei se consigo, Fendrel...

– Eu a libertarei, de alguma forma. Você não precisa ir se não quiser.

Fendrel entrou pelo portal, partindo para outra dimensão.

Tratava-se de uma imensa e escura caverna. Não havia nada nem ninguém. Intrigado, Fendrel caminhava à procura de algo. O solo começou a ser preenchido por uma nuvem de fumaça. Em seguida, aconteceu uma explosão. Uma fenda se abriu no chão e dali surgiu um terrível demônio, o mais horripilante que já tinha visto. Era um guardião das sombras, posto de forma misteriosa para proteger a runa pela qual Fendrel havia entrado. Não era cria de Malogh, pois certamente era mais forte que o Lorde das Cinzas.

Era enorme e feito de sombra e fogo. Não havia pele alguma, nem carne, nem osso. Possuía seis braços e de seus três olhos saía fogo. De dentro de sua boca, corria o grito de almas perdidas. Em cima da sua cabeça, havia uma enorme chama. Grandes correntes de ferro cercavam-no e, embora soltas, eram uma ameaça a mais contra Fendrel.

– É isso que os malditos deuses mandam para me desafiar? Um mísero mortal? Eles ousam zombar de mim, Andaroth, o Acorrentado? – berrou, cuspindo resíduos de lava, movimentando seus seis braços enormes, fazendo as correntes que o cercavam produzirem um barulho infernal.

– Desprezível demônio, ousa zombar dos meus deuses? Hoje desolarei sua alma infernal – Fendrel esbravejou enquanto segurava a espada com tanta força que seus dedos já estavam começando a doer.

– Você queimará!

– Eu não temo nenhum mal – Fendrel rebateu em tom confiante, mostrando sua fé.

O rei arcanjo fincou sua espada no chão e juntou as mãos, iniciando uma reza. Mudou para sua forma superior mais uma vez, empunhando novamente Tempestade de Gelo, que agora vibrava contendo um extremo poder. Avançou na direção de Andaroth, que tentou agarrá-lo, mas não obteve sucesso. Fendrel desferiu um poderoso golpe em seu rosto, mas nenhuma cicatriz foi feita. Andaroth soltou uma gargalhada grotesca que arrepiou a pele de Fendrel. Em seguida, expeliu pela boca grandes cortinas de fumaça e sombra, fazendo com que o rei se perdesse no escuro e batesse em um pilar, caindo ao chão.

O frio que Fendrel produzia com sua espada não era suficiente para conter Andaroth, que fervia o ambiente ao seu redor com seu fogo. O anjo se virou para a criatura, ergueu a mão esquerda para o céu e eis que um raio poderoso atingiu Andaroth, atordoando-o e o cegando. O raio havia perfurado toda a estrutura da caverna, causando um extremo abismo até onde Fendrel duelava contra a criatura. O rei aproveitou o momento do demônio para desferir diversos golpes precisos em seu coração, cravando a espada congelante e o fazendo berrar. No entanto, a impureza era gigantesca vinda de Andaroth, sendo impossível extraí-la pela lâmina divina.

O ser maligno começou a cuspir lava, cobrindo todo o chão. E, quando menos se esperava, surgiu do grande buraco que o raio abriu, vindo do céu. Era Pandora, com uma fúria incontrolável, em uma velocidade devastadora. Ela caiu em cima de Andaroth, perfurando sua cabeça com a lança, produzindo um estrondo extraordinário. Pandora tirou de sua armadura a runa que havia libertado o portal e a cravou no peito de Andaroth, queimando-o fortemente e o fazendo soltar gritos tão poderosos que a caverna estremeceu. A runa libertou de si grandiosas fontes de luz, clareando toda a caverna e cegando Fendrel e Pandora. Andaroth havia sido preso dentro da runa e a lava que cobria o chão havia esfriado.

— O que foi isso? — perguntou Fendrel, respirando fortemente.

— Parece-me que foi aprisionado pela runa.

— E como chegou até aqui?

— Achei que aquele portal havia te levado para uma dimensão diferente, mas, na verdade, somente o trouxe para o mais profundo deste lugar. Quando o raio abriu este enorme buraco, ouvi seus gritos e o da criatura.

— E como sabia que o que fez funcionaria?

— Não sabia — bufou, dando de ombros.

Fendrel carregou Pandora em seus braços, voando até fora da masmorra.

O rei convenceu Pandora a lutar pela Aliança contra o Lorde das Cinzas, pois sua profecia havia de ser cumprida em breve.

— Uma arena abandonada não é lugar para uma mulher tão grandiosa e de uma linhagem fortíssima — argumentou o anjo. — Há um propósito maior a ser feito, a salvação de muitas vidas em Hiren-gaal.

Pandora decidiu seguir Fendrel, já que nada mais a prendia ali. Voltaram para a vila dos bárbaros, mas só encontraram cinzas.

Pandora guiou Fendrel até um pequeno porto sem nome, no qual estavam ancorados os barcos dos bárbaros, com esperança de que conseguiriam encontrar alguém. Haviam restado poucos, uma raça que outrora fora gloriosa e honrosa, mas prestes a ser extinta. Entre os sobreviventes estava Alane, que foi em direção aos dois.

— Vejo que encontrou o que mencionei a você — disse Alane. — Mas estava com um garoto, onde ele está agora?

— Rezo para que tenha ficado bem. Ordenei para que corresse ao norte até não ver mais terras, foi onde deixei o grifo que nos trouxe. Espero realmente que tudo tenha dado certo — Fendrel confessou sua preocupação.

— O que houve com a vila, Alane? — indagou Pandora.

— Foi o Lorde das Cinzas, ele veio com grande parte de seu exército, surgindo através de fendas no solo. Eu o vi. Montava em um dragão negro, aparelhado com ébano e sombras grotescas. Contivemos suas forças o máximo que pudemos, mas ele simplesmente foi embora. Parecia que ele buscava algo ou alguém...

— L'ozag não é mais lugar para os bárbaros, venham para Hiren-gaal. Aimir II os receberia de braços abertos, eu garanto.

Alane estava com receio de deixar sua terra, onde nascera e crescera, porém o propósito agora era maior que seu orgulho.

— Malogh nunca veio a estas terras, é muita coincidência vocês aparecerem e ele nos atacar. Está com algo que ele busca, por acaso, guardião? — perguntou Alane.

— Por que eu contaria a alguém que se recusou a me ajudar? — rebateu.

Pandora cessou a discussão entre o anjo e Alane, focando em organizarem a partida de L'ozag, antes que Malogh pudesse reaparecer. Prepararam um navio.

Fendrel ofereceu moradia aos remanescentes dos bárbaros em um vilarejo próximo ao Porto Cinzento, mas os alertou sobre a rebelião dos reinos e que estavam em grande conflito no continente.

Assim, navegaram pelo majestoso mar de Alduin. No meio da viagem, foram surpreendidos por algo inacreditável. Uma sombra cobriu o navio rapidamente e em seguida sumiu. O bater das asas pelos ares tornava a visão ainda mais convidativa, tinha a cor de vinho e uma cauda comprida deslumbrante. Era um dragão e sobrevoava os mares, rugindo ferozmente, sentindo a liberdade se derramando sobre seu corpo escamoso.

— Dragão! Dragão! — gritavam os que estavam a bordo.

— Como é possível?

— Pelos deuses! — Ouvia-se entre a tripulação.

— Todas as criaturas que estavam dentro da runa foram libertadas quando Andaroth foi aprisionado — Pandora sussurrou para Fendrel, pegando a runa que guardava consigo e a admirando.

— De qualquer forma, devemos tomar muito cuidado com essa runa. Se aquela criatura sair, não conseguiremos detê-la.

Ao ancorarem no Porto Cinzento, viram que os guardas tentavam conter os barqueiros do local, pois todos corriam de um lado para o outro gritando: "Dragão! Dragão!". Embora as criaturas míticas fossem extremamente perigosas e ameaçadoras, elas tornavam o continente mais belo e vivo. Há 2.500 anos os dragões desapareceram de Hiren-gaal, tornando assim sua existência um mito. Muitos nem acreditavam que dragões tinham existido.

Eram temidos, porém belos e encantadores. Os dragões sobrevoavam o continente com regozijo e serenidade e tinham a moradia no topo de montanhas ou em fendas e raramente atacavam cidades ou vilarejos. Os dragões mais comuns tinham seu tamanho médio de comprimento entre vinte ou vinte cinco metros e eram vulneráveis aos armamentos comuns dos povos de Essenia, facilitando assim a morte. A grande maioria dos dragões comuns não cuspiam fogo e, por este motivo, não eram mortais. Porém, havia dragões mais raros, cuja arma mortal era seu hálito de gelo e fogo. Estes podiam variar de trinta até trinta e cinco metros e eram atraídos por grandes chamas de fogo.

— Isso é inacreditável — Alane disse, boquiaberta.

— Nosso mundo está cheio de vida novamente. — Fendrel estava orgulhoso do que via. — Não existem criaturas míticas em Hiren-gaal há milhares de anos.

— Não se deixe enganar, pessoal. Maior que sua beleza, apenas sua fúria. E dragões não são as únicas coisas que estavam presas dentro da runa — alertou Pandora.

— Diga-me, Pandora, será que ainda possui os dons de outrora? — perguntou Fendrel. — Refiro-me à Voz... Seria incrível vê-la chamando uma dessas criaturas magníficas e conversando com ela.

— Receio que não é uma boa hora para testar isso, Fendrel. Olhe para esse povo, todos estão loucos e assustados — Pandora ponderou, mas no fundo de seu coração pensava se ainda teria o dom.

Guardas angelicais de Fendrel levaram sob sua ordem os bárbaros para o vilarejo próximo enquanto Alane e Pandora seguiram o rei, montados em cavalos que haviam pegado no Porto Cinzento. Ao entrarem na província de Acáy, Pandora parou no meio da estrada rochosa onde cavalgavam, cercada por neve. Sentiu-a cair sobre seu corpo e sua pele cinzenta. A geada cobria as orelhas pontudas e os cabelos cinzentos, fazendo-a sentir frio.

Contemplou os céus, mas nada havia a não ser neve e ventania. Fendrel e Alane pararam após notar a ausência de Pandora e se viraram. Ela fechou os olhos e proferiu as palavras sagradas, formando a Voz. De forma majestosa e única, Pandora proveu a frase com sabedoria e espontaneidade em seu coração e suas palavras foram reais, pois ela sentiu uma poderosa aura que rodeava seu corpo.

— Do vale afora, um de seus filhos há de vir. Espalhados pelo céu brilhante de Ýris, um de seus filhos há de vir. Eu o convoco, eu o convoco.

Um rugido se ouviu por trás das montanhas ao norte e subiu por cima dela, vindo em sua direção, um belíssimo dragão cinzento. Ficaram fascinados ao ver a criatura de longe sobrevoando e se aproximando cada vez mais. A enorme criatura pousou diante de Pandora e abaixou seu corpo e pescoço, curvando-se a ela. Não havia coincidência um dragão cinzento ser convocado, dentre todos os outros existentes. O cinza simbolizava sua nascença, sua linhagem e raça, e Pandora se mostrava grata. Apeou de seu cavalo e acariciou a fera, que permaneceu mansa e quieta. Embora sentisse remorso e ódio por seu pai, de certa forma o dragão cinzento lembrava Veyas no trono das Terras Tempestuosas, por sua forma feroz, firme e bela.

Fendrel e Alane estavam deslumbrados com a cena e logo se encheram de orgulho de sua nova companheira. Pandora libertou o dragão, dizendo-lhe para ir embora e voar sobre as montanhas daquelas terras. Assim ele o fez.

— Bom trabalho — elogiou Fendrel.

— Sim, bom trabalho — concordou Alane.

Continuaram a viagem até chegarem a Acáy. Fendrel avistou o grifo de Wald sobrevoando a cidade sagrada e ficou aliviado, pois presumiu que James havia conseguido voltar. Ao passar pelos portões brancos da cidade, Fendrel foi recebido de boa vontade pelos anjos de Acáy. No entanto, ao subir em seu palácio e se deparar com seus irmãos e Wald, o ancião lhe relatou que James não havia retornado e que Kalaine havia chegado sozinho.

11

UMA VIDA PACATA

Correndo para salvar sua vida, James seguia para o extremo norte. Já cansado e seguro de si, decidiu dar uma pausa, apoiando-se em uma árvore. Foi quando ouviu a mata próxima se mexendo e galhos sendo quebrados. James rapidamente se escondeu atrás da árvore, agachado, quando sentiu fortes pontadas em seu traseiro.

— Uou! O que foi isso? — disse, dando o maior salto de sua vida.

— Vai dizer que nunca levou uma mordida nas nádegas antes?

— Dust, é você! E Buster! — Alegrou-se ao vê-los se revelando por trás da mata.

— Sim, somos nós. E você parece estar perdido mais uma vez. Como consegue fazer isso com tanta frequência? — observou Dust.

— Muito engraçado — comentou, mas não parecia de fato engraçado, pois sua cara permanecia séria. — Por que sumiram naquela manhã? Achei que você era criação da minha imaginação.

— Nos escondemos porque sentimos alguém vindo, e senti o cheiro: era humano. Nos preparamos para uma emboscada, porém vimos que era Fendrel, pela descrição que nos deu. Estava contente por ter te encontrado, por isso fomos embora. Você sabe, nossa vida é assim... encontramos alguém, depois esse alguém encontra outra pessoa e somos abandonados.

— Não seja tolo, vocês poderiam ter vindo com a gente. Na verdade, ainda podem. Tenho de correr o máximo que conseguir para chegar até o grifo, devo voltar a Hiren-gaal. Malogh me encontrou. Não posso deixar que ele me leve.

— Você aceitaria um vira-lata cinzento e um urso que está sempre faminto para acompanhar você em suas aventuras?

Dust abanava seu rabo e pulava de alegria.

— E por que não? — James finalizou.

Juntos, os três seguiram a estrada para o norte em uma longa caminhada. Chegaram já tarde da noite e encontraram o grifo de Fendrel, forte e majestoso. De cara, ele reconheceu James e, vendo que Fendrel não estava por perto, soube que deveria levar James de volta.

Em um encontro inesperado, os três toparam com um pequeno grupo de goblins que rondava a região. Viram os companheiros e logo ficaram inquietos, partindo para o ataque com as espadas e lanças. Foi então que Buster, o Gordo, defendeu James e Dust, fazendo-os ganhar tempo. Enquanto subiam, Buster teve seus olhos perfurados por uma lança e ficou atordoado. Logo, as criaturas subiram em suas costas e o furaram com suas espadas e lanças.

— Buster, não! Isso não pode estar acontecendo!

Dust ficou agitado e desesperado, latindo raivosamente.

— Não olhe, Dust! — James gritou, tapando os olhos do amigo.

O grifo saiu do chão e subiu aos céus, partindo daquela terra. Dust estava abalado, e nada que James tentasse fazer para consolar o cão surtiria efeito.

A viagem foi infeliz e não se ouviu uma palavra de nenhum dos dois. Chegaram a Hiren-gaal pela madrugada e Kalaine os deixou na estrada que ligava a Pine-falls. Após descerem, o grifo apontou com seu bico para uma placa de madeira, sinalizando o caminho que deveriam seguir. Ergueu-se aos céus em um bater de asas majestoso e voou de volta a Acáy.

— Bom, acho que deveríamos dormir um pouco. Ainda está escuro, e estamos cansados — comentou James, triste.

— Sim, vamos dormir...

Dust andava de orelhas baixas, procurando um lugar seguro.

Encontraram uma rocha grande e curvada fora da estrada, cercada por arbustos. Decidiram que ali ficariam e descansariam. Dust se deitou no colo de James, este apoiou as costas na rocha.

Acordaram perto do meio-dia, famintos. Não tinham o que comer e não conheciam a região onde estavam. Seguiram a estrada com a esperança de encontrar um pé de fruta. Dust se lembrou de sua adaga e lamentou novamente, pois havia ficado com Buster. O murmurar não durou tanto, pois foi interrompido por grandes tremores na terra.

Olharam para trás e viram com seus próprios olhos dois enormes mamutes. Eles tinham presas com espinhos das flores malevolentes, flores mágicas que cresciam nas montanhas próximas à Floresta de Melóra, e estavam acompanhados de três gigantes com quatro metros de altura e porretes de madeira apoiados nos ombros e tangas apenas protegendo as partes íntimas. James achou que estava tendo alucinações, pois não acreditava no que via. Dust se encolheu com medo e se enfiou entre as pernas do garoto enquanto espiava as criaturas enormes.

— Sempre ouvi dizer que mamutes estavam extintos desde a primeira era, tal como os gigantes — espantou-se James.

— Havia alguns mamutes onde eu morava, mas eles me dão muito medo.

— A volta dessas criaturas significa que a maldição de Malogh teve fim, mas como?

Ora, os gigantes tinham os mamutes como seu pastoreio e frequentemente migravam do local onde viviam, principalmente para buscar comida. Contava-se que os fazendeiros agradeceram aos deuses pelos gigantes terem desaparecido mais do que pelos dragões. Uma vez que os gigantes montavam seus acampamentos próximos de florestas e fazendas e frequentemente atacavam o gado e a colheita, destruindo-os. Havia um rito de oferenda, deixado de ser praticado em Hiren-gaal, pelo sumiço das criaturas, mas que deveria voltar a ser feito drasticamente. Dizia-se entre os fazendeiros e camponeses que, uma vez por semestre, os fazendeiros pintavam runas em suas vacas e as ofereciam para os gigantes, como uma moeda de troca para que as criaturas não atacassem as fazendas ou destruíssem a colheita ou o gado.

E assim era feito. Os gigantes tomavam a vaca para si e deixavam a fazenda em paz. Eram calmos e pacíficos, porém, quando ameaçados ou intimidados, eram mortais. Pastoreavam os mamutes, produziam queijo com seu leite e enchiam bolsas de dois metros com eles. Eram atraídos por metais, armas e armaduras, pois colecionavam. Essa era a vida dos gigantes, solitária e rotineira.

Os dois amigos continuaram a viagem na estrada e logo avistaram um chalé, parecia um lugar bem agradável. Havia uma plantação de frutas e vegetais ao lado dele e, na frente, descansava um belo búfalo com chifres pontiagudos e bolsas em suas laterais, guardando todo tipo de vegetal e ingrediente.

De início, pensaram em roubar, mas, de boa-fé, decidiram bater à porta e confessar a situação. Abriu uma senhora de cabelo cinzento, pele fraca e uma túnica rosa com remendos em diversas partes. Quando avistou aquela dupla — um garoto de dez anos com roupa de campo cheirando mal e um vira-lata cinzento que mais parecia preto de tanta sujeira — ela os tratou com compaixão.

— Hum, vocês são aventureiros? — perguntou a senhora.

— Sim. Estamos em uma jornada. Meu nome é James e este é meu fiel companheiro, Dust. Ele fala...

— Ah, claro que fala, que imaginação a sua. Meu nome é Luma. Diga-me, o que posso fazer por vocês? — perguntou, com um sorriso cordial.

James olhava para baixo e mexia seu pé em círculos, envergonhado.

— Achamos que talvez você pudesse nos ajudar com alimentação... e talvez um banho...

— Claro, James. Entre, vou cuidar de vocês.

Ela abriu a porta para que os dois pudessem entrar.

— Ela não acredita que eu falo — Dust sussurrou para James.

— Shh... Acho que é melhor assim! — sussurrou de volta.

— Não recebo visitantes em meu chalé. Sou muito solitária aqui. É muito bom ter visitas.

A casa de Luma era bem aconchegante. No chão, havia um tapete de urso. Espalhados pela casa havia muitos barris fechados e prateleiras com diversos ingredientes de alquimia, além de uma mesa de manipulação.

A velha Luma era alquimista, estudava a arte dos materiais e ingredientes por toda Hiren-gaal. Nascera em Arcádia, a terra da magia. Lá, obtivera o maior conhecimento e o ensinava para quem quisesse aprender.

James se interessou pelos ingredientes e logo quis aprender sobre eles. Mas, antes, teve a oportunidade de tomar um belo banho, junto de seu cão, e comeram carne de porco grelhada e um pão doce de sobremesa. Luma tinha guardado roupas de quando seu filho era pequeno e as deu para James, junto de uma capa amarela com gorro. Elas serviram bem, e ele estava com o coração agradecido.

Sentaram-se em uma poltrona perto da lareira e começaram a conversar. James não contou sua história e nem o que havia passado, mas Luma contou sobre sua vida, como toda senhora faz com convidados gentis. Ela também lhe ensinou receitas deliciosas.

— Você já comeu torta de girassol, pequeno James?

— Dá para fazer torta com girassol?

James não acreditou.

— Mas é claro que dá, o segredo é o recheio, se fizer do jeito certo. É possível fazer torta de qualquer coisa — explicou. — Os girassóis de Hiren-gaal são um pouco adocicados naturalmente, mas, o que muita gente não sabe, é que na província de Istíria os girassóis crescem bem mais doces e são comestíveis.

— Eu adoraria saber como fazer, senhora — James assumiu, gentil.

— Então, você coloca cinco girassóis em uma bacia, os maceta. Adiciona raiz das flores azuis das montanhas, casca das árvores da província de Fhalsreach e cogumelos-do-sol. Bate tudo com leite e farinha de trigo e leva ao forno. Fica uma delícia, experimente você mesmo — concluiu Luma. Ela havia contado o segredo de sua receita.

A senhora se levantou da poltrona, mexeu em seus armários e tirou de lá uma torta de girassol, levando-a para James experimentar.

— Fiz esta ontem mesmo, ainda está fresca!

James olhou para Dust. Encararam-se com um olhar de medo, pois não sabiam se deveriam mesmo comer aquilo. James, mesmo receoso, deu a primeira colherada e ficou fascinado logo de cara. O gosto era divino, nunca havia comido algo parecido. O recheio era belo: tinha uma cor alaranjada misturada com marrom. O cheiro não era muito agradável, mas o recheio o instigou a comer, pois era delicioso. James deu até alguns pedaços a Dust, que não negou. Os dois amigos adoraram a torta de Luma e ficaram contentes por finalmente estarem de barriga cheia.

— Só falta uma coisa para encerrarmos este momento tão oportuno, não é, Dust? — James disse ao cachorro, que abanava seu rabinho e colocava a língua para fora. — Uma história!

— Ora, presumo que tenho histórias de sobra. Gostariam de ouvir uma? — Luma sugeriu, já sabendo da resposta.

— Mas é claro.

— De muitos já deve ter ouvido o nome de Ragnar e de sua ascensão para a divindade. Seus feitos são grandiosos e com certeza ele é um dos maiores heróis de Westonia. Porém, pouco se fala sobre Olaff Caolho, o poderosíssimo elfo cinzento que pôs um fim ao Segundo Império, criado por Ragnar.

"Ora, se no leste as coisas se agitam como atualmente, não imagina como era o oeste durante a primeira era, jovem James. Os imperadores que governavam o oeste tinham seu reinado por no máximo cinco anos e vinham a falecer por conta das frequentes guerras ou traições. Então veio Ragnar, cujo reinado durara duzentos anos, passando a ser chamado de imortal pelos reinos que o serviam. De fato, seus feitos foram grandiosos, suas leis vigoraram bem aceitas por dezenas de anos até a vinda do grandioso Olaff Caolho.

"Certo dia, Ragnar navegava com seu exército para o leste, com intuito de conquistar toda Essenia a favor do Segundo Império, porém, foi vítima de uma emboscada de Olaff e seu exército em seus barcos tempestuosos. Na divisa entre o leste e o oeste, nos mares, uma batalha lendária foi travada. E, de uma forma memorável, Olaff venceu Ragnar. A sorte havia sorrido aos elfos cinzentos, pois os trovões atingiram fortemente os barcos do império de Ragnar, tal como as ondas gigantescas afogaram seus soldados.

"Após a vitória na divisa, Olaff Caolho voltou para Hältiat e se declarou alto rei do continente, por ter libertado os elfos do Segundo Império, do qual muitos não concordavam com as leis. Foi então inaugurada as Terras Tempestuosas, três grandiosas fortalezas pertencentes somente aos elfos cinzentos e aos descendentes de Olaff, que no futuro haviam de dar continuidade à sua linhagem. Por fim, o oeste ficou dividido entre o império dos humanos, em Orjüun, e o império dos elfos, em Hältiat. E assim se deu início à linhagem dos reis divididos."

— Conheço a história de Ragnar, e você tem razão: pouco se fala sobre Olaff Caolho. Afinal, ele só tinha um olho? — indagou James.

— Ele era caolho, James — comentou, pois era óbvio. — Bem, o que mais me intriga é ver estátuas de Ragnar por todo o continente, mas não se vê estátua alguma de Olaff Caolho. É uma estátua bela a de Ragnar? Sim, não há dúvidas. Aquele elmo semiaberto e a capa cobrindo seus braços chegavam a me arrepiar quando era mais jovem. — Luma sorriu, envergonhada. — Gosto do jeito como esculpiram a imagem dele, pisando em uma rocha e cravando sua espada longa no chão. Pose de herói, não é?

James estava encantado com a descrição de Luma sobre Ragnar e seus olhos vagaram pelo local da casa. Notou que no canto da sala havia uma espécie de aranha metálica, amassada e sem algumas pernas. Curioso, perguntou a Luma do que se tratava. Era uma relíquia histórica dos anões.

Desaparecidos misteriosamente de Westonia em meados do ano 570 da primeira era, os anões eram criaturas formidáveis e extremamente engenhosas. Mestres artesãos, eram nativos da Ilha Meia-lua, e suas fortalezas iam do solo até as profundezas subterrâneas. Suas engenhosidades resultavam em pequenas criaturas robóticas, que liberavam vapor e eram movidos pelo o que os anões chamavam de joia-esfera. Funcionava como o coração de um ser: se retirado não havia escapatória. A criação mais comum era as aranhas metálicas, usadas como ajudantes e até como montaria para os anões.

Tinham menos de um metro de altura, pele azulada e barba. Usufruíam em abundância de um metal desconhecido e só faziam uso desse tipo de metal, que era chamado por todos de "metal anão". A única forma de obtê-lo era derretendo. O elmo de suas armaduras possuía a forma de um rosto humano. Não havia registros de como tinham tamanha inteligência. Na verdade, bem pouco se sabia sobre a raça e sua cultura.

Contava-se que os anões cavaram com tanta abundância que sua civilização cobria a região de Vérion até Istíria. As passagens para o reino subterrâneo dos anões haviam sido destruídas e até os dias atuais ninguém sabia como chegar lá. O grande reino antigo dos anões permanecia escondido e não se sabia o que sobrara.

James agradeceu pelos cuidados de Luma e pela história também, mas disse que deveriam partir, pois tinham de encontrar alguém, e rápido.

Luma disse que poderiam passar sempre que quisessem, pois, suas portas estariam abertas para ele e seu cão.

Partiram para o sul, rumo a Pine-falls.

Em um pequeno desvio de atenção, James ficou encantado com um lindo bosque esverdeado e cheio de vida. Era o Bosque Sagrado. Quando percebeu, já estava caminhando entre as belas árvores, perdido com sua beleza e vida. Foi quando ouviu sussurros e percebeu vultos escuros por toda parte. Dust latiu ferozmente, embora não apresentasse ameaça alguma, pois era fofo demais para causar medo em alguém. Um pouco à frente de James surgiu um espírito em forma de luz branca, mas o garoto não temeu sua aparição.

— Quem é você? — James gritou.

— Sou aquele que lhe dará respostas.

— Respostas para quais perguntas?

— Você andou sofrendo muito nas últimas semanas, não é mesmo? — continuou. — Deve se preparar, a essa altura deve estar sabendo que tem um grande papel a desempenhar.

— Do que você está falando?

— A marca no seu braço, você faz certo em escondê-la com esse manto amarelo. É por causa dela que Malogh está à sua procura.

— O que tem de tão importante nessa marca?

— A runa de Malogh foi comprometida, todos os seres míticos foram trazidos de volta, inclusive o guardião. No entanto, este não foi trazido a Hiren-gaal, assim como as demais criaturas. Ele está preso em um lugar distante, e você deve encontrá-lo acima de tudo, pois apenas ele lhe dará o conhecimento.

— Onde esse tal guardião está? E que conhecimento tenho de obter?

— Kairon, é como se chama. O guardião de todos os seres, grande servo de Raklion, deus da sabedoria e do conhecimento. Ele está preso nas Terras Corrompidas, a terra amaldiçoada onde Malogh ficou trancafiado.

— Não vou conseguir velejar, não sozinho, e ninguém vai querer me levar.

— Você não é o único que sabe o que deve ser feito, James. Seus amigos sabem sobre Kairon, mas estão evitando, pois temem colocá-lo em grande perigo. No entanto, vocês não têm mais tempo como tinham antes. Converse com Vincent quando o reencontrar, pois ele será mais compreensivo do que Fendrel.

O espírito desapareceu, dando a James o caminho de volta para a trilha. Sua missão era ir até as Terras Corrompidas, mas tinha de tratar o assunto com cuidado, pois, se até o líder dos anjos abominava o lugar mais que tudo, os outros não teriam coragem de velejar para lá.

12

ESPÓLIO DE BATALHA

Ouvia-se o belo canto dos pássaros e o bramar dos búfalos de carga, que passeavam pela cidade carregando mercadorias, armamentos e alimentos para comercialização. Ora, ainda não fora dito sobre a beleza de Pine-falls, cidade florestal, que também era chamada de reino da floresta. Ela era ainda mais bela que Lóren, com uma grandiosa floresta de pinheiros cercando toda a cidade. As ruas eram gramadas e as estradas eram trilhas de terra, feitas pelos búfalos e cavalos da cidade. Belos rios, repletos de lodo, passavam pela cidade com suas águas verdejantes enquanto os peixes saltavam pela correnteza, reforçando a beleza local.

As casas eram de pedra, e lodo as cobriam por entre as paredes e teto. Estátuas dos grandes heróis eram encontradas por diversas partes da cidade: Findrath, simbolizando a fé; Timmóteo Eul, a sabedoria; e Ragnar, a determinação na guerra. Embora velhas, faltando alguns blocos de concreto e plantas trepadeiras as cobrindo, as estátuas eram deslumbrantes. Pássaros faziam seus ninhos nas árvores dentro da cidade e sempre cantavam ao amanhecer de um novo dia.

No entanto, nada se comparava à Praça da Baixada. Era a única praça que havia dentro da cidade. Uma fonte grandiosa jorrava no centro dela. Era de pedra, na forma escultural de um dragão pousado em uma montanha, e a água escorria em abundância para os arredores da praça, formando um pequeno lago. O lugar estava estrategicamente localizado embaixo de duas grandes árvores de galhos tão imensos e folhas tão volumosas que as duas se encontravam, entrelaçando-se, formando um teto para a praça, provendo sombra para toda a área.

Vincent e Lauren estavam sentados na praça, aguardando alguma notícia. A inquietação irritou Lauren, que ordenou que parasse de olhar para todos os cantos da cidade, dando a entender que havia roubado queijo de uma feira. Vincent não era paciente, nem suscetível de acatar uma ordem.

— O rei de Acáy está na cidade... Eu o vi adentrando com seu cavalo branco, tal como seus lindos cabelos, que são deslumbrantes, seguido de duas belas damas — comentou um rapaz que passava pela praça, alertando a todos que ali estavam, fazendo com que todos corressem para os portões principais da cidade.

Vincent pulou do banco em que estava sentado e correu em disparada para os portões principais de Pine-falls, Lauren no encalço.

Chegando ao pátio principal, viu-se preso entre os muitos moradores da cidade, mercadores e seus búfalos. Vincent forçou passagem entre a multidão, pedindo licença apressadamente, empurrando outros que não saíam do lugar.

Lá estava ele, o rei Fendrel, montado em seu esbelto e majestoso cavalo branco com duas mulheres, como o rapaz dissera. No entanto, James não acompanhava o rei, nem estava presente nos arredores, e aquilo preocupou Vincent.

— É uma bênção vê-lo novamente, meu amigo. L'ozag foi atacada, Malogh surgiu com seus exércitos montado em um dragão negro e causou grande destruição. Pedi a James para que voltasse até o grifo de Wald, ele o guiaria até Pine-falls — contou Fendrel.

— Como pôde deixar uma criança de dez anos sozinha em um mundo como este? — berrou Vincent.

— Na próxima vez que falar nesse tom, corto seu pescoço — alertou Alane.

— E a próxima vez que o ameaçar, eu a queimo até seus ossos virarem pó — disse Lauren, defendendo Vincent.

— Maldição, uma elfa negra? No que se meteu, Vincent?

Fendrel se mostrou indignado e pôs a mão no pomo de sua espada.

— Espere... É um mal-entendido! — gritou Wald, passando pela multidão até chegar a seus amigos. — O nome dela é Lauren e, por mais que seja uma elfa negra, está do nosso lado. Deixou sua casa e raça e se mostrou leal.

— Sabe que Aimir vai assassiná-la assim que a vir, não sabe? — advertiu Fendrel.

— Por Clavicus Mora, o que está acontecendo aqui? Estão loucos? — Salor se aproximou, junto de uma pequena companhia real.

Logo os guardas de Salor dispersaram a multidão que havia se formado. Com Salor estavam sua esposa, Serana, e Nazir, o domador da ilusão; três guardas; um cavaleiro grisalho, com pequenas rugas de velhice; e ao seu lado um rapaz mais novo, carregando um grande escudo redondo feito de madeira, com o centro de metal. Eram Elgoth, o cavaleiro vingativo, e o rapaz que o seguia era Elder, seu pupilo.

— Concordei em realizar uma reunião com intuito de salvarmos nossas terras, mas isso aqui está uma bagunça. Fendrel tem razão: se Aimir II souber que estamos conspirando com uma elfa negra, perderemos o pescoço. Não me leve a mal, Lauren. Não sou preconceituoso, mas gosto da minha cabeça onde ela está.

— Ela não é como os outros — apontou Vincent. — Ela me salvou quando eu estava agonizando sozinho. Ela mexe com feitiços e certamente já teria nos assassinado, se assim desejasse.

— Eu não concordo com a rebelião de Sven. Ele diz estar lutando pela nossa raça, mas só tem gosto pelo sangue derramado — explicou Lauren.

— De qualquer forma, é bom pensarmos em como contar isso para Aimir e logo. Pois os boatos daqueles que nos rodeiam certamente chegarão até a capital.

Salor havia convidado todos para o salão militar de Pine-falls. Encontravam-se em um espaço ao ar livre, na varanda do castelo, rodeado de grandes árvores, com trepadeiras cobrindo as paredes e o chão onde pisavam. As diversas cadeiras formavam um círculo em volta de uma mesa de pedra e nela estava posto o mapa do leste.

A presença de Lauren incomodava muitos que ali estavam. No entanto, ela não os temia, pois sabia que seu dever era para com a Aliança. Salor relatou sobre o ataque ao forte, e que as criaturas de Malogh pretendiam encontrar um local para fazer moradia. Os boatos eram que as fortalezas dos rebeldes estavam reforçadas e isso seria um problema, uma vez que o Forte do Carrasco se encontrava enfraquecido. Perguntou sobre o garoto, pois os rumores diziam que o inimigo o procurava. No entanto, Fendrel havia perdido James, e seu paradeiro era desconhecido.

— A chave de nossa liberdade está livre para o inimigo encontrar. Uma bela forma de lutar pelo nosso mundo, não, Fendrel? — alfinetou Salor.

— Foi um contratempo. Malogh atacou L'ozag, James não podia ficar lá. Se não o tivesse libertado, é provável que Malogh o tivesse agora.

— De qualquer modo, nossas forças não são suficientes para quando a profecia se mostrar.

— A Guerra Dourada — todos disseram em sincronia.

— Os outros continentes e muito menos o oeste não vão se juntar a nós. Eles acreditam que isso é problema nosso, já que o inimigo não causa discórdia em outras terras — explanou Vincent.

— Não podemos esperar ajuda de outros continentes. Não são aliados, e talvez é melhor que assim continuem. Isso vale para o oeste. Por mais que comercializemos com o oeste, devemos deixá-los de lado em questões militares ou isso causará uma drástica guerra entre raças e povos — refletiu Wald.

— Meus senhores! — cumprimentou um mensageiro cansado, suado e sem ar. — Sven monta uma tropa e parte para o Forte do Carrasco. Ele sabe sobre o ataque dos servos de Malogh e que o forte está enfraquecido — contou, suspirando forte.

— Tem certeza disso, rapaz? — perguntou Salor, pondo as mãos na cintura.

— Nossos olheiros infiltrados em Vérion nos mandaram uma carta contendo tais informações — informou, entregando a carta.

Sim. Tomaremos o forte para assim deixar Pine-falls vulnerável e ser a próxima a cair. Se não tivermos contratempo algum, chegaremos ao amanhecer do dia 27.

Salor lia a carta que fora escrita pelo próprio Sven, provavelmente interceptada antes de chegar ao seu destino.

— Mas isso é amanhã...

Sem tempo a perder, todos se prepararam, e Salor convocou seu exército para o forte. Ele temia chegar tarde, pois seus filhos estavam lá, ajudando a fortalecer as defesas novamente.

Marcharam até o local, que se encontrava a poucas horas da cidade. Salor foi ao encontro dos dois filhos e os abraçou com força.

— Alguma notícia de Aimir? Ele está sabendo sobre o ataque? — indagou Salor.

— Enviamos a carta para Lóren, mas não obtivemos resposta. É provável que ele já esteja a caminho.

— De qualquer forma, temos até o amanhecer para esperá-lo.

A oeste, ouviram o som de uma trombeta tocar. Logo, todos se dividiram em uma artilharia para fora do forte e outra com aqueles que guardariam os portões pelas muralhas. Da colina, surgiu a hoste de rebeldes cavalgando bravamente em seus cavalos negros, com suas espadas curvadas em punho, trazendo fúria em seus corações. Na linha de frente, estava Evendros, montando o mais aparelhado dos cavalos, e à sua volta se fazia uma aura escura e melancólica. Carregava consigo a flâmula com o brasão de duas espadas cruzadas, símbolo dos rebeldes. A lâmina que portava era escura, e uma sombra o seguia.

Uma saraivada de flechas foi lançada das muralhas, e muitos sucumbiram antes mesmo de chegarem até os exércitos da Aliança. As tropas de Salor permaneciam à frente dos portões do forte, protegendo-o.

Assim que as tropas ficaram frente a frente, a verdadeira batalha começou. Em meio à confusão de espadas, lanças e flechas, Evendros assassinou Alane, perfurando suas costas e introduzindo em seu corpo sombra e escuridão, que drenaram sua vida lentamente.

O primeiro a tomar a iniciativa foi Fendrel, que libertou as asas e deu um salto mortífero em direção a Evendros, causando grande estrondo quando seus pés atingiram o chão. Evendros foi lançado para longe, assim como todos os soldados que estavam ao alcance.

Aranhas gigantes surgiram no campo de batalha e lutavam pelos elfos negros, a mando de Evendros. Aquele era o poder sombrio de Kalima. O portão do forte começou a se romper, pois muitos elfos negros tentavam quebrá-lo. Lauren conjurou poderosas correntes elétricas com sua adaga encantada, causando a morte do seu próprio povo, e ela se sentiu mal por ter feito aquilo.

Sendo os únicos a terem dons com a feitiçaria, Lauren e Wald tentavam ao máximo conter os inimigos que tentavam derrubar os portões, dando fôlego para aqueles que seguravam o forte do lado de dentro. A batalha se tornou intensa e, mesmo após fazer o que podiam, os portões foram derrubados. A batalha se estendeu para dentro do forte, onde Naya liderava sua companhia juntamente com Fenton e Taran. Sua espada chamuscada mantinha o inimigo distante, e, aqueles que não a temiam, sentiam o gosto do aço fervendo em sua pele.

De forma esperançosa para ambos os lados, chegaram duas tropas de soldados, elas seguiam Sven e Aimir II. As trombetas soaram dos dois lados, provendo sons distintos, mostrando que dois grandiosos reis haviam chegado. Ao se cruzarem no pátio do forte, em meio ao bater das espadas sangrentas e dos escudos se chocando, Aimir II ficou cara a cara com Sven, os dois apertando o cabo das espadas com tamanha força que machucavam a palma de suas mãos.

– Aliança maldita! No dia de hoje terão sua queda! Você não é digno de portar em sua cabeça a coroa de supremo rei, pois é sujo e não enxerga o amor pelo próximo! – Sven discursou, certo de que a vitória seria sua.

– O que sabe sobre o amor, traidor dos seus próprios irmãos? Ficou com inveja da coroa e planejou pelas costas de meu pai! Se quer tanto esta joia que concede supremo poder, você deve minha cabeça arrancar, pois dela esta joia não sairá! – Aimir respondeu à altura, confiante de si.

Os soldados abatidos ensanguentavam o chão no campo de batalha, caindo um a um, enquanto Aimir e Sven estavam em um confronto que parecia não ter fim. Todos lutavam bravamente. Pandora causava estrondos à medida em que golpeava com sua lança e escudo, e Vincent defendia Lauren enquanto ela conjurava feitiços.

Embora Lauren conseguisse conter muitos dos inimigos, sentia seu coração pesando, pois eles carregavam nas veias o mesmo sangue que ela e tinham seus motivos para lutar. A feiticeira vestia um capuz para cobrir sua identidade. Porém, sua dor e identidade enrustida se transformaram em grande ódio e desejo por liberdade, então ela retirou o capuz e dilacerou de forma cruel os elfos negros que os atacavam, buscando trazer justiça a sua terra.

Aimir sentiu o tremor e a grande fonte de magia e, quando notou que sua fonte vinha de uma elfa negra, mostrou-se duvidoso e confuso.

Fendrel confrontava Evendros e, quando esse último viu que sua derrota seria iminente, desvaneceu-se nas sombras, fugindo do combate. As aranhas eram muitas, e o medo tomava conta dos exércitos da Aliança. Logo, uma hoste de anjos chegou bravamente ao forte, sobrevoando com suas belas asas brancas, portando espadas e lanças. Pousaram próximo de seu rei, como flâmula vantajosa que era, dando folego para a Aliança.

Os anjos dilaceravam as aranhas negras de Evendros como forma de purificar e destruir o mal. Foi quando cruzou os céus, como num vulto espectral, rugindo e estremecendo o chão, fazendo árvores e vinhedos nas redondezas sacudirem com a forte ventania, um dragão branco. Sobrevoava em volta do forte e aos arredores da região, e muitos começaram a fugir, amedrontados. Até então os elfos negros e a Aliança ainda não haviam visto um dragão, pois julgavam ser apenas lendas. Sven liderou as tropas, pedindo para recuarem, tal como Aimir, e logo o campo de batalha ficou vazio. Aqueles que estavam no forte se esconderam atrás de seus muros, exceto Pandora, que permaneceu no campo.

— Pandora, não temos tempo para isso, corra! — Fendrel gritou de longe.

— Eu farei aquela fera cair aos meus pés e montarei em suas costas. Assim verão por que me chamam de Dominadora — disse ela, batendo a lança no chão com uma mão e com a outra sacudiu o escudo.

Do céu, a grande fera a avistou e logo começou a descer em um rasante longa e rápida em direção a Pandora. A mulher empunhou a lança, pondo uma força anormal, e mirou na fera que vinha em sua direção. Em um piscar de olhos, Pandora lançou a arma contra a criatura, atingindo-a certeiramente no ombro. O dragão perdeu o controle e caiu no chão. O impacto foi tão grande que, após cair, deslizou até bater na muralha do forte, que tombou para o outro lado, esmagando alguns soldados da Aliança que se escondiam da fera.

Enquanto a criatura se mexia, atordoada com a dor, Pandora correu e parou diante da fera. O dragão a olhou com desconfiança enquanto ela retirava a lança de seu ombro e, em seguida, pôs as mãos na cabeça do bicho, proferindo palavras draconianas. A fera não se debateu nem a atacou quando a dor se foi. Ela permaneceu parada, fixando seu olhar em Pandora. Naquele momento, ela soube que havia conseguido domar a criatura.

Fendrel observava de longe, em meio aos arbustos da floresta, e viu com seus próprios olhos aquele enorme dragão, banhado em seu próprio sangue, curvando-se diante de Pandora. A Dominadora conversava com a fera, dizendo coisas na língua dos dragões.

— Aproxime-se! — gritou Pandora para Fendrel. — Ele não causará problemas.

— É impressionante o que fez. Você fala a língua dos dragões muito bem — Fendrel elogiou Pandora, aproximando-se.

— Você também tem dons admiráveis, vossa majestade — brincou, dando ênfase nessas últimas palavras. — Eu acredito que tudo tem um motivo. De onde venho, dizem que o dom de conversar com dragões e domá-los é dado pelos príncipes das trevas — contou enquanto acariciava o dragão.

— E o que você acha?

— No dia em que rezei para minha vida mudar, eu não proferi seus nomes e sim os dos Divinos — concluiu, fitando os olhos de Fendrel. Sentia-se atraída por eles. — Venha, toque-o — incentivou.

Fendrel, cautelosamente, acariciou o dragão e sentiu a pele escamosa coberta pelo próprio sangue.

— Por Clavicus Mora, isso é realmente real? Posso eu estar enlouquecendo? — indagou Salor, fazendo companhia aos dois.

— Os dragões retornaram, tais como outras criaturas míticas. Não o tema, conseguimos um belo espólio de batalha aqui — disse Pandora, saindo do encanto por Fendrel e voltando a si.

Quando iniciou a noite, uma grande festa foi dada em comemoração à vitória do forte. Os elfos negros, embora duros e insubmissos quando desejavam, temiam os dragões agora mais que tudo e não voltariam tão cedo para o Forte do Carrasco. A festa foi realizada no castelo de Salor, em Pine-falls, e todos estavam contentes.

Fenton, no entanto, olhava seu irmão com desprezo e inveja profunda, pois sabia que havia algo entre ele e Naya, a quem ele almejava ter mais que qualquer outra mulher. Aimir estava junto de Salor, e faziam discursos sobre sua vitória, causa, coragem e honra.

— Que os ventos guiem a todos — gritavam alegres enquanto brindavam canecas de hidromel.

Enquanto isso, Fendrel permanecia retirado da multidão, longe até mesmo da mesa real, na qual os grandiosos se sentavam. Em vez disso, estava na varanda do castelo e sua única companhia era sua alma. O anjo pensava na união dos continentes, embora não fosse sábio por parte dos anjos, tal como seu pai sempre lhe falava: "Meu querido filho, os povos vizinhos devem permanecer onde estão. O que importa realmente é que o destino sorri para você e seus irmãos. Nunca se esqueça disso". Por mais que tivesse sido sábio em proteger seu povo, não confiando em estrangeiros, a Findrath não fora dada toda a razão e sabedoria. Ele não sabia que todos os cantos de Westonia, assim como todos os seres e todas as raças, eram uma criação de Clavicus, sendo assim, portanto, descendentes dos Divinos.

Fendrel tinha outra perspectiva sobre a questão e já havia pensado, no seu tempo de reinado, em interagir com o povo do oeste, pois com eles tinham muito a aprender. Mas devia ser cauteloso, pois sempre esteve escrito sobre a linhagem de Findrath que seus filhos deveriam cumprir profecias na terra as quais eles não escolheriam.

•

Pandora se aproximou para lhe fazer companhia. Ela trajava um vestido de seda branco, um pouco transparente, e seu cabelo estava solto. Trazia consigo duas taças de vinho.

— Esta é para você, grande rei — disse ela, estendendo-lhe uma das taças.

Fendrel raramente bebia, mas aceitou.

— Obrigado, Pandora.

— Ah! — ela suspirou profundamente. — Que mundo estranho, não?

— É belo e encantador, minha amiga. — O rei pausou por alguns segundos, pensando antes de falar. — Diga-me, Pandora, é verdade o que dizem sobre os elfos cinzentos? Vocês creem nos vedaín, mas não creem em Ragnar como um deles?

— Sim — afirmou com um olhar curioso. — Sei o que pensará a respeito de mim, mas não me importo. Meu sangue e raça é da descendência de Olaff Caolho, certamente conhece a história. Nós, os elfos cinzentos, nos denominamos como seres superiores, e minha família carrega consigo o sangue da tempestade — contou, orgulhosa.

— Mas e você, carrega esse sangue? — alfinetou.

— Não... eu não carrego. Fendrel, estou certa de que minha fé está se esvaindo. Não sinto mais o conforto e proteção dos Divinos. Andei pensando, durante o tempo na arena deus nenhum me salvou ou retirou minha maldição. Creio estar abandonada por eles.

Fendrel se preparava para responder, mas ouviu berros: alguém o chamava. Era James. Contente em revê-lo, correu para abraçá-lo. Vincent também ouviu os gritos e se levantou, correndo na direção da varanda. Assim que o viu, Vincent caiu de joelhos e chorou pedindo perdão, dizendo que não deveria tê-lo mandado para L'ozag, pois era perigoso. James, sem preocupação alguma, abraçou o amigo alegando que estava tudo sob controle.

— Essa viagem me tornou mais forte, e Dust me fez companhia, é um verdadeiro amigo — contou.

Logo Dust apareceu no salão, correndo feito doido e trombando em todos que estavam em seu caminho até chegar a James.

— É um prazer conhecê-lo, senhor Vincent. James falou muito bem de você! — Dust cumprimentou, latindo e abanando seu rabo, feliz.

— O cão realmente fala, como é possível?

Fendrel se lembrou que em L'ozag duvidara e havia zombado de James.

— É uma longa história que ficará para outro dia — James anunciou.

Todos ficaram boquiabertos, pois jamais tinham visto um cão falar.

Dust estava feliz, pois se sentia o centro das atenções e, diferente do povo de onde viera, estava sendo amado por todos, que faziam carinho e lhe davam comida. Contentes, todos voltaram ao salão para a comemoração, exceto Vincent, que permaneceu na sacada fitando as estradas luminosas fora do castelo. Depois de um tempo, notou que alguém o observava em um beco ao lado de uma estalagem. A figura vestia capuz e roupas escuras, cobrindo completamente a aparência. A silhueta sombria deu um passo para trás, ocultando-se novamente na escuridão da rua.

Intrigado, o cavaleiro deixou a sacada, tal como o castelo, a fim de perseguir a figura encapuzada. Ele entrou no beco e direcionou sua mão para a bainha de sua espada, porém, nada havia ali. Lembrou-se que se tratava de uma comemoração e por isso não havia levado consigo a arma.

Supreendentemente, a figura surgiu por trás de Vincent, aproximando-se lentamente.

— Não é sábio seguir uma figura estranha em um beco escuro sem ter como se defender — disse uma voz familiar.

— Senti sua falta, não a vi no banquete — comentou, desvendando o mistério.

— A sobremesa vem depois, não sabia? — brincou Lauren, saindo da escuridão e retirando o capuz.

Vincent se virou e ficou cara a cara com ela.

— Pensei que algo tivesse acontecido com você — confessou ele. — Aimir está no castelo e isso não é nada atrativo para uma elfa negra.

— Você se importaria? — questionou Lauren, com um tom doce e atrativo, apoiando-se no peito de Vincent, ficando a poucos centímetros de distância de seu rosto. — Se acontecesse algo? — acrescentou com uma fagulha de malícia no olhar.

— Você é uma mulher perversa; sabe disso, não sabe?

Vincent acariciou os cabelos negros da elfa.

— Você tem cuidado de mim nos últimos dias — ela comentou.

— Você faria o mesmo por mim — Vincent rebateu no mesmo instante.

— Como pode ter tanta certeza? — provocou.

— Eu simplesmente sei.

— Deixe-me fazer algo por você agora, então — pediu, mas não esperou por uma resposta.

Sob o luar, na escuridão do beco vazio e frio, Lauren o beijou.

A sintonia dos dois era bela e glamorosa. Lauren havia conquistado o cavaleiro solitário e o tinha sob seus desejos mais profundos, pois Vincent cedera à elfa e não a soltaria tão cedo.

Apesar de belo e encantador, Vincent não se envolvia frequentemente com mulher alguma. Era frio e severo em relação às suas interações íntimas, o que o fez se tornar um homem carente e incomum. No entanto, esse era justamente o motivo que fizera Lauren se sentir atraída por Vincent, e o jeito doce e mágico da elfa o fez cair sob seus encantos.

Naquela noite, os dois decidiram dar uma trégua para os perigos do mundo e seus aliados, despedindo-se de seus amigos. Eles alugaram um quarto na hospedaria mais barata de Pine-falls: Samambaia Gritante. Escolheram um quarto no andar superior, onde poderiam avistar com facilidade as estrelas no céu.

Lauren se despiu diante de Vincent, que jamais havia se deitado com uma elfa negra antes. Ele ficou encantado com as cores profundas por trás de sua veste, mas, antes que Lauren pudesse retirar a camisa de Vincent, ele a interrompeu, como se não quisesse revelar algo que carregava consigo, retirando apenas as peças de roupa inferior. A noite não teve fim para os dois, pois estavam inebriados de desejo e prazer.

Vincent soube que a partir daquele momento as coisas seriam diferentes e que aquela paixão poderia ser definitivamente a sua ruína.

13

OS CAVALEIROS DO VALE

— As lendas seriam verdadeiras? Você viu o tamanho daquela coisa? — Randovir perguntou a Sven.

— Lendas não queimam fortes, meu filho.

— Poderíamos tê-lo enfrentado. O que será que sobrou daquele forte? Cinzas apenas? Ou será que ele viu que não sobrou ninguém e voou para longe, e o forte está desprotegido agora? — opinou Evendros.

O ataque havia sido um fracasso, e Sven estava raivoso, sentindo uma mágoa profunda em seu coração. Caminharam até Istíria, onde Hadgar os aguardava nos portões junto de seu exército para uma possível invasão, mas viu apenas os elfos negros fracassados em sua missão. Voltaram feridos e cansados; alguns tinham queimaduras pelo corpo e na linha de frente vinha Sven, trajando a armadura de aço temperado com jade mais bela e honrosa dentre todos de sua raça. O brilho de sua coroa era tanto que cegava os homens postos na muralha dos portões de Istíria, com seus arcos apontados. Os médicos cuidaram dos feridos, e Sven, mesmo ferido, escolheu permanecer como estava, sentindo-se imperdoável pela derrota que haviam sofrido.

— Era fugir ou morrer, meu senhor rei — justificou Evendros.

— Deveria ter escolhido a morte a fugir de um dragão. Que imagem teremos agora? Aqueles que fogem à luta?

— Há 2.500 anos não se via um dragão em Hiren-gaal. Eles não passavam de lendas para nós até então. É certo que a runa de Malogh foi encontrada e comprometida, como dizem as histórias.

— Se os dragões voltaram, então aqueles que falam a língua dos dragões hão de reinar novamente, como outrora.

— Calúnia! Não é visto alguém com a Voz por estas terras já faz muito tempo!

— Poucos foram os que receberam o dom, tem total razão. Há também aqueles que herdaram em vida quando rezaram — esclareceu Hadgar.

— Espera que eu me ajoelhe e me mate de rezar em troca de um dom que não possuo? Onde está a honra disso? Noreen jamais desejaria que nos ajoelhássemos em troca de favores. Se estivesse escrito que viveríamos com esse dom, então em nosso coração ele estaria. Ora, como não está, prefiro viver assim.

— Temos o poder de Kalima ao nosso lado, não precisamos de nada mais — declarou Evendros, sentindo o corpo queimar levemente por dentro.

— Pois está enganado, Evendros, Kalima não demonstrou tanto poder assim, com exceção das aranhas que convocou — replicou Sven. — Precisamos de forças maiores.

— Claro, meu senhor — Evendros confirmou.

Ele estava ofendido com as palavras de Sven e sentia em seu coração, se ainda tivesse um, que Kalima estava atormentada dentro de sua espada, como se quisesse sair e cometer atos maldosos para contra aqueles que a insultaram.

— E por onde começamos? — Hadgar perguntou.

— As histórias contam sobre o grande poder de um tammer de Arthan, mandarei meus cavaleiros reais à procura para tentar convencê-lo a se juntar a nós.

— Arthan? O leste de Essenia nunca foi unido, meu senhor. Por que acha que um continente vizinho irá nos ajudar?

— Não acho, Hadgar. Mas não temos escolhas. A cada dia que passa, nossos inimigos ficam mais fortes e nós mais fracos.

Ora, visto que já era tarde, decidiram passar a noite em Istíria e logo pela manhã partiriam de volta para suas devidas províncias. Inquietos eram os reis de Hiren-gaal, que passavam mais tempo fora do que dentro de seus próprios castelos. Os combatentes haviam ido descansar enquanto Hadgar caminhava por seu castelo, pensativo. Em certo momento, parou e contemplou o que havia se tornado, se estava realmente fazendo a coisa certa, se havia escolhido o lado certo. Os homens deveriam ser leais aos homens, tal como os elfos negros eram para com os outros elfos negros. Às vezes, perguntava-se se iria para o Oblivion quando deixasse aquele mundo ou se teria seu nome escrito nas Areias do Destino.

De qualquer modo, seu pensamento foi interrompido por um de seus filhos, Luin, que berrou seu nome no final do corredor circular. A esposa de Hadgar, Sarah, havia lhe presenteado com três filhos – que mais pareciam maldições. Luin era o mais velho e, com pouca diferença de idade, vinha Hanna, ela tinha grande inveja de seu irmão mais velho. Com uma diferença de mais de cinco anos, vinha Talior, o mais humilde de todos os príncipes de Hiren-gaal e que não fazia questão alguma pelo trono. O rapaz, ao se aproximar, fez uma reverência e apertou a mão do rei.

O braço com que Hadgar apertou o de seu filho vestia a maior relíquia dos ursos-selvagens, o Bracelete do Urso. A joia era feita de ouro e prata e tinha seu tamanho desde a dobra do cotovelo até pouco abaixo do punho. Suas pontas eram garras de urso, tão grandiosas e bem-feitas que causava inveja profunda a quem a contemplasse.

Tão profunda era a cobiça que até seus próprios filhos haviam se virado um contra o outro a fim de obter o bracelete como herança, mesmo tendo Luin como o filho mais velho. Hanna era impulsionada pelos piores ardis do mal. Para obter prestígio e maior chance de receber a relíquia de sua família, tramava maldades em segredo, causava intrigas e desordem em sua cidade e culpava Luin por tais atos, o que gerava grande decepção do pai para com o filho. Isso era feito de Luin, que também causava intrigas, favorecendo a si mesmo e prejudicando tanto seu pai quanto a irmã mais nova.

Os povos de Istíria contavam que os deuses haviam amaldiçoado a família real por terem se virado contra a Aliança, traindo os anjos. Além de Luin e Hanna competirem para ver quem causaria mais desavenças na família, ambos eram protagonistas de incesto. O que gerava boatos, mas nunca provas. Exceto por Talior, que um dia vira os irmãos praticando o ato, mas não contara a ninguém, nem deixara que os irmãos o vissem.

Sarah sempre alertava o rei para tomar cuidado com os filhos e que não importava o que diziam os dois, pois não eram dignos de portar o bracelete do urso, já que envergonhavam o nome da família.

— Como foi o ataque ao forte? — Luin perguntou.

— Um fracasso, houve um incidente com um dragão.

— Se eu estivesse lá, faria aquele dragão recuar por bem ou por mal.

— Faria, sim — brincou Hadgar.

— Eu falo sério.

— Batalhas chamam a atenção de dragões, Luin. Creio que será difícil batalhar sem ser visto e atacado por um dragão, agora que retornaram.

— Como atraí-los?

— Dizem que o brilho que as espadas e armaduras refletem no céu é visto pelos dragões, que se irritam por cegá-los temporariamente. Então eles são atraídos, buscando apagar o brilho. Outros dizem que chamas de fogo também os atraem — explicou Hadgar.

— Faz sentido. Bem, apenas queria dizer que se precisar deixar a cidade em busca de algo, junto com Sven, saiba que pode contar comigo para ficar no comando até voltar — ofereceu Luin.

— Obrigado, filho — agradeceu, com um olhar expressivo. — Está tarde, deve dormir agora.

Cada um foi para seus aposentos, onde finalizaram a noite com um belo descanso. Luin se mostrava forte, responsável e digno de ser herdeiro de Istíria, porém não era melhor que seu pai. Pelas costas, Luin cometia atos sujos, contradizendo a postura do príncipe que aparentava ser; já havia se deitado com todas as prostitutas da mais barata hospedaria de sua cidade até a mais cara. E o dinheiro que usava era o mesmo que roubava do cofre que os hospitais arrecadavam para curar os feridos. Luin dizia que levaria o dinheiro até a tesouraria real e que lá realizariam a compra dos recursos. Mas o jovem príncipe gastava até o último hires com prostitutas, bebidas e contratando mercenários para assassinar aquelas que não o satisfaziam.

É claro que nem seu pai, nem seus irmãos, nem ninguém sabia das histórias sombrias de Luin, pois suas testemunhas eram ameaçadas de morte, e todos os mercenários juravam esconder suas mentiras, pois eram pagos com os hires roubados.

Hanna, assim como seu irmão, também fazia barbaridades, mas a arma que preferia era seu corpo. Tinha seios fartos e pernas grossas e, com o decote exagerado e roupas de seda, em sua maioria brancas, ela caminhava pela cidade seduzindo facilmente homens e mulheres à sua vontade. Após isso, levava-os sempre para uma cabana ao leste da cidade e permitia que usassem e abusassem dela. Depois, os matava com apoio de um assassino foragido, um argo que adotava crianças uma vez por mês em diversos orfanatos do continente. Sua casa, no entanto, estava sempre vazia, e seu porão, cheio.

Os irmãos se amavam e se odiavam ao mesmo tempo, um sentimento doentio que se fosse descoberto acabaria com a vida dos dois. Se não fosse feito pelos próprios pais, seria por qualquer outro que tivesse a chance. Se Hadgar e Sarah soubessem o que seus filhos faziam, veriam o mundo de outra forma. O único que não trazia vergonha para sua casa era Talior, que se mantinha fora de problemas e vivia uma vida comum em Istíria, da qual não gostava.

O dia finalmente havia amanhecido. Sven e todos aqueles que partiram para atacar o forte, montavam cavalos dados por Hadgar de seu próprio estábulo. Ao chegarem à encruzilhada da estrada que levava a Fhalsreach, Evendros se despediu e partiu com o que havia restado de suas tropas para sua província.

Sven seguiu com Randovir e seus homens para Vérion. Quando chegaram, os quatro filhos os receberam com grande emoção e aconchego, deixando Sven alegre, pois mesmo com sua derrota, seus filhos sentiam orgulho dele. Eram a única família que havia restado para Sven, uma vez que seus pais e esposa já estavam mortos. Após a calorosa recepção, apenas desejava se banhar em águas quentes e relaxar o corpo, pois a batalha havia sido intensa, e não havia recuperado suas forças completamente enquanto descansava em Istíria, atormentado pela sombra do dragão.

Enquanto o rei rebelde preparava suas vestes após ter saído de sua banheira, os irmãos Ariandar e Ereneth haviam ido ver Sven e aguardavam na Sala do Conselho, lugar aconchegante aonde o rei chamava seus mais influentes companheiros para lhe ajudar a tomar decisões. As salas de conselhos tinham sido criadas no tempo em que os reis se desfizeram de seus conselheiros reais.

— Sven é orgulhoso o bastante para não nos querer em sua batalha pelo forte — mencionou Ereneth.

— Teve seus motivos para não nos mandar, irmão.

— E quais seriam?

— Nossa família, é claro. Ele teme que algo aconteça em batalha, pois somos os melhores cavaleiros da corte real.

— Para o Oblivion com "nossa família". Ele tem cinco filhos e não hesitou em ir à guerra.

— Já estamos em guerra, irmão. E estamos perdendo!

Sven empurrou as portas e adentrou na sala, cumprimentando os irmãos enquanto eles se levantavam e faziam reverências ao seu rei.

— Meus queridos irmãos do vale — disse, sentando-se em sua cadeira.

— Soubemos do ataque ao Forte do Carrasco, meu rei. Sentimos muito.

— Não há tempo para isso. Malditos dragões! Se temos uma arma tão poderosa à solta no mundo, precisamos de alguém que saiba domá-las.

— Bem, não se vê alguém com a Voz há algum tempo — mencionou Ariandar.

— Há boatos sobre um em Arthan — disse Ereneth.

— Arthan possui apenas uma grande cidade, então será fácil encontrar.

— Preciso que procurem por ele e o tragam até mim — ordenou Sven.

— Meu rei, chegar a um continente desconhecido e pedir que um uma pessoa se junte a nós em nossa causa... isso não será fácil.

— Vocês têm de tentar! Do contrário, estaremos enfraquecidos. Eu, como rei, não posso deixar o continente assim. Afinal, que rei eu seria?

— Certo. O que sabemos de Arthan ou sobre esse tal escolhido?

— Certamente há escrituras sobre ele na Grande Biblioteca. Vamos até lá.

Assim o fizeram; seguiram até a biblioteca real em busca das escrituras sobre Arthan e as histórias do continente, a fim de encontrar algo sobre tammers e aqueles com a Voz. Os três conseguiram encontrar um pergaminho que contava a história de Shae, atual rainha de Arthan.

Descobriu seu dom de tammer ainda jovem. Domava cães, galinhas e coelhos, mas jamais foi levada a sério. Na aldeia onde vivia, em Tura'k, todos zombavam dela e a maltratavam frequentemente. Shae treinava diariamente, ignorando aqueles que caçoavam dela, aperfeiçoando seu dom.

Certo dia, já crescida, apanhava frutas em uma floresta quando teve uma infeliz surpresa. Quatro grandes lobos cinzentos, dos quais nunca se ouvira falar naquela região, aproximaram-se lentamente dela, sem nenhum interesse em suas frutas, mas em sua carne. A garota usou seu dom para dominar os animais e os fez ficar sob seu comando.

Shae voltou para sua vila e ordenou que os lobos destroçassem todos os que outrora zombaram dela. Eles se tornaram aliados vitais, e todos que cruzavam seu caminho eram brutalmente mortos. Shae e seus quatro lobos fizeram uma expedição em uma montanha ao sul, na fronteira entre os continentes de Tura'k e Arthan. Lá, fora descoberto o lar de um dragão azulado, que se encontrava adormecido pela dança das auroras boreais nos céus. Shae chegou de mansinho e ordenou que seus lobos atacassem.

Orgulhosamente, o dragão destroçou os lobos feito ovelhas e, após ver Shae, temeu. Dizem os sábios que um dragão enxerga de outra maneira aquele que é considerado nascido do dragão. O dragão azulado se pôs à disposição de Shae, e conversaram na língua dos dragões.

O que se sabe daquela noite é que Shae partiu dali montada no majestoso dragão azul para além da fronteira de Arthan, até Méri. Tornou-se grande amiga do rei e aqueles que participavam da corte real. Com boa influência, Shae virou conselheira do rei.

Anos se passaram, e dizem que Shae tornou Arthan o continente mais rico do leste de Essenia, superando até mesmo a capital do leste, Hiren-gaal. Em um decreto real nos dias finais do rei de Méri, ele passou a coroa para Shae, nomeada rainha de Méri.

No final do manuscrito, havia uma canção em homenagem a Shae:

Dos campos de lama aos palácios de mármore,
em segredo as águias voam sobre as árvores.
A tragédia encarnada carrega em suas costas,
o fardo da vingança em suas veias compostas.
A sanguinária e persuasiva, de loiros cabelos e pele macia.
Voa, voa, montada em grandiosa montanha,
que de sangue seu corpo se banha.
Daqueles que um dia saciaram seu desejo,
nos mares agora em seu nome velejam.
A nomeada rainha independente, todos celebram.

— Curioso, quão especial pode ser Shae para as nossas forças, não? — sondou Sven, já iludido pela incerteza.

— Tem tanta certeza assim que Shae se juntará aos rebeldes, meu querido rei? — perguntou cautelosamente Ariandar. — Nunca existiu aliança entre os continentes do leste.

— De fato, meu amigo. Justamente por isso temos de mudar as coisas. Podemos ter Arthan em nosso exército se formarmos uma aliança com Shae.

— Teremos de cruzar as fronteiras de Arcádia e depois as de Arthan, isso levará um mês — observou Ariandar.

— Há uma passagem, meu querido amigo.

— Como quer formar uma aliança com continentes vizinhos se não vai pessoalmente, Sven? — ponderou Ereneth.

— Fiquem calmos, meus irmãos. Cada um de vocês receberá a Capa da Proeza. Vocês as usarão em meu nome, representando nossa raça.

Usada como forma de mostrar que não era uma ameaça, uma Capa da Proeza era dada apenas a quem o rei confiasse severamente como aliado vital, tendo a certeza de que não o trairia. Usando-as em continentes desconhecidos, alertariam as autoridades da região que estavam dispostos a negociar alianças, tréguas, início de comercialização, dentre outros. A capa era branca e sua borda tinha detalhes em dourado.

Sven os acompanhou para o sul do castelo, onde dava para os pés das montanhas que cercavam a cidade e formavam a fronteira dos continentes. Poucos sabiam, mas havia sido feita uma passagem pelo interior daquelas montanhas que dava no Vale Verde, a floresta mais bela de Arthan, que guardava segredos e mistérios.

— A caverna não serve como labirinto. Ela possui apenas uma direção, não há como se perder e não há luz. No entanto, a escuridão das montanhas não é seu maior desafio — avisou Sven.

— O que quer dizer com isso? — perguntou Ariandar, intrigado.

— Rios cortam o interior dessas montanhas. A escassez de ar e a umidade causam um mormaço, o clima perfeito para o surgimento de nagas. Não se enganem. A aparência inicial que se pode ver de uma naga é seu rosto lindo e sedutor e seus seios fartos e belos. Porém, quando menos esperarem, ela mostrará sua ira, e vocês desejarão nunca ter nascido.

As nagas eram seres metade serpente, metade mulher. Possuíam a cauda e a pele verde. Seu rosto e corpo podiam ser sedutores para atrair as vítimas e facilitar o assassinato. Residiam normalmente dentro de cavernas que possuíam rios, pântanos e baías quentes.

— Já ouvi histórias sobre as nagas, mas felizmente nunca vi uma — comentou Ereneth.

— Estamos prontos e faremos nosso melhor, meu senhor — afirmou Ariandar.

— Muito bem. Ah... mais uma coisa. Talvez encontrem criaturas que já foram elfos da floresta um dia, mas que agora são totalmente mortais. São cegos; no entanto, sua audição é mais apurada que a de um dragão.

— Os denominados elfos malditos. Arcos serão de grande ajuda, então. Temos o de Ariandar — informou Ereneth.

Na primeira era, muitos elfos da floresta tinham feito moradia em cavernas profundas e em lugares com pouca luz. No entanto, sabia-se que, a um certo ponto, o tempo na escuridão das profundezas os havia deixado loucos, e essa loucura corroeu sua pele e vida, tornando-os cegos e sua pele, podre. Eles tinham dentes pontudos como os de piranhas e eram impossibilitados de falar, apenas soltavam grunhidos. Foi assim que acabaram nomeados elfos malditos, por sua maldição. Sabia-se que habitam até os dias atuais em qualquer profundeza de cavernas ou ruínas, escondendo-se da luz, que agora os queimava como fogo.

— Que os ventos te guiem! — disse o rei, levantando a mão.

Sven puxou um pedaço de rocha, revelando uma alavanca. Após acionada, uma pequena passagem se abriu, dando espaço o suficiente para os irmãos adentrarem.

— Que os ventos te guiem! — responderam os irmãos, entrando na caverna.

O caminho era estreito e frio, e eles se sentiam perdidos na escuridão até cada um acender uma tocha que havia na parede. Logo, o brilho da entrada da caverna ficou para trás. Era arrepiante, ouvia-se o som de rastejo e de poeira caindo do céu da caverna. Alguns esqueletos humanos podiam ser encontrados no chão, encostados na parede, como se tivessem sidos deixados para apodrecer ali. Alguns morcegos deixaram o sono graças à luz que os irmãos traziam consigo e voaram para longe da caverna, farfalhando aos montes.

Ora, chegaram a um ponto onde corria um rio ao lado do caminho que percorriam, a correnteza era serena e silenciosa. Ariandar tirou o arco das costas e o pôs em sua mão esquerda enquanto segurava a tocha com a direita. Ereneth sussurrou para o irmão sobre as criaturas que Sven havia mencionado, que viviam em lugares de rio e escuridão, e que poderiam estar por perto. Continuaram a jornada à margem do rio que seguia para uma provável cachoeira fora da caverna e, após certo tempo caminhando com cautela, decidiram parar para descansar.

— Acha arriscado fazer uma fogueira aqui, irmão? — indagou Ereneth.

— Estar aqui é arriscado, mas precisamos comer algo, do contrário não teremos força para nos proteger.

— Fique com o arco preparado — disse Ereneth. — Eu vou acender a fogueira.

Ariandar vigiava o caminho por onde tinham vindo e de onde pretendiam prosseguir com o arco prontamente apontado. A luz era pouca, pois não alcançava todo o recinto já que ele tinha deixado as tochas presas em um suporte na parede. Nada veio e nenhum movimento suspeito foi detectado. A fogueira, tal como a grelha, estava preparada. Cada um dos irmãos carregava consigo uma bolsa de viagem contendo itens importantes para a sobrevivência e o conforto, como sacos de dormir, alimento e água.

Eles se alimentaram sem muita conversa ou dispersão, pois estavam preparados para o pior. Os ouvidos estavam sempre atentos ao silêncio daquele lugar incomum. Ereneth caminhou até a correnteza do rio, a fim de lavar o rosto e encher a bolsa com água. Ao molhar o rosto, contemplou seu reflexo na água. Embora difícil de se ver, pela pouca luz e correnteza da água, notou algo estranho. Aquele reflexo... Quando percebeu, já era tarde. Um elfo maldito se levantou do rio e puxou Ereneth para junto de si, empunhando uma adaga com dentes de ferro na lâmina.

Ariandar rapidamente preparou seu arco e tentou mirar na criatura, mas foi apunhalado por outro elfo maldito, que desferiu um golpe em suas costas. Embora tivesse sido apenas superficial, Ariandar se virou, caindo no chão, mas não deixou de atirar a flecha naquele que o havia atacado.

Ereneth, por outro lado, estava sendo afogado e segurava a mão que o elfo maldito tentava apunhalar com a adaga, mas sua força estava indo embora e não conseguiria resistir por muito tempo.

A criatura não tinha olhos e seus dentes não eram comuns, estavam longe disso. Uma mordida qualquer arrancaria a pele de um javali facilmente. Ereneth socou o rosto da criatura, fazendo-o soltá-lo e cair para trás. Oportunidade perfeita para Ariandar disparar outra flecha, dessa vez direto na cabeça da criatura horripilante.

— Está bem, irmão? — perguntou Ereneth, ao sair da água.

— Fui ferido nas costas — gemia baixo.

— Fique calmo, cuidarei de você.

A tradição dos elfos negros a Noreen o impediam de proferir e estudar magia, o que fazia falta quando se precisava de uma magia de cura. No entanto, havia uma mistura alquímica que restaurava a vida, comumente usada em toda Westonia. Cavaleiros e aventureiros que sempre estavam dispostos a deixar seus lares, se é que havia algum, e partir para o desconhecido, sempre carregavam consigo uma quantidade suficiente para criar diversas misturas. Não seria diferente com Ariandar e Ereneth, que carregavam a mistura já pronta. Ereneth a aplicou no ferimento de Ariandar, que gemeu ainda mais alto, pois a cicatrização ardia fortemente e corroía a pele para tirar impurezas.

Embora curado, Ariandar ainda sentia dor, o que era comum mesmo com a mistura aplicada. Juntaram suas coisas e continuaram a viagem. Não muito longe dali, avistaram no fundo da caverna uma luz, finalmente estariam livres, sentiriam o mais puro ar que o mundo proporcionava e os ventos majestosos em seu rosto.

No entanto, do outro lado do rio, às margens dele, havia uma belíssima figura. Uma mulher esbelta e sedutora, com metade de seu corpo feito de serpente, cantava suavemente, penetrando no mais profundo da alma dos cavaleiros, deixando-os encantados. Ereneth segurava a espada, mas esta estava abaixada, enquanto Ariandar também segurava seu arco abaixado. A naga se aproximou, atravessando o riacho serenamente, e seu canto se tornava cada vez mais belo. Ereneth deixou o irmão, caminhando ao encontro da criatura, que de braços abertos rastejava.

Ao chegar diante dela, Ereneth tornou a sua expressão feroz e soltou um berro de ira, fincando a espada no estômago da criatura com tanta precisão que a atravessou por completo até o guarda-mão de sua espada. Ariandar voltou a si, perguntando-se o que havia ocorrido enquanto Ereneth retirava a espada da criatura e a chutava para dentro do rio. Os irmãos correram, e a naga soltou poderosos gritos de desespero e dor, chamando outras para a defenderem. Algumas surgiram do outro lado do rio; outras pularam da própria correnteza, e rastejaram, a fim de pegar os irmãos.

Havia quatro delas e a aparência não era mais como antes. Seus olhos haviam se tornado negros, a pele exalava medo e tristeza, e seus dentes eram como os dos elfos malditos. Os irmãos haviam conseguido finalmente chegar ao fim da caverna, onde saltaram e se jogaram para fora, caindo em uma pequena cachoeira que amorteceu a queda. As nagas não saíram da caverna, em vez disso retornaram para a escuridão de onde haviam saído, deixando os cavaleiros livres.

Ensopados, os irmãos prosseguiram pela estrada rochosa em meio à floresta do Vale Verde. Belas árvores e pinheiros, tão antigos e grandes, com suas raízes fortes, preenchiam todo o lugar.

Encontraram uma hospedaria em uma pequena vila dentro da floresta. Ela tinha a estrutura em formato de um barril deitado, com dois andares. Mesmo em um local tão simples, os cavaleiros eram orgulhosos o suficiente para não baixarem a guarda, especialmente em um continente que não conheciam. O local estava completamente cheio, todas as mesas lotadas, e se ouvia muita cantoria, gargalhadas e latido de cães.

Um jovem que servia as bebidas se aproximou vestindo um avental e segurando uma bandeja de canecas vazias.

— Posso ajudá-los?

— De fato. Gostaríamos de alugar um quarto para passar o dia — respondeu Ariandar.

— É uma pena, cavalheiros, mas todos os quartos estão cheios... espera um pouco, vocês estão encharcados?

— É uma longa história, um problema na carroça nos fez cair em um rio, e assim ficamos. Somos guardas reais de um casamento de nosso primo que acontecerá em breve. No entanto, não poderemos defender ninguém no estado em que estamos... sem um descanso digno — falou Ereneth, e suas palavras foram o suficiente.

— Vocês podem ficar com o meu quarto se quiserem... Não é nada de mais, pois não é pensado para clientes. Ainda assim, é aconchegante e confortável.

— Nós agradecemos muito a sua gentileza. Ah, mais uma coisa, aqui é sempre movimentado assim?

— De fato! Nos últimos meses estamos com uma clientela boa, mas, você sabe, tempos como este requerem uma estalagem boa e confortável para aquecer o coração daqueles que têm fome por aventuras.

O que fazia uma estalagem ser boa era, de fato, comida apetitosa, bebida ainda melhor, e as belas canções que falavam sobre histórias e lendas dos mais antigos heróis de Westonia. À noite, acendiam a fogueira, e todos contavam histórias divertidas ou malucas que já haviam vivenciado. O garçom levou os dois cavaleiros para o segundo piso e os entregou a chave de seu quarto. O homem notou a capa que os viajantes usavam, mas nada disse a respeito, apenas lhes desejou um bom dia.

O quarto era simples, tal como o rapaz havia contado. Tapetes artesanais e uma lareira pequena decoravam o cômodo. Eles encontraram porções de carne e frutas na despensa. Os irmãos prepararam o próprio jantar: faisão grelhado com queijo derretido como cobertura, prato típico de hospedaria. Ariandar repousava em uma poltrona confortável, recuperando-se do golpe que havia levado.

Os cavaleiros tomaram um tempo para digerir a volta de Malogh e temiam por não saber sobre sua forma de combate e do que era capaz. O povo não era tão forte como seus antepassados, e o continente tinha a força diminuída, já que guerreava entre si. Os irmãos conversavam em segredo sobre o destino de todos se Sven não cedesse a rebelião para Aimir II, pois precisariam unir suas forças para deter o inimigo do mundo. Após algum tempo de conversa, veio o sono, então decidiram tirar uma soneca. Um dormiu na poltrona e outro na cama.

Já escurecia quando Ereneth acordou ouvindo um barulho estranho na parte de baixo da estalagem. Levantou-se e foi até a porta, pondo o ouvido grudado na madeira para ouvir melhor. Escutou passos subindo as escadas e, embora pudesse ser qualquer um, não baixou a guarda. Correu para pegar o arco de seu irmão e se pôs a poucos metros de distância da porta, aguardando que algo acontecesse.

Ereneth estava certo sobre sua intuição. Alguém abriu a porta de seu quarto lentamente, como quem não pretende fazer barulho. O rapaz se preparou e disparou uma flecha no joelho do invasor, fazendo-o cair ao chão. Em seguida, disparou outra em seu peito. Aproximou-se devagar. Era um soldado, e vestia o ferro dos homens com adornos na cor azul e dourado.

— Aliança maldita! — cuspiu, correndo para acordar Ariandar, mas avistou outro guarda pela janela.

Antes que pudesse entrar, Ereneth empunhou a espada longa e a fincou no invasor, derrubando-o do segundo andar. A ação fez com que Ariandar acordasse em um pulo, assustado.

— É uma emboscada, a Aliança nos seguiu! Estão nos atacando!

— Maldição, como nos encontraram? — perguntou Ariandar, totalmente desperto.

— Não sei, mas não podemos mais ficar aqui! — Dizendo isso, entregou o arco a seu irmão.

Assim que começaram a descer a escada, dois soldados dispararam flechas. Ereneth bloqueou o ataque com o grandioso escudo negro, protegendo Ariandar atrás de si. Após a defesa, Ariandar disparou uma flecha na cabeça de um enquanto Ereneth lançava a adaga no peito de outro. Recuperaram suas armas e fugiram da estalagem. Da estrada ao sul, chegavam dois soldados montados em seus cavalos. Vestiam armaduras de cor dourada e vermelha e faziam a patrulha da área. Eram soldados reais de Méri e serviam à rainha Shae. Avisaram que teriam de levá-los presos por não pertencerem ao continente, pois a capa os entregava.

— Elfos negros, não? São de Hiren-gaal. É uma pena, mas a rainha proibiu que qualquer viajante de Hiren-gaal atravessasse as fronteiras, por conta dos boatos a respeito de um inimigo sombrio e do conflito entre seu próprio povo.

— Viemos buscar ajuda, senhor.

— Não é assim que funciona, cavaleiro. — Desceram de seus cavalos. — Vocês terão de vir conosco, larguem as armas.

Os irmãos não poderiam ser pegos, muito menos fracassar naquela missão. Aproveitando a escuridão e vazio do local, sacaram as espadas e lutaram contra os soldados reais, assassinando-os. Visto que a notícia da morte dos soldados se espalharia, os cavaleiros esconderam os corpos por entre uma moita pouco distante dali. Roubaram os cavalos e partiram, seguindo uma trilha rochosa e as placas que indicavam Méri.

Ora, ainda não fora dito sobre Arthan. Elegante e vasto, o continente possuía títulos diversos, como a terra da riqueza, terra dos cavaleiros ou terra da produtividade. Arthan era um continente de grande respeito para os nativos de terras vizinhas.

A razão de Méri ter se tornado grandiosa fora Shae inicializar a comercialização com os povos de Orjüun. A maioria das matérias raras que o leste possuía vinha do comércio de Arthan, que vendia a preço alto para os continentes vizinhos, inclusive Hiren-gaal, comercializando com Lóren, tornando Arthan ainda mais próspera. Dos mares à costa sul de Arthan, contava-se que as águas possuíam cor de ouro de tão cheios que se tornaram os cofres de Arthan e que por essa razão Shae ordenara que jogassem as moedas de hires à beira do mar. Por isso a nomeação de Mar Dourado.

No entanto, Shae era gananciosa, buscando obter sempre mais. A lei que mais vigorava em Arthan era a de pena de morte por roubo e furto, e por isso poucas eram as celas que eram ocupadas em Méri.

Cavalgando depressa para despistar possíveis inimigos, os irmãos decidiram continuar a viagem pelo Vale Verde. Silencioso, sem pássaros a cantar, movido apenas pelo barulho das águas da correnteza do Rio Verde. Continuaram a viagem, dessa vez trotando. Depois de um tempo, deram uma pausa na beira do rio e deixaram os cavalos saciarem a sede. Ambos aproveitaram para lavar o rosto.

— Por que Aimir teria soldados nas terras de Arthan? — perguntou Ariandar, sentando-se em uma rocha próxima ao rio para descansar.

— Talvez ele já esperasse que Sven mandasse alguém para buscar aliados nas terras vizinhas — opinou Ereneth.

— Acha que Shae irá se aliar à nossa causa?

— Pelos rebeldes não tenho certeza, mas pela luta contra Malogh ela não pode negar. Pois, se Hiren-gaal cair, ela jamais se perdoará.

— Os continentes vizinhos nunca nos ajudaram, e não acho que será diferente agora...

— Temos de tentar ou nunca vamos saber.

Enquanto conversavam, notaram o som de passos não muito distantes e logo ficaram espertos. Os passos cessaram e se ouviu um assovio igual ao canto dos pássaros. Aquilo bastou para Ereneth se apavorar.

— Corra, rápido!

— Os cavalos, precisamos pegá-los! — gritou Ariandar enquanto fugiam.

— Não! Precisamos deixá-los para poder despistá-los... é nossa única chance de sobreviver!

— Sobreviver a quê?

— À Irmandade dos Assassinos — contou Ereneth.

Os irmãos correram até achar uma saída da floresta, dando de cara com um vilarejo. Era uma vila simples e pacata com seres das mais diversas raças. Eles caminhavam entre as estradas que ligavam as casas e os comércios. Era chamada de Leão Branco.

— O que disse que estava atrás de nós? — indagou Ariandar.

A Irmandade dos Assassinos era uma ordem secreta, que abrigava seres de todas as raças, sem distinção alguma. Jamais tiveram o esconderijo descoberto e se dizia que todo continente possuía um covil secreto para um grupo da ordem. O objetivo da irmandade, após o ritual de convocação dos membros, era assassinar aqueles que tinham o nome marcado na lista; anotado por quem realizara o ritual. Em troca disso, recebiam muitos hires como pagamento.

Quando não convocados pelo ritual, os membros vagavam em segredo pelo vasto mundo de Westonia, buscando recursos para assim venderem e obterem riquezas sujas. Era composta por assassinos impiedosos e ladrões. O que se sabia dos membros da ordem era que vestiam armaduras de couro negro dos pés à cabeça e usavam arcos e espadas curtas, tal como adagas, facilitando, assim, o assassinato furtivo e o combate com destreza, característica necessária para se tornar um membro da irmandade.

O ritual para convocar um membro da irmandade era feito com um coração humano, duas orelhas de um elfo maldito e uma pena de uma harpia que habitasse as Montanhas dos Ossos. Harpias eram seres metade mulher e metade pássaro, cujos braços possuíam asas com penas azul-escuras. Tinham nariz pontudo, mãos com garras afiadas e vestes de tecido negro rasgados como vestido.

Para que o rito se completasse, palavras precisavam ser ditas — palavras que apenas quem possuía o coração escuro, sem amor ao próximo, ousava saber e proferir.

— Vocês não me parecem muito bem, precisam de ajuda? — perguntou um velho senhor, segurando um machado de cortar lenha.

— Estamos apenas... nos exercitando — mentiu Ariandar.

— Se exercitando de armadura? — Ele coçou a cabeça. — Ora, não precisam mentir. Devem tomar cuidado. Por um momento, achei que tivessem encontrado o cavaleiro sem cabeça pela cara que estão fazendo.

— Cavaleiro sem cabeça? Do que está falando? — Ereneth interveio.

— É claro que não conhecem a história, não são daqui. O símbolo dos soldados de Méri é uma onda do mar, não duas espadas cruzadas. Elfos negros... vocês devem ser de Hiren-gaal, estou certo?

— Como conhece o símbolo de nossa casa? — indagou Ariandar.

— Eu costumava ser um aventureiro quando mais jovem, mas levei uma flechada no joelho. Ah! Como doeu! Desde então, decidi morar nesta vila serena e trabalhar como lenhador. No meu tempo de aventureiro, viajava por muitos lugares.

— Sinto muito, mas mencionou um cavaleiro sem cabeça, do que se trata?

— Bem, isso está relacionado com a Torre dos Imortais. Como não são daqui, provavelmente não conhecem a lenda. Eu os contarei, venham, sentem-se! — O velho colocou toras de madeira no chão para os cavaleiros se sentarem e começou a história: — Há 3.500 anos, quando os primeiros povos pisaram em Essenia, os primeiros feiticeiros foram capazes de inventar uma espécie de pergaminho mágico, que, quando fosse desenrolado e lido, transportava quem estivesse lendo em espírito através do tempo para o acontecimento que o pergaminho havia mencionado. É claro que não seria possível alterar algo do passado, pois a viagem no tempo era através da mente e espírito, e não corpo e alma.

"Poucos desses pergaminhos foram criados, pois longo era o tempo de criação, e raros eram os ingredientes necessários, alguns até desapareceram de Essenia, impossibilitando a criação de mais pergaminhos. Chegou um tempo em que foi ordenado que os pergaminhos fossem queimados e destruídos, e muitos de fato foram. No entanto, a lenda diz que um deles permaneceu intacto e que não foi destruído pelo fogo.

"Os feiticeiros da época guardaram o último dos pergaminhos em uma torre dentro desta floresta e lançaram um encantamento incomum, escondendo a torre daqueles que buscam encontrá-la, e ninguém sabe de fato quais palavras são ditas no pergaminho, nem de que se trata. Rumores surgiram neste vilarejo... Os moradores relatam que um cavaleiro sem cabeça é visto vagando pela floresta e que ele protege a Torre dos Imortais daqueles que buscam encontrá-la. Pouco se sabe sobre o tal cavaleiro sem cabeça. Dizem que é uma assombração do mundo antigo, outros nem sequer acreditam na história."

— Interessante... — Ariandar comentou, quando o velho terminou.

— Agora vão me contar por que estavam tão apavorados?

— A Irmandade dos Assassinos — respondeu Ereneth, objetivo.

— Devem tomar extremo cuidado! A Irmandade dos Assassinos não brinca em serviço. Porém, se estivessem buscando vocês, já estariam mortos.

— O que a Irmandade busca por aqui?

— A Torre dos Imortais, é claro! Quem teria mais interesse nela que ladrões assassinos?

— De fato — concordou Ariandar.

— Sabe a quantos dias estamos de Méri?

— Méri fica a cinco dias daqui. No entanto, eu tenho um negócio de aluguel de pégasos, caso se interessem. Cobro sessenta hires o dia. O pégaso é sábio o bastante para saber por quanto tempo ele deverá permanecer junto a vocês. Garanto que chegarão a Méri em um dia.

Os irmãos aceitaram a proposta do lenhador e o seguiram até o estábulo. Lá, quatro belíssimos pégasos de cor castanha estavam presos. Pégasos valiam uma fortuna e não eram negociáveis por conta de sua raridade, ao menos no leste. As criaturas possuíam um encantamento próprio de se desvanecer em uma cortina de fumaça e assim fugir, caso alguém pretendesse roubá-los. Eram uma das criaturas mais sábias de toda Westonia.

Os cavaleiros partiram de Leão Branco atrás de Méri. O objetivo dos dois estava cada vez mais próximo. Os irmãos se questionavam se Shae abraçaria a causa e se juntaria aos rebeldes. Contudo, a pergunta mais constante na mente dos dois era se ela mandaria assassiná-los ou os manteria em cativeiro.

14

AS AREIAS DO TEMPO E A CORRUPÇÃO DE SILVERIN

— É um herdeiro digno, Arafel — mencionou sua irmã. — Lembra nosso pai, sabia?

— Sabe o que dizem, minha irmã? — indagou enquanto tocava as estátuas dos Divinos, na igreja de Acáy. — Dizem que se Tempestade de Gelo perfurar Malogh uma outra vez, a lâmina não suportará e se quebrará. Isso significa que os anjos cairão.

— Pois quem diz isso está errado, Arafel! Somos os primogênitos de Clavicus e ele jamais permitiria que seus primogênitos caíssem por um ser criado pelas profundezas sombrias! — irritou-se Uriel.

— Timmóteo esteve ao lado de nosso pai desde o início do mundo. Juntos, os dois presenciaram a dinastia de todos os reinos e a morte de cada um deles, mesmo aqueles abençoados com vida longa, assim como nós também presenciamos. A ausência de nosso pai não é a prova de que ele está morto, Uriel? Já faz mais de mil de anos desde que ele desapareceu junto com Timmóteo e eles também eram filhos de Clavicus.

— O corpo não foi encontrado — disse, nervosa com a conversa. — Não temos provas.

— Você nunca se questionou para onde os anjos vão quando morrem?

— O que quer dizer com isso?

— Os anjos não estão ligados ao Oblivion nem às Areias do Destino. Diferente das demais raças, estão ligados à Tempestade de Gelo. Se a lâmina for quebrada, nós pereceremos. E o pior disso tudo é que não sei para onde iremos se morrermos.

Ironicamente, Arafel temia a morte, mesmo sendo um anjo. Se Findrath ouvisse suas palavras, faria com que se arrependesse delas. Ora, Findrath contava histórias a seus filhos, histórias das quais os filhos não imaginavam que poderiam ser verdadeiras.

Certa vez, ele contara uma interessante, sobre a ligação dos anjos com a espada. Dissera que os anjos tinham a alma ligada à lâmina sagrada e, quando encontrassem a morte, seu espírito encontraria a essência dos anjos para assim se juntarem a ela. Portanto, se um dia a lâmina se quebrasse, todos os anjos que encontraram o fim, retornariam em espírito e lutariam com bravura até determinado tempo.

Diferente de qualquer outra raça existente em Westonia, os anjos carregavam consigo grande fardo sobre sua dinastia. Embora os mais puros de todo o império, eram também os mais frágeis. Arafel passara a pensar frequentemente no fim de seu povo após o retorno de Malogh. Havia chegado a hora de despertar Namíra e deixar que o grandioso dragão derrotasse Malogh, pois seu sopro congelante continha a pureza e essência dos Divinos, o que o enfraqueceria.

Uriel, ao contrário do irmão, mantinha a cabeça no lugar, e, como um verdadeiro anjo, não temia a morte. O que tivesse de acontecer aos anjos, mesmo que fosse o fim de seu reinado, assim deveria ser. Havia aqueles que achavam que Uriel não pertencia à família dos anjos por conta de sua incomum aparência. Todos possuíam cabelos brancos e pele pálida. Exceto Uriel, que tinha cabelos cor de ouro e pele parda. Havia boatos de que ela pertencia à ordem dos anjos celestiais e que havia sido enviada a Essenia para vigiar os anjos e os punir se assim os visse tomando decisões erradas.

No entanto, Uriel era apenas uma filha comum de Findrath com Halani. A origem de seus cabelos de ouro era desconhecida, mas se sabia que era a mais doce dentre os irmãos e a que mais se preocupava com os povos, em especial com os orcs. Uriel tinha grande afinidade com o velho Burton, líder dos orcs da Fenda Valiosa. Sempre que eles precisavam de ajuda viajavam até Acáy, ignorando as cidades vizinhas que havia por perto. Ninguém sabia ao certo o motivo de os orcs de Hiren-gaal terem deixado a terra nativa, Orjüun, e fazerem moradia ali. Sempre que Uriel perguntava a Burton, ele dizia que não tinha permissão para contar, pois mesmo sendo líder dos orcs, não era um deles.

– Burton me intriga, irmão – continuou. – Veio ao castelo há algum tempo e perante a mim solicitou ajuda para com sua fortaleza, a oeste de nossa cidade.

– E então? – Arafel perguntou.

– Nada fiz, é claro. Sabe como é nosso irmão, ele me deixou completamente desanimada.

– Fendrel é muito cauteloso e, se eu não estiver errado, ele se parece muito com nosso pai.

– Modéstia sua, Arafel.

– O que pretende fazer, então?

– Nosso irmão está prestes a voltar, soube que a batalha no forte foi um sucesso, pois tiveram a ajuda de um dragão – informou sem pausas. – Sendo assim, partirei para a Fenda Valiosa, pois temo que algo tenha acontecido a Burton e seus orcs.

– E o que tenho de fazer?

– Fendrel deixou você no comando.

– Precisa de uma tropa de apoio?

– Já tenho minha própria tropa, esqueceu-se? – Ela colocou a mão por dentro de sua armadura e mostrou o colar de prata que usava. O pingente era a imagem de dois anjos desembainhando suas espadas. – O que eu preciso é que apoie minha ida até Fenda Valiosa.

Arafel confiava em Uriel, pois sabia que suas intenções eram boas. Ele tinha conhecimento de que aquele pedido fora destinado a ele, pois Fendrel negaria sem hesitar se Uriel pedisse para fazer uma excursão até Fenda Valiosa. Grande era o afeto que Arafel tinha por sua irmã, mesmo que a achasse ingênua.

– Tem minha permissão, irmã – Arafel finalmente verbalizou.

O sangue puro de Findrath seus filhos herdaram e, ao portar Tempestade de Gelo, cada um possuía seu poder elevado de distinta forma. A lâmina sagrada respondia a quem a portava à altura de sua competência e capacidade. Com Fendrel, Tempestade de Gelo provia auras gélidas e cortes à distância. Porém, com Arafel e Uriel o poder para com a lâmina era desconhecido, uma vez que nenhum dos dois haviam a tocado.

O que se contava era que quando chegasse a vez de Uriel tomar a espada para si, os anjos seriam tomados como tolos e fracos, uma vez que a mulher era inocente com o povo de Essenia.

Naquela mesma tarde, Uriel partiu de Acáy montada em um cavalo branco, aparelhado com prata e couro. Seguiu pela estrada norte, cruzou com os Lagos Gélidos e as Montanhas Brancas. Lá, teve um breve devaneio, e viu sua imagem aos pés das Montanhas Brancas. Na cabeça, não só seus cabelos reluziam como ouro, mas havia uma majestosa coroa de cinco pontas, que pareciam espadas. Uma peça incomum para os anjos, pois tanto os equipamentos quanto a coroa real dos anjos eram de prata.

Durante a viagem, no terceiro dia, topou com o Monte Libellen. Outros povos o chamavam de Monte dos Ossos, e boatos rondavam cidades próximas sobre uma sombra se movendo ao redor da montanha. Não se sabia ao certo o tamanho que a montanha possuía, mas era do conhecimento de todos que a trilha para chegar ao topo, desde as raízes, tinha uma quantidade de seis mil degraus, que contornavam o monte em sentido diagonal.

Poucos foram os que haviam subido os seis mil degraus, e os que conseguiram relataram que nada de mais havia lá, apenas névoa negra e rochas cinzentas. Uriel sentia arrepios toda vez que avistava o monte silencioso e calmo. Ela notou um bando de corvos pousando em uma árvore morta próximo de onde se encontrava. Eles a fitaram e a julgaram com seus olhos escuros, crocitando. Ali, Uriel teve uma breve dor de cabeça e ouviu uma voz trêmula vindo de sua mente. Não demorou para surgir uma imagem em sua cabeça. A figura estava envolta em uma cortina de fumaça rodeada por corvos que a bicavam no ar.

A distração era tanta que Uriel não notou quando três servos de Malogh surgiram. Eles vinham da estrada que levava à Fenda Valiosa. Com um piscar de olhos, Uriel voltou a si, mas já era tarde demais. Os servos sombrios haviam lançado flechas contra ela e seu cavalo. Duas delas acertaram o animal na parte aparelhada, causando uma queda barulhenta.

Uriel apertou a mão no pingente de seu colar, e dois anjos espectrais surgiram diante dela, disparando flechas contra os seres corrompidos. As flechas tinham um impacto incomum e expurgavam luz ao atingirem o alvo, destruindo-os. Assim que a missão dos anjos espectrais foi cumprida, desapareceram.

O colar de Uriel fora um presente de sua mãe, Halani, que antes de falecer protegera seus filhos durante a invasão de Malogh, na primeira vinda. Nele, continha um pequeno resquício da essência dos anjos e, se tocado, conjurava os mais bravos arcanjos que haviam lutado contra Malogh durante a primeira era no leste. Era, de fato, um artefato curioso e raro.

Ao anoitecer, Uriel chegou à Fenda Valiosa. Uma fortaleza revestida e aprimorada em bronze e pedra.

— Está longe de sua casa, minha senhora — uma voz ecoou de dentro dos portões da fortaleza, no interior da montanha, eles se encontravam abertos.

— Hiren-gaal é minha casa, não importa em qual província eu esteja. — Gargalhadas sombrias foram ouvidas. — Saia da escuridão e encare a luz, antes que eu o force — ameaçou Uriel.

— Não há luz aqui, minha senhora. Ela deixou de existir por estas terras.

Uriel desembainhou uma de suas espadas e desferiu um golpe no ar, ao seu lado, e uma fonte de fogo foi lançada. Logo a chama se alastrou, incendiando a área ao redor. As chamas eram de tamanha grandeza que servos do mal, espreitando às escondidas, foram descobertos e fugiram para longe. E a voz, que dialogara de dentro da fortaleza, mostrou-se. Era um orc vestindo uma armadura de couro, assim como todos de sua espécie vestiam. Ora, a princesa se mostrou confusa. Orcs não domavam ilusões ou criaturas sombrias à sua vontade, pois as abominavam mais que tudo.

— Onde está Burton? — perguntou, com a espada em mãos.

— Está lá dentro, cuidando de assuntos importantes.

— Avise que estou aqui.

— Perdoe-me, mas Burton insiste em não ser atrapalhado.

— As criaturas de Malogh espreitavam os arredores da fortaleza. Você os convocou?

— De forma alguma. Não nos uniríamos a uma corja de fracos e impuros — afirmou, mostrando-se superior aos outros.

— Diga-me, que interesse teriam em orcs humildes e trabalhadores, Silverin, um dos cinco príncipes das trevas?

Uriel controlou parte das chamas e as jogou contra o orc, que soltou um berro de agonia e frustração. Um espírito negro de fumaça e sombra saiu das entranhas do orc, deixando-o desacordado no chão. O espírito permaneceu no ar e dialogou com a voz persuasiva e horrenda:

— Como ousa proferir meu nome senão em minha adoração?

— Seus ardis e tormentos não habitarão nem governarão estas terras, nem em outras que os anjos hão de pisar. Você deve voltar de onde saiu, príncipe das trevas.

— Pagará por suas palavras de pureza contra minha superstição! — Dizendo isso, o espírito voou em direção a Uriel com intuito de atacá-la, mas bateu em uma espécie de escudo invisível, que lhe causou danos e o afastou novamente.

— É um tolo se pensa que tem poder sobre os anjos, pobre escória. Eu ordeno que saia imediatamente! — Sua voz se tornou grandiosa, então libertou as asas e apontou a espada para o espírito, novamente comandando as labaredas contra o inimigo.

Silverin não suportou o calor divino que manchava fortemente sua imagem e nome. Subiu aos céus como um rápido vulto e fugiu. Uriel era extremamente inteligente. Logo, já tinha descoberto que era Silverin, o ferreiro das trevas, um dos cinco príncipes que causava discórdia e enfeitiçava os pobres orcs da Fenda Valiosa. Soube que era Silverin pela forma como falou sobre Malogh. Se seus parentes de Orjüun soubessem daquele acontecimento, marchariam até os confins do universo atrás de Silverin e sua maldade.

Silverin tinha fascínio por equipamentos de minério e povos fáceis de se corromper. Para infelicidade de todos, os orcs possuíam esses atributos. Outrora, houve boatos de que Silverin encarnava em ferreiros simples e criava armas amaldiçoadas, com sua marca cravada na lâmina, e as distribuía para os povos de Westonia, ganhando força cada vez que uma arma sua fosse usada.

No entanto, os príncipes das trevas não eram páreo para os primogênitos de Clavicus Mora, aquele que criara a vida e a morte. Aos anjos, fora dada a dádiva para retirar qualquer tipo de impureza e maldição colocadas por aqueles que não eram bem-vindos neste mundo. Ora, os príncipes das trevas encaravam como um insulto a comparação a um ser inferior.

Uriel foi ao encontro do orc que estava desacordado, guardou a espada em sua bainha e pegou o pobre em seus braços. Carregou-o no colo para dentro da fortaleza, que teve seus braseiros acendidos em grande escala, como um feitiço que acabava de ser cortado. A fortaleza se mostrou doente e fraca, pois os orcs ali estavam desanimados, tristes e fracos. Próximo ao trono de bronze, estava Burton de joelhos com a grandiosa espada largada no chão. Estava tão fraco que já não conseguia levantar a arma.

— Meu querido amigo, como deixou isso acontecer? — indagou, deixando o orc desacordado no chão, na frente de Burton.

— Aconteceu de repente... — Suspirou profundamente. — Ele veio a mim como o ferreiro que sempre tive e confiei. Perguntou se eu permitia que sua vontade adentrasse nestes salões para todos reconhecerem seu trabalho, e, embora soasse estranho, pois todos já o conheciam e sabiam de seus feitos para com os orcs, eu permiti.

— Um erro terrível.

— Foi, sim — admitiu, suspirando. — Silverin já atormentou os orcs da minha terra nativa.

— Vocês ficarão melhor?

— A maldição ainda paira nesta fortaleza. No entanto — disse, pausando —, há uma maneira de expurgá-la.

— Diga-me, eu farei — afirmou, colocando as mãos nos ombros do velho.

— Há aquele que possui a herança de minha família nestas terras. Foi dado a ele uma belíssima clava com rostos gritantes cravados na ponta. Embora tenha sido dada, ainda carrega em seu núcleo o forte poder dos orcs. O portador da clava precisa golpear o trono de bronze até quebrar uma parte dele.

— Do que está falando?

— É o rito dos orcs. Se a clava real dos orcs quebra um trono, a fortaleza em que ele se encontra se encherá de vida e poder orc, isso nos dará vida e força novamente. É um feitiço antigo, minha amiga. A Fenda Valiosa não pertence mais a nós, não sem a nossa clava. Ela pertence aos príncipes das trevas. Por favor, faça isso por mim.

— Quem possui sua clava é Salor, de Pine-falls. — Pensou por um instante e acrescentou: — Não sei se será fácil convencê-lo a vir até o norte para ajudá-lo, mas prometo que farei o meu melhor.

— Isso será o suficiente, minha bela angelical — confessou, deitando-se lentamente no chão.

15

A RAINHA E O LEÃO

Embora ainda não tivessem chegado a Méri, o pégaso deixou os cavaleiros em uma estrada e, antes que os irmãos pudessem fazer algo, o animal simplesmente desvaneceu como cinzas e foi levado pelos ventos. Sentindo-se roubados, os irmãos continuaram a pé. Avistaram ao longe um homem se aproximando. Decidiram perguntar a ele se estavam no caminho certo. Logo, ao ver com clareza a figura que se aproximava, ficaram espertos. Sutilmente deslizaram a mão para a bainha da espada, preparados para sacá-la. O homem misterioso vestia uma armadura brilhante, que parecia ser feita de ouro.

— Boa tarde. Que caminho devemos seguir para chegar a Méri? — perguntou Ariandar, sorrindo.

— Estão no caminho certo. Mais à frente verão a cidade por cima do morro. É uma bela vista, a propósito — respondeu, frio.

— Agradecemos, meu senhor!

Os irmãos seguiram seu curso, intrigados com o tal homem, que escondia a face com um elmo fechado. Era Enor, encontrado por Fendrel em L'ozag. O misterioso homem andava por Arthan, sozinho.

Chegaram, enfim, ao final do caminho e tiveram uma ampla visão de Arthan. Os rios cruzavam as divisões da cidade e, além dela, via-se o Mar

Dourado. Era Méri, a cidade da riqueza. Finalmente haviam encontrado a cidadela, embora estivesse prestes a escurecer novamente. Eles acenderam uma tocha com um galho de madeira que encontraram e usaram o óleo que carregavam consigo. A escuridão engolia aquelas terras, e só se ouvia o canto das cigarras e dos sapos que saltavam entre a estrada e a mata que levava aos rios próximos. Diversos vagalumes rodeavam as matas daquela região.

Ao chegarem aos arredores da cidade, viram que algumas caravanas acampavam por ali, comerciantes guardavam seus itens de venda e montavam barracas perto do grande portão da cidade. Fogueiras estavam acesas, e a ponte levadiça da cidade começou a se fechar. Não chegando a tempo de entrar, os cavaleiros ficaram entristecidos. Vendo seu lamento, um comerciante os convidou para passarem a noite com ele, pois pareciam cansados, e ele estava preparando um ensopado de peixe para o jantar.

— Bem, não é muito, mas tenho dois sacos simples de dormir. Melhor que dormir no chão, acredito eu. Meu nome é Henry — apresentou-se, fazendo uma reverência enquanto sorria.

— Está ótimo, Henry. Ficamos muito gratos pela sua gentileza. Sou Ariandar, e este é Ereneth, meu irmão mais velho. Somos de Hiren-gaal.

— Estrangeiros, que maravilha! Aposto que vão adorar a cidade. Estão a passeio? — perguntou, entusiasmado.

— É... Sim. Viemos conferir se a rainha de quem tanto ouvimos falar é tão majestosa quanto dizem.

— Nesse caso, sinto desapontá-los. A rainha não recebe visitantes há meses, desde que tentaram assassiná-la.

— Por qual motivo alguém tentaria uma coisa dessas? Não é uma boa rainha?

— Pois de maneira alguma. É justa, leal e sincera, como todo monarca deve ser. O problema é que a fortuna de Shae daria para comprar muitas terras. Logo, devem saber que o dinheiro instiga a inveja, tal como a traição e o falso companheirismo, não?

— De fato. Quem foram os infelizes que tentaram matá-la?

— Mercenários... Shae é realmente a mulher mais encantadora e guerreira que já vi.

— Você parece admirá-la muito. Como é possível encontrá-la?

— Bem, ela não sai mais em público. A não ser para o torneio, no Quadrado da Morte. Um torneio que acontece todo mês, ao norte de Arthan, próximo das Montanhas Negras. Por sorte, chegaram na hora certa, pois o torneio é daqui a cinco dias. Se querem tanto chamar a atenção da rainha, acho que esse é o único jeito, mas terão de arriscar suas vidas para isso.

Arthan sempre fora uma terra forte, produtiva e próspera, sem intrigas ou guerras. O quadrado era um local que fora construído a mando de Shae: uma espécie de ruína aberta transformada em uma arena. Nos dias de combate, os soldados reais da rainha fechavam a área, um ao lado do outro, em quatro camadas, formando definitivamente um grande quadrado. Assim, erguiam os escudos e ficavam a postos, bloqueando qualquer tipo de saída dos combatentes. Uma vez dentro do quadrado, os concorrentes não podiam sair por desistência ou medo. Só saía aquele que conquistava a vitória; do contrário, a morte era certeira. As batalhas eram realizadas em dupla, e, no meio do duelo, surgiam criaturas dominadas por Shae: lobos e cães raivosos.

Os irmãos, no entanto, não temiam o torneio, pois garantiam o desempenho e habilidade de batalha. O que também os motivava era Sven, que confiara em seus cavaleiros para uma missão valiosa que decidiria o futuro de sua facção e causa. Portanto, não poderiam fracassar ou desistir.

Quando acordaram, na manhã seguinte, estavam bem descansados. Notaram que Henry já estava de pé e com a barraca de feira montada; vendia bijuterias e roupas de pano. Despediram-se e mais uma vez agradeceram a boa gentileza do homem.

— Desejo a vocês boa sorte no Quadrado da Morte — disse Henry, após ter contado aos irmãos sobre a inscrição do evento mensal.

Com a ponte levadiça abaixada, adentraram em Méri. Muitos jardins estavam espalhados por toda a cidade, além de rios e trepadeiras nas paredes de diversas casas e comércios. Avistaram ao longe uma multidão parada e vozes em tom alto. Era possível ouvir alguém discursando, mas não conseguiam distinguir o que era dito. Escutaram algo como "infeliz" e "vagabundo".

Curiosos, os irmãos decidiram ver o que estava acontecendo. Passaram pela multidão, abrindo passagem entre os moradores que tinham sua atenção voltada para o palco de pedra à sua frente. Depararam-se com uma situação que os deixaram confusos e intrigados. Tratava-se de uma execução. Dois guardas reais estavam a postos e vestiam a armadura de Méri. Os escudos que seguravam levavam estampados uma onda azul em um fundo branco, simbolizando o brasão da província.

Junto dos dois guardas estava o carrasco e o comandante do exército. O carrasco vestia uma armadura negra e gorro da mesma cor, escondendo a aparência, deixando-o aterrorizante. Media cerca de dois metros de altura e segurava consigo um machado de execução longo, com uma lâmina parecida com um cutelo.

Havia uma quinta figura. Esta se encontrava em uma situação embaraçosa. Um argo, que aparentava ter meia-idade, estava ajoelhado com as mãos atadas para a frente e sua cabeça abaixada.

— O que é isso? — sussurrou Ariandar. — Uma execução logo cedo? Não deve ser nem nove horas.

O argo vestia trapos velhos e sujos, como se já estivesse preso havia algum tempo.

— Diante de todos vocês está um argo, o qual traz consigo vergonha para nossa cidade. Ele é acusado de comercializar ilegalmente ervas vindas de Tura'k que causam efeitos nocivos à saúde! — discursou o comandante.

— Bastardo! — Um grito veio da multidão.

Alguns tomates foram lançados em direção ao argo, então um deles acertou seu rosto, fazendo com que o preso soltasse uma breve resmungada, mas continuou com a cabeça abaixada.

— Que sirva de lição a quem desejar trilhar o mesmo caminho deste infeliz. Devo lembrar que a punição para comércio clandestino em Arthan é a morte! — Naquele momento, algumas vaias foram ouvidas, vindas da multidão. — Sua rainha foi misericordiosa lhe dando alguns dias na masmorra, e mesmo assim tentou fugir da prisão. Malditos argos! Aos que não concordam com as leis de nosso continente, sugiro que façam uma fila junto deste infeliz para visitarem o Oblivion.

Todos ficaram quietos e não moveram um centímetro para qualquer direção. Logo, foi dada a sentença. O carrasco deitou o argo no bloco de execução e o decapitou com um golpe certeiro, que fez os pássaros que descansavam nas árvores da cidade voarem para longe, incomodados. Após o acontecido, a multidão foi se desfazendo e cada um caminhou para uma direção, voltando a seus afazeres diários.

Ariandar parou para refletir por um momento. Por pouca coisa perdiam a vida. Além disso, perguntava-se por qual razão havia tanta injustiça no mundo. Como o preconceito de Aimir contra sua raça; o pensamento sombrio de Sven, que causara a maior desunião que o mundo já tinha visto. Tanto Ereneth como Ariandar conheciam bem Sven e sabiam que não se importava tanto com Malogh, pois ele era problema dos anjos. Como estava escrito na profecia, os anjos o derrotaram uma vez e os anjos haveriam de derrotá-lo outra. Sven havia se tornado extremamente orgulhoso, deixando de lado o pensamento de que Malogh obteria vitória em seu retorno na batalha final e que todos os povos do leste sucumbiriam à sua maldição e superioridade.

Os cavaleiros, mesmo que inimigos da Aliança, rezavam em segredo a Noreen para que a criança que fosse a chave do paraíso, que contavam os boatos, estivesse segura, e que Malogh não a encontrasse.

Ora, Sven carregava consigo desprezo por Findrath, do qual tinha uma inveja profunda. "Findrath, 'o anjo que derrotou a criação das sombras', qualquer tolo com uma espada na mão venceria tal batalha. Não há motivo de tanta relevância, glória, canções e títulos", afirmava o rei rebelde, menosprezando o feito do conhecido por todos como Destemido. "Onde está ele agora? Abandonou tanto sua família quanto o povo a quem salvou. Este é o herói que elegem?", dissera certo dia para os cavaleiros.

— Vamos, meu irmão. — Ereneth interrompeu os pensamentos melancólicos de seu irmão. — Creio que as inscrições estão sendo feitas ali — disse, apontando.

— Claro, vamos — concordou, voltando a si.

Caminharam até o salão militar, onde o mesmo comandante que havia dado a sentença ao argo se encontrava. Estava sentado à mesa, escoltado pelos mesmos guardas. Sobre a mesa, havia pergaminhos, cartas, e uma lista em branco.

— Ah, cavaleiros! O torneio deste mês será interessante, acredito — comentou, contente.

— O que quer dizer? — indagou Ereneth.

— A maioria dos inscritos são açougueiros, bandidos e assassinos em segredo. Sempre acabam sendo desmascarados depois. Vejo que estão usando Capas da Proeza, são de fora? — perguntou o comandante, ironicamente.

— Hiren-gaal.

— Ah, um continente conturbado! Deve ser difícil para vocês. Soube que Hiren-gaal está vivendo um conflito civil horrendo.

— Soube também da volta de Malogh?

— Apenas boatos, devo ressaltar. Mesmo que retornasse, Arthan tem seus próprios problemas e entidades sombrias. Não é nossa luta — o comandante se adiantou, mostrando desprezo.

— Bem, se Hiren-gaal sucumbir a Malogh, aí será sua luta, mas vai ser tarde, pois ele estará com o dobro de força — afrontou Ereneth.

— Os nomes, por gentileza — interrompeu, mostrando-se sério e incomodado com a conversa.

Os cavaleiros deram os nomes e foram informados de que a marcha até o local do torneio iniciaria ao anoitecer.

•

Como ainda faltavam muitas horas até a marcha, decidiram visitar o aclamado Mar Dourado e ver com seus próprios olhos se as canções sobre sua maravilha eram de fato reais.

Foram até a praia e tiveram seus olhos quase cegados pelo grande brilho que as joias e o ouro refletiam. Os barcos eram belos e resistentes, feitos de madeira reforçada e ferro. As velas possuíam o símbolo da cidade, alto e forte. Numerosos eram os barcos de Méri, no porto e em alto-mar e, por um momento, os irmãos tiveram inveja. Eles gostariam que seu povo tivesse o domínio dos mares, porém os elfos negros, por natureza, não navegavam. Em sua genética, ao velejarem, sentiam grande refluxo, que causava morte por asfixia.

Os irmãos ficaram sentados na praia por horas, conversando, trocando histórias e cantando canções antigas. Eles eram inseparáveis. Em suas desventuras, sempre tiveram a companhia agradável um do outro. Ereneth era o mais sério e frio. Já Ariandar era gentil e humilde e não conseguia tratar os outros com frieza, mesmo que quisesse. Era especialista com arco e flecha e raramente errava o alvo.

Ariandar passou a praticar com arco e flecha após um incidente com as treants de Melóra. Era uma espécie de espírito da natureza que adquiria forma física através das árvores da floresta de Melóra. Possuía forma e tamanho de humanoide, apesar de ser completamente feito de galhos, raízes e folhas. As treants tinham o poder de interagir com quaisquer meios da natureza, utilizando-as a seu favor, e eram servas de Kyne, deus da natureza e animais.

Esse incidente ocorrera quando os irmãos vagueavam pela floresta de Melóra, uma floresta encantada, localizada ao norte da Floresta do Desespero. Embora não ameaçadores, as treants eram extremamente mortais contra aqueles que ousavam causar algum mal à natureza. Mesmo nativas da floresta de Melóra, eram atraídas para outras florestas em qualquer lugar do mundo. Elas já tinham sido vistas em Arthan, Arcádia e até mesmo no oeste.

Acontecera que, durante o anoitecer em uma caçada, os irmãos cortavam troncos de uma das árvores, a fim de fazer uma fogueira para se aquecerem. Erro terrível. As treants se manifestaram antes que os irmãos pudessem se explicar. Uma agarrara Ereneth pelas costas e causara um grave ferimento em sua costela, uma ferida que jamais cicatrizara. Ariandar não tinha conseguido chegar ao irmão a tempo de ajudá-lo e lamentara, sentindo-se culpado. Os irmãos conseguiram fugir da floresta, e Ariandar jurara naquele dia que se tornaria arqueiro e que nunca mais falharia em salvar seu irmão, pois acertaria à distância aqueles que os enfrentassem.

Os cavaleiros saíram de seu conforto praiano e voltaram para a cidade, pois precisavam descobrir onde seria o torneio. Avistaram grande parte dos guardas em marcha e entre eles estava *ela*. Majestosa, bela e feroz: Shae. Montada no magnífico leão Angsch, o maior dos leões que já havia pisado em Essenia. Tinha a pele dourada e a juba mexia suavemente com a brisa. A rainha vestia uma armadura de ouro, e presa em seus ombros estava uma capa vermelha. Na mão direita, segurava a lança de ouro; na esquerda, as rédeas de Angsch. Os cavaleiros seguiram o bando, que marchou até o norte de Arthan, no Vale Sombrio.

A caminhada durou cinco dias e, ainda assim, quando chegaram ainda não havia luz naquele lugar, tampouco ar puro. A neblina tomava conta do solo e as montanhas ao redor os sufocavam, assim como as nuvens negras no céu. Lobos uivavam naquela região.

Os guardas começaram a entrar em formação e um espaçoso quadrado foi criado. Os guardas estavam em quatro fileiras horizontais, e, para o meio do quadrado, caminhou o comandante com uma lista em uma mão e uma pena na outra.

— Salve a rainha Shae! — gritou com emoção, e sua voz fez um eco entre as montanhas ao redor.

— Salve a rainha Shae! — O exército reunido repetiu em alto som, batendo as lanças no chão.

— Se inicia neste amanhecer o 34º torneio do Quadrado da Morte. Nesta edição, teremos cinco duplas. Chamo agora ao quadrado os primeiros competidores: Tod e Luis; Aruin e Belen.

Os quatro adentraram no espaço sabendo que não haveria mais volta. Eles usavam armaduras de couro e espadas de ferro. O comandante se afastou para o canto, ficando distante dos combatentes, e anunciou que podiam começar. Shae surgiu em cima de uma rocha elevada, pois queria ter a visão perfeita da arena. Angsch estava sentado ao seu lado e rugia alto.

O chão estremeceu e se ouviu um ensurdecedor rugido vindo do norte, das Montanhas Negras. Naquele momento, todos os homens estremeceram e temeram, inclusive Shae, que esboçava em seu rosto uma expressão de medo. As montanhas foram iluminadas por luzes de fogo, mostrando o que as montanhas escondiam, mas não houve um segundo rugido.

— O que foi isso? — perguntou Ariandar, intrigado.

— Samael. — Ereneth suspirou profundamente e seu corpo se encheu de arrepios. — O senhor da pedra negra.

Solitário e decadentemente ardiloso era Samael. Contava-se que era um belo homem e que habitava uma fortaleza subterrânea no Vale Sombrio, entre as Montanhas Negras. Tinha olhos negros penetrantes, cabelos tão escuros quanto a noite e pele macia e pálida. Já havia sobrevoado Arthan e continentes vizinhos, visitando cidades e seduzindo mulheres atraentes para sua fortaleza. Lá, ele as corrompia e as fazia servas de sua vontade eterna.

Samael podia assumir a forma de uma horrenda criatura, um demônio rodeado de chamas e sombra, e sua aura podia ser vista a milhas de distância. Até mesmo Andaroth, o Acorrentado, temia-o mais que tudo.

— Continuem com o torneio! — berrou Shae, ignorando o rugido.

As duplas se encararam, com medo, pois nenhum era guerreiro ou lutador de verdade. Eram apenas camponeses que tentavam a sorte para conseguir uma vida melhor para sua família. Os quatro ergueram as armas e começaram o combate. Tod e Luis morreram de forma importuna por golpes que não conseguiram bloquear.

— Aruin e Belen vão para a segunda fase. Agora, os próximos: Ariandar e Ereneth; Salli e Vion!

Naquele momento, Shae tirou o sorriso que estava estampado em seu rosto, assumindo uma expressão de seriedade. Quando os irmãos adentraram o quadrado, vestindo as armaduras com o símbolo da facção, assim como as Capas da Proeza, seus adversários os temeram, eram apenas pescadores. O comandante deu a ordem para começarem a batalha. Sem pensar duas vezes, um dos adversários correu em direção a Ereneth, soltando um grito de guerra, pronto para acertá-lo com um golpe. Ereneth rapidamente bloqueou o ataque com a espada e, em seguida, deu uma cambalhota para o lado. Ainda de joelhos, fincou a espada na costela de seu adversário, derrotando Salli imediatamente.

Ariandar caminhou em direção a Vion, mas seus golpes eram tão fortes e poderosos que o estrangeiro precisou investir várias vezes no bloqueio do pescador. Contudo, ele não permaneceria na defensiva por muito tempo e, quando Ariandar tentou mais uma vez, o oponente falhou e a sua espada se quebrou. Em meio aos fragmentos de ferro espalhados pelo chão, uma chuva forte caiu de repente. Vion estava de joelhos, cansado após bloquear vários ataques do cavaleiro.

— Por favor, eu tenho filhos pequenos; eles estão famintos. Eu só quero dar o melhor a eles! — implorou Vion, fazendo sinal de reza com as duas mãos juntas.

— Se tivesse dado o melhor a eles antes, não estariam famintos agora — retrucou.

Sem remorso ou incerteza, Ariandar finalizou a batalha com um golpe horizontal no pescoço de Vion, decepando a cabeça.

— Pergunto-me... — Uma voz veio de cima. — O que dois cavaleiros de Hiren-gaal fazem em minhas terras? Matando o meu povo? Querem começar uma guerra? — Shae gritou enquanto os pingos de chuva escorriam sobre seu rosto e armadura.

— Minha senhora, de maneira alguma queremos uma guerra, muito pelo contrário. Viemos para conversar em particular com você — explicou Ereneth.

Ao olhar para uma colina acima deles, ao leste, avistou Enor, mas sem saber quem era o misterioso soldado que vestia ouro.

Quem é aquele maldito homem?, pensou.

— Veremos se terão a chance de obter uma audiência — rebateu Shae.

Logo, quatro lobos saltaram para dentro do quadrado e partiram para enfrentar os cavaleiros, que lutaram bravamente. Atacaram em dupla, e os lobos foram mortos, um a um. O solo estava coberto de sangue. Como um raio atingindo a terra, Shae saltou da rocha em que estava para dentro do Quadrado da Morte, montada em Angsch.

— Sinto informar, mas o torneio deste mês está acabado — decretou a rainha, e todos os guardas começaram a marchar de volta à cidade. As duplas restantes reclamavam em segredo. — Limpem-se quando chegarem à cidade. Depois, venham até mim — ordenou a rainha e depois partiu com seu leão.

Ereneth voltou seu olhar para a colina onde o homem misterioso estava e não o viu mais. Voltaram a Méri, numa jornada que durou exatamente cinco dias, e banharam-se em um riacho, retirando as manchas de sangue que havia nas armaduras, conforme foram instruídos pela rainha. Os cavaleiros alugaram um quarto em uma hospedaria, pois estavam exaustos e famintos. Contudo, sentiam-se orgulhosos, pois o desempenho de ambos no quadrado havia sido digno de dois cavaleiros de Vérion.

No dia seguinte, bem descansados e esperançosos, caminharam até o grande castelo de Méri. Os guardas reais que guardavam o portão principal os acompanharam para o interior do castelo. O lugar era enorme, o teto parecia alcançar as estrelas e, no meio do salão, havia uma grande fogueira. A estrutura era toda feita de mármore. Sem dúvida, era o castelo mais belo que os cavaleiros chegaram a ver. No lado oposto da grande porta por onde haviam entrado, estava Shae, sentada em seu trono de mármore com Angsh deitado ao seu lado.

— Digam-me, vocês sabem quem inventou o comércio entre as nações através da navegação? — perguntou Shae, em um tom de sensatez enquanto os cavaleiros se aproximavam.

— Foram os frísios, minha senhora — respondeu Ariandar.

Nativos de Frisiana, província litoral a noroeste da Ilha da Alvorada, os frísios eram descendentes dos humanos. Eles tinham como atributo de destaque a grande força de vontade. Dificilmente se cansavam e foram os primeiros a inventar os barcos funcionais e iniciar o comércio entre nações durante a primeira era. Eram extremamente respeitados por sempre obterem sucesso em defender a província natal de invasores, sendo considerados a segunda raça invicta, depois dos anjos. Eram devotos ao deus Raklion, a quem eram gratos por sua sabedoria e inteligência.

— Exato! Foram eles que inventaram os primeiros barcos. Naquela época, a grandiosa cidade de Acáy já estava erguida e seus anjos já estavam despertos. Vocês entendem que a raça deles, os frísios, não é inferior? Não é a cor da pele que define se você é bom ou não, se é ladrão ou não, se é herói ou não... Os frísios estão entre nós para nos provar isso. Grandes inventores. E se hoje minha terra é grandiosa e cheia de riqueza, foi graças à sua política de comércio.

— Então você está do nosso lado nisso — Ariandar comentou, com um olhar confiante. — Alie-se a nós contra a Aliança e ajude a libertar meu povo das garras daquele soberano maldito que se nomeia supremo rei. Podemos nos tornar grandes aliados.

— Infelizmente, não posso deixar minha terra para ajudar outra. Tenho meus deveres aqui, e ninguém, a não ser eu, pode lidar com eles. Vocês travaram uma jornada perigosa vindo até aqui, pois não tenho dúvidas de que sofreram uma emboscada dos guardas. Afinal, são cavaleiros de outras terras, e eu não permito isso em Arthan. Mas eu sinto dizer que essa aliança não será possível.

— Mas, e quanto a Malogh? O Lorde das Cinzas retornou. Sabe o que conta a lenda. Se Malogh obtiver sucesso em sua batalha, Hiren-gaal sucumbirá e os continentes vizinhos sucumbirão em seguida, pois não terão forças suficientes para lutar.

— Meu querido cavaleiro, primeiro me pede aliança para lhe ajudar a libertar seu povo, e agora quer que me junte a uma caçada contra um inimigo que nem sequer tenho provas que existe? Suponho que não sabem o que esperam da vida. Além, é claro, de não saberem se portar como mensageiros da realeza.

Os cavaleiros se mantiveram em silêncio por um momento.

— Vamos, Ariandar, estamos perdendo tempo aqui — afirmou, dando as costas à rainha e caminhando depressa para a saída.

Os irmãos seguiram até a ponte levadiça de Méri, desapontados com a viagem inútil, mas a encontraram fechada. A cidade estava proibida de receber ou deixar sair qualquer viajante. Foi o protocolo a ser seguido depois dos gritos de Samael.

— Vocês dois! — Uma voz sibilava como uma cobra, vinha de um corredor ao leste. — Estão querendo sair da cidade?

— Quem é você?

— A sorte sorriu para nós através deste belo encontro. Meu nome não importa. Conheço uma maneira de sair da cidade sem serem vistos, mas terão de pagar por isso.

Ariandar jogou um saco pequeno de hires na direção da coisa, que o agarrou gananciosamente.

— Isso serve?

— Seu crédito foi aceito, senhores, sigam-me...

O cheiro do ser misterioso era fácil de decifrar e o entregaria mesmo que estivesse escondido dentro de um barril fechado. Era um argo. Sua fala era parecida com o sibilo de uma cobra e não escondia a que raça pertencia.

Embora os cavaleiros tivessem aceitado a ajuda de um argo, sabiam da fama que tinham como ladrões. Havia um ditado popular que os habitantes de Essenia sempre diziam:

— Nunca confie em um argo — Ariandar sussurrou para seu irmão, inclinando a cabeça para o lado e fixando os olhos na criatura, que mordia algumas moedas, a fim de ver se eram verdadeiras.

Ele os levou até uma área com escombros. O argo removeu alguns entulhos, revelando uma tampa feita de madeira, era a ligação ao esgoto de Méri. Desceram até lá, onde só se ouvia o barulho da corrente de água suja e dos ratos guinchando. Os argos eram especialistas em passagens secretas, mas eram seres traiçoeiros.

Depois de algum tempo caminhando, subiram por uma escada e chegaram até uma porta de madeira. Através dela se ouvia o som abafado de uma cachoeira. Eles saíram por trás de uma cachoeira, vislumbrando a imagem da parede de água cristalina, era de um rio que vinha de dentro da cidade. Estavam livres de Méri, assim como de Shae, prontos para retornarem à sua terra, embora descontentes e de mãos vazias.

16

CINZAS DO VAZIO

Haviam se passado alguns dias desde a noite de comemoração pela vitória no Forte do Carrasco. Vincent ganhara de bom grado, de Aimir, uma casa em Lóren. O rei, embora não gostasse tanto de Lauren por ser uma elfa negra, reconhecera sua determinação e os assassinatos que a bruxa havia causado contra seu próprio povo. De fato, tinha pensamentos profundos de que Lauren realmente estava lutando pela Aliança. Além de Vincent, habitavam a casa Lauren, James e Dust, seu fiel cão.

Pandora e Wald haviam retornado com Fendrel para Acáy, onde foram dar a triste notícia ao povo bárbaro sobre a morte de sua líder, Alane. Fendrel, como grande rei de Acáy, disse que poderiam continuar com a moradia em suas terras, mas, se quisessem retornar para L'ozag, não seriam impedidos. Os bárbaros afirmaram, em uma decisão triste e necessária, que não lutariam nas próximas batalhas. Alane era tudo o que possuíam, e, sem ela, não teriam força para lutar. Agora se tornariam pacíficos, trabalhadores pelo continente, moradores de vilarejos distintos e não vestiriam mais armaduras ou portariam armas. Assim, a união dos bárbaros que habitava L'ozag, que se tornaria uma terra abandonada e considerada amaldiçoada, terminava.

Era de manhã. Lauren havia acabado de acordar e encontrou Vincent já de pé, vestindo as botas.

— Sabe, estava pensando sobre aquela noite em que fomos para a hospedaria, nunca havia dormido com uma elfa negra antes — confessou Vincent, e não havia tom de vergonha em sua voz.

— E o que achou? — perguntou Lauren, colocando-se de pernas cruzadas sobre a cama.

— Sempre ouvi dizer que as elfas negras eram quentes por dentro, tão quentes que eram comparadas ao interior de um vulcão.

— Já esteve em um vulcão, cavaleiro solitário? — indagou, com sensualidade na voz.

— Não, mas se a sensação for a mesma que ficar dentro de você, então quero morar em um vulcão — brincou, rindo.

Lauren lançou um olhar malicioso, mas nada disse, pois, a porta foi aberta de supetão, e James passou por ela desesperado, Dust o seguia. Um mensageiro havia trazido uma carta com a notícia de um dos campos da Aliança:

Esta mensagem deve ser espalhada a todo o continente para que todos saibam. Malogh atacou Vérion de surpresa e capturou Randovir, filho mais velho do rei rebelde, Sven, e príncipe de Vérion. Não se sabe o que ele pretende fazer ou como Sven deixou que capturassem seu filho, mas lhes digo que Vérion está vulnerável e que isso é um ponto positivo para a Aliança. Hiren-gaal pertence à Aliança!

— O que Malogh deseja com Randovir? — perguntou Vincent.

— Não tenho ideia, mas para tê-lo feito refém, em vez de assassiná-lo, significa que Sven deve possuir alguma coisa de valor grandioso para Malogh — ponderou Lauren.

— Sim, Malogh não costuma capturar pessoas, a não ser que precise.

— Acha que ele me manteria vivo, Vincent... Já que precisa tanto de mim? Ou acha que o sequestro de Randovir tem alguma coisa a ver comigo? — indagou James, entristecido.

— Isso não tem ligação alguma com você, James, e fique tranquilo. Não pense no que Malogh faria com você, pois ele não o terá.

•

A tragédia havia acontecido na noite anterior, perto da meia-noite. Os exércitos de Malogh adentraram Vérion através de fendas criadas por seu mestre. Moviam-se silenciosamente como o vento e caminhavam entre as sombras, a presença discreta das criaturas impedia que os vissem passar pelos corredores da cidade.

Àquela hora, moradores não caminhavam fora de suas casas, apenas guardas em suas rondas. E todos que estavam no caminho de Malogh e sua tropa foram mortos em um piscar de olhos. Em uma nuvem de sombra e escuridão, invadiram o castelo. Sven estava sentado no trono. Ao perceber a invasão, levantara-se imediatamente e desembainhara sua espada. Todos os guardas do salão real se prepararam para o combate.

Berros pedindo reforços foram dados, e mais guardas desceram da escadaria leste do castelo. Dentre as tropas, na linha de frente, estava Randovir. Malogh dera a ordem e seus servos atacaram os guardas. Embora alguns guardas obtivessem sucesso em derrotar os servos das cinzas, foram corrompidos pelas lâminas que carregavam e acabaram por se tornar escravos de Malogh.

Sven estava vulnerável e pronto para duelar contra o Lorde das Cinzas, que o atormentava com sussurros gritantes. A armadura e a capa negra libertavam cortinas de fumaça, fazendo com que Sven ficasse com medo e o temesse.

Malogh levantara a mão e mais duas mãos feitas de sombra e escuridão surgiram do solo, prendendo tanto Sven quanto Randovir. Os escravos das sombras agarraram Randovir e o desarmaram, levando-o consigo para dentro de uma fenda criada pelo Lorde das Cinzas. Antes de Malogh partir, aproximara-se de Sven e dissera:

— Seus aliados carregam algo que pertence a mim. Convoque-os e eles saberão do que falo. Estarei nos Campos de Lírios.

— Maldito! Deixe meu filho e me leve se tiver coragem!

— Faça o que digo, o tempo está passando...

Malogh adentrara na fenda e, junto de seus servos, desaparecera.

•

Vincent correu para fora de sua casa até encontrar o primeiro mensageiro pela frente. Entregou uma carta que havia escrito e mandou que a entregasse a Fendrel. A carta contava sobre o ocorrido e que era o momento oportuno para acabar com a rebelião, assim teriam como focar apenas em Malogh. Porém, enquanto o mensageiro corria para Acáy, com a carta em seu bolso, sofreu uma emboscada feita por vigilantes à espreita nos caminhos de Lóren.

Ora, Vincent notou que Aimir preparava seu exército para partir, e o cavaleiro solitário decidiu intervir. Com ele estavam Lauren, James e Dust. Aimir se encontrava contente, espalhando felicidade por onde passava, acenando e mandando beijo a todos.

— Meu rei, o mais sábio a se fazer é esperar... o exército de Acáy e Pine-falls chegar. Uma carta foi mandada para os reinos aliados e eles logo estarão aqui — sussurrou Vincent ao rei.

— De fato, meu amigo, mas em uma guerra não há descanso. A cada minuto que fico distante de Vérion é um minuto a mais para Sven recuperar suas forças. Irei tomar fazendas e vilarejos de sua província até que os exércitos aliados cheguem. — O rei, que até então não tinha notado a companhia de Vincent, encarou Lauren, fechando a cara. — Lauren, não é? Fico feliz que esteja do nosso lado e que apoie a coroa. Não tenha pensamentos negativos sobre mim, baseados no que já ouviu por aquele que se declara rei supremo. Sua determinação no Forte do Carrasco provou seu valor. Não tenha medo, é bem-vinda aqui.

— Obrigado, meu rei. Que Os Seis e o Um o abençoe nas batalhas que virão.

— Não crê em Noreen? — indagou Aimir, ao ouvir a elfa mencionando os vedaín.

— Não, meu senhor. Acredito na religião de Os Seis e o Um.

— Ela é diferente dos outros, Aimir — mencionou Vincent.

— Muito bem, preparem-se, nós vamos à batalha mais uma vez.

— Mas e nós? — James perguntou, referindo-se a ele e ao cão.

— Pelo que Vincent diz, você é a chave disso tudo, garoto. Você não pode ficar zanzando no campo de batalha — explicou Aimir.

— Ainda assim é perigoso deixá-lo longe de nosso alcance, não vê o que aconteceu com Randovir? Malogh adentrou em Vérion como se suas defesas fossem nada — mencionou Vincent. — Se ele encontrar James, estará acabado para todos nós.

— Se não fosse aquela maldita Floresta do Desespero, até mesmo eu já teria invadido aquela cidade — retrucou Aimir.

— James poderá ir conosco, se for forte o suficiente para presenciar uma batalha. Eu o protejo — declarou Lauren.

— Cuidem do garoto, então — ordenou Aimir. — Os vilarejos e fazendas são pequenos, mas, ainda assim, são perigosos para o garoto.

Enquanto Vincent e Lauren seguiam junto das tropas de Aimir, em sentido ao oeste, Vincent notou descontentamento no rosto de Lauren.

— O que há, minha bela? — perguntou Vincent.

— Não consigo suportar esse clima de guerra o tempo todo, Vincent. Ora é o exército de Malogh, ora são os rebeldes...

— Tudo isso terminará, Lauren — o cavaleiro assegurou. — Ficarei com você até isso tudo acabar. Assim como você, eu busco a paz.

— Então vamos para um lugar que tenha paz... Vamos fugir para longe, ter nossas próprias aventuras, como duas pessoas felizes, dançando sob o céu estrelado de Ýris, junto com as auroras dançantes... Elas sorrirão para nossa união. Podemos ir juntos para o colégio Meia-luz... — sugeriu, desesperada. — Para qualquer lugar que queira ir, não importa onde, pois qualquer lugar junto de você será perfeito.

— Minha querida de olhos cintilantes, acalme seu coração, pois logo isso tudo terminará e vamos poder viver a vida de nossos sonhos. Não duvide disso, pois dançaremos em qualquer lugar ouvindo o som dos mares e das gaivotas — disse Vincent, com paixão e felicidade. Contudo, a alegria sumiu de seus lábios, dando lugar a uma expressão entristecida e fria. — Tenho ainda muitos erros a serem corrigidos, erros que você não aceitaria se soubesse.

— Todos erramos, meu cavaleiro. Tenho certeza de que você teve motivos para ter cometido esses erros, e está tudo bem.

— Você não entende, Lauren, não houve motivos, apenas os fiz. Tem algo em mim... algo que me impulsiona... eu não queria ter feito aquelas coisas — revelou, entrando em pânico.

— Vincent, o que você fez, afinal de contas? — perguntou Lauren, severa.

— Os vilarejos estão logo à frente, e eu vejo flechas, avante! — gritou Aimir, fazendo com que todos o acompanhassem. — São poucos e não têm reforços. Não firam nenhum inocente, apenas quem portar armas — ordenou.

Conforme o planejado, invadiram vilarejos e fazendas próximas da província de Vérion. A Aliança era numerosa, já os rebeldes eram poucos e assim perderam a luta. Os moradores e trabalhadores olhavam Lauren com desdém. Palavras como "traidora" eram ouvidas em murmúrios, e Lauren se sentia entristecida.

— Atenção! Todos que estão vivos, acalmem-se! Não iremos feri-los. Tomaremos quaisquer recursos que nos forem úteis; madeira, frutas e verduras de suas plantações, hires dos cofres dos comerciantes e seus bens. Deixaremos vocês com uma porcentagem para que possam recomeçar a vida, e, se desejarem ir a Lóren para se juntar à nossa causa, considerem-se bem-vindos. Não sou o monstro que dizem que sou, assim como disseram quando meu pai era vivo. Ouvi rumores que diziam que se eu visse um elfo negro eu o assassinaria sem sequer saber seu nome, mentira suja! Firo apenas aqueles que desejam me ferir! Seja qual for a decisão, sintam-se livres de ameaças e escolham com sabedoria — discursou Aimir, dando aos sobreviventes duas opções.

Embora as alternativas de Aimir tivessem sido oferecidas de bom coração, nenhum elfo negro decidiu recomeçar em Lóren. Todos pegaram suas coisas e partiram para Vérion, e Aimir não os fez mal algum. Lauren teve uma impressão diferente do que era falado sobre Aimir II. Além de permitir que ela lutasse por sua causa, não feriu inocente algum. Embora seu coração ainda doesse por ter matado seu próprio povo em busca de paz, a paixão de Lauren por Vincent amenizava a tensão que ela sentia durante as batalhas contra seu próprio sangue.

Havia uma melancólica história de amor, popular nas santas ceias de Acáy, que contava que uma doce mulher angelical havia se apaixonado por um argo. Ora, os anjos eram estritamente proibidos de sentir amor por qualquer um que não fosse de sua própria raça. Acreditavam ser uma raça perfeita, pois eram os descendentes de Valindra. Se os anjos se relacionassem com outras raças, criariam raças indefinidas e imperfeitas. Isso seria uma mancha de heresia, um pecado imperdoável.

Vendo que seu amor era forte o bastante, a bela angelical fugira de Acáy com seu amado. Quando Findrath se dera conta de que a bela de sua casa havia abandonado seu lar para cometer o maior erro entre os anjos, ele a amaldiçoara na antiga igreja, perante a estátua de Os Seis e o Um, tirando seus dons angelicais, transformando sua aparência em uma deformidade horripilante, como castigo.

Sucedera que o argo havia se apaixonado pela aparência de sua bela amada, pois os anjos eram atraentes e sensuais, mas quando vira a deformidade que ela havia tomado, arrependera-se de sua escolha em segredo. Durante a primeira noite que passaram juntos, o argo a assassinara enquanto dormia. Muitos diziam que ao falecer, o corpo dela fora coberto por chamas, virando pó por conta da maldição lançada por Findrath. O episódio servira de lição para que os anjos jamais se relacionassem com outra raça e assim eles seguiam à risca, não por medo, mas por dignidade.

— Lauren, quero conversar com você em particular — disse Aimir, fixando o olhar em Vincent, que fez uma reverência e saiu.

— Pois não, meu rei?

— Queria dizer que entendo a sua situação nesta guerra. Sei que deve ser difícil para você lutar contra aqueles de seu próprio sangue, mas temos um propósito aqui. Este não está em escravizar alguém ou dilacerar inocentes. A questão é que não posso deixar que esses rebeldes façam o que desejam, quando desejam. O nome da coroa tem um propósito, o símbolo de Lóren tem um propósito. Enquanto eles desejarem sangue, nós daremos sangue.

— Entendo, senhor.

— Se é de tempo que precisa, eu o darei. Para assim pensar se realmente pode fazer isso. Contudo, se nos trair, saiba que eu mesmo a executarei — advertiu Aimir em tom sério e firme.

— Nada mais justo, senhor rei — concordou Lauren. — Posso perguntar uma coisa?

— O que seria? — indagou, surpreso.

— O quão próximo é de Vincent?

— Vincent era mais próximo de meu pai que de mim e era ainda mais próximo de Findrath que de meu pai — confessou, com um sorriso. — Admito que sentia um pouco de ciúme de meu pai para com ele. — Ele deu uma pausa, uma pausa dolorosa e triste. — Aliás, Vincent estava lá quando meu pai foi assassinado, ele que tentou socorrê-lo.

— O que sabe sobre a família de Vincent?

Aimir titubeou por um instante.

— Todos mortos em um incêndio devastador. Mãe, pai, irmã. É uma história trágica, elfa. Vincent tem uma vida sofrida e um passado mais sofrido ainda. Ele esconde alguma coisa, tenho certeza, mas não sei o que é e nem posso entrar no mérito de perguntar.

— Entendo. Obrigada, meu rei — concluiu Lauren, curvando-se.

— Até breve, Lauren. Viva a Aliança.

Aimir retornou até o cavalo junto com seus guardas e regressaram para Lóren, pois da capital havia chegado os nomeados guardas do vilarejo, novos camponeses e comerciantes.

James havia se escondido junto com Dust entre arbustos enquanto a batalha acontecia. Quando notaram que haviam ganhado, revelaram-se. James não sentia nojo ao ver os corpos mortos no chão, deixara o medo no dia em que perdera Odd. Enquanto caminhava pelo vilarejo, encontrou algo incomum jogado no chão. Era um arco e flechas, pequeno demais para ser usado por um guarda adulto. Definitivamente, alguém havia feito por brincadeira, mas ele não se importou e tomou o arco para si.

O menino tinha vergonha de perguntar a Vincent sobre as Terras Corrompidas e seu dever dado pelo espírito no Bosque Sagrado. Diversas vezes tentou contar e pedir seu apoio, mas hesitou em todas elas. Dust o convidou para fora da vila onde estavam, afastando-se de todos. Encontraram um local para descansar, um grandioso tronco de árvore quebrado, e ali se sentaram.

— Gostei do seu arco, James! — Dust elogiou a arma de seu fiel amigo, latindo alto e abanando seu rabinho.

— Obrigado, Dust. Só vou ter trabalho para fazer as flechas — comentou James, decepcionado. — Não sou ferreiro nem possuo os equipamentos de trabalho.

— Não precisa necessariamente fazê-las, amigo. Veja, este lugar tem muitos guardas. Tenho certeza de que nas muralhas do vilarejo deve haver um barril cheio de flechas — sugeriu Dust.

— Tem razão!

Por sorte, no caminho de volta, James encontrou uma bolsa de flechas feita de couro. Estava suja e coberta de terra, escondida quase por completo havia algum tempo. Nada que uma limpeza não resolvesse. Correu para o interior do vilarejo e subiu as escadas de madeira. Poucos eram os guardas que estavam em cima da muralha, pois haviam acabado de chegar e levavam o corpo dos mortos para a fogueira. Agachado, começou a procurar por flechas. Encontrou um barril repleto delas. Dust tinha razão. Pegou um punhado com as duas mãos e as jogou no gramado, onde Dust correu para não ser atingido.

— Agora sim posso ser um arqueiro independente! Malogh que se cuide — James disse orgulhosamente, enquanto via um punhado de flechas sobre a grama, com os braços cruzados.

Apanhou todas as que estavam espalhadas pelo chão, após descer da pequena muralha do vilarejo, e as guardou na bolsa de couro que havia encontrado. Decidiram acompanhar Vincent e Lauren de volta para casa, em Lóren.

Aimir II sentia pena de Vincent, pois sabia de seu afeto por seu pai e antigo rei supremo de Hiren-gaal. Ao ser assassinado no conselho real, Vincent havia sido o primeiro, antes mesmo de seu próprio filho, a correr até ele e tentar salvá-lo. Outrora, tinha sido guarda do rei e já fora chamado de cavaleiro real por grandes senhores de Hiren-gaal. No entanto, ao falhar em proteger seu rei, decidira deixar o cargo, e o título nunca mais fora dito.

Na época, decidira se exilar com sua família e acabara a perdendo em um incêndio misterioso e cruel, o qual consumira ardentemente a casa onde residiam. A partir daquele dia, Vincent ficara conhecido como o cavaleiro solitário, sem família e sem lar. A família mais próxima de Vincent, após os terríveis acontecimentos de seu passado, era Fendrel. O cavaleiro cavalgara frequentemente para Acáy, por causa do cargo como guarda real, e nas idas e vindas tinha se tornado melhor amigo de Findrath e grande amigo de Fendrel.

Os anjos haviam abençoado Vincent, dizendo que seus próximos dias em Essenia seriam novos e bons. No entanto, estes nunca chegaram, e Vincent jamais superara as perdas e seus erros do passado, deixando que aquilo atormentasse sua mente diariamente, consumindo-o e o aterrorizando, causando grande sofrimento.

— Não acha estranho? — perguntou Lauren.

— Do que está falando? — rebateu Vincent.

— O jeito que Malogh surge através de fendas. Vem e vai quando quer. Gostaria de saber como ele faz.

— Magia negra, minha bela. Malogh é um ser superior a nós, tem o poder de corromper os povos que desejar. Ninguém sabe do que mais ele é capaz.

— Malogh não conseguia surgir através de fendas antes. Pode ser um poder adquirido por ter roubado as luvnirs, as joias criadas pelos deuses — cogitou ela.

— É uma alternativa válida, Lauren. No entanto, nada que se refira aos deuses me agrada.

— Por que diz isso, Vincent?

— Atenção! Uma nova notícia! Malogh atacou novamente!

Ora, todos os reinos do continente possuíam um mural de mensagens, feito de madeira, onde colavam os pergaminhos de notícias públicas. Aquela notícia cobriu o mural com tristeza e desconforto, especialmente para James.

Não há muito tempo para escrever, eles estão aqui. Assassinaram nossas mulheres e crianças e estão pondo fogo em tudo. Não lhes digo para enviarem reforços, pois quando chegarem aqui restará apenas cinzas. Digo porque o mundo deve saber, e uma providência deve ser tomada. Hiren-gaal está perdida!

Luis, morador da Toca do Coelho.

Vincent acolheu James, que se encontrava em casa aos prantos por saber que o vilarejo onde havia crescido tinha sido destruído. Seu ódio e rancor por Malogh aumentava a cada dia, e mais: James tinha sede de vingança, mesmo tendo apenas dez anos de idade. Enfiado entre as pernas do garoto estava Dust, seu fiel companheiro.

James teve um breve devaneio sobre o passado. Lembrou das tardes em que contava as histórias de Timmóteo para seus colegas. Mesmo que tivesse sido rejeitado por todos, jamais deixara de ser feliz. Ele sabia que, de alguma forma, a destruição da toca havia acontecido porque Malogh o procurava. O garoto não entendia o que carregava de tão especial e, para acabar com o sofrimento de todos os inocentes, cogitou se entregar ao inimigo, mas foi impedido por seus amigos.

Naquela noite, não houve riso nem felicidade.

17

OS CAMINHOS QUE TOMAMOS

Pela manhã, Lauren acordou com um barulho abafado vindo dos fundos da casa. Curiosa, levantou-se enquanto Vincent permanecia dormindo, pôs a túnica e saiu para averiguar. Deparou-se com James treinando tiro ao alvo em um pilar de madeira da casa, que segurava a varanda dos fundos. Dust o instigava, dizendo-lhe que não conseguia fazer melhor. As casas de Lóren eram espaçadas uma das outras e todas eram acompanhadas de um belo jardim com belas árvores.

— O que faz tão cedo aqui fora? — perguntou Lauren, sabendo a resposta.

— Perdoe-me tê-la acordado. Estou treinando.

— Treinando para quê?

— Para derrotar Malogh.

— James, não é tão simples assim. — Deu uma pausa. — Se fosse, eu mesma já teria acabado com tudo isso.

— Ele já foi derrotado uma vez, então é possível...

— Se conhece a história, diga-me: quem o derrotou durante sua primeira vinda a Essenia?

— Findrath, o Destemido. Sabia que ele e Vincent foram melhores amigos? — mencionou James.

— Sim.

— Isso significa que Vincent é imortal. Findrath desapareceu há 2.500 anos, e Vincent ainda está aqui. Porém, não tenho coragem de perguntar como ele adquiriu a imortalidade... e você?

— É, creio que também não — admitiu Lauren, pensativa. — Sabe com qual arma Malogh foi derrotado, James?

— Com Tempestade de Gelo.

— Exatamente. Apenas com ela é possível derrotar Malogh, pois é a única lâmina que possui magia divina suficiente para corroer sua alma corrupta — explicou Lauren.

— Estão dizendo que se Tempestade de Gelo derrotar Malogh uma segunda vez, a lâmina irá se quebrar e o reinado dos anjos irá terminar, pois a imortalidade está condensada na espada. Isso é verdade?

— Creio que sim — falou, insatisfeita.

— Então, para Malogh ser derrotado, os anjos deverão ser exterminados de Essenia?

— Infelizmente, James. Fendrel sabe disso. Já aceitou esse destino e, se tivesse a oportunidade de confrontar Malogh hoje mesmo, assim ele o faria. Por esse motivo, todos tiveram dificuldade em acreditar na volta de Malogh, pois isso significaria o fim dos anjos. E o fim dos anjos parecia estar distante aos olhos de todos...

Lauren era extremamente astuta e sábia. Se Sven permitisse magia entre seu povo, teriam uma aliada poderosa. Lauren sonhava com dias melhores e rezava aos Seis para que tal dia chegasse logo. O conflito civil entre a coroa de Hiren-gaal e os rebeldes havia mexido com sua cabeça e com seu estado de paz. Ela não dormia tão bem quanto antes e só ficou melhor quando conhecera Vincent. Nele, Lauren viu esperança, força e determinação. Embora fosse mais misterioso que o comum, achava que Vincent terminaria com o conflito entre as facções.

O sonho de Lauren era deixar Hiren-gaal e fazer moradia no colégio Meia-luz, adoraria aprender mais sobre seus poderes com os mestres dos mais poderosos bruxos. No entanto, era um futuro distante para ela, pois antes pretendia lutar pelo seu povo, lutar por sua terra.

— Venha, vamos entrar, James. Vou consertar essa bolsa de flechas para você, ela está em péssimo estado.

Antes que pudessem entrar em casa, notaram que Vincent montava Shadow, já trajado e pronto para partir. Estava indo para a Toca do Coelho e explicou que sentia algo em seu coração dizendo para ir até o vilarejo incendiado. Suplicou para que Lauren permanecesse com James dentro de casa e pediu especialmente a Dust que cuidasse de James, como um grandioso cão de guarda faria.

Bravamente, cavalgou em seu cavalo negro pela estrada. Shadow rasgava com destreza a terra com suas patas. Com o sol do meio-dia estampado no topo do céu azul, chegou ao vilarejo, encontrando-o coberto por cinzas e destroços. Desceu de Shadow e caminhou pela vila abandonada.

Notou passos vindos dos escombros de uma casa logo à frente. Os passos eram pesados e cobertos por metais. Certamente alguém vestindo armadura. Logo pensou ser o próprio Malogh e preparou a mão, pondo-a no pomo de sua espada. Das cinzas e dos escombros, a figura se revelou. Era Enor, o viajante que vestia ouro e carregava uma espada longa, visto em Arthan pelos irmãos do vale e em L'ozag por Fendrel. Sua aparência ainda era desconhecida pelo elmo que usava.

— Perdão se o assustei, meu cavaleiro — desculpou-se em tom amigável, enquanto se aproximava de Vincent.

— Quem é você? — perguntou, desconfiado.

— Sou Enor, apenas um viajante curioso.

— Um viajante que traja ouro. Estranho.

— O que somos não define o que portamos, não é mesmo, Vincent?

O cavaleiro teve uma sensação estranha, um devaneio que não desejava ter.

— Sinto que já nos conhecemos. Como sabe meu nome? — perguntou.

— É mais famoso do que espera ser. Lembro dos grandiosos dias em que era guarda real de Aimir I.

— O que faz aqui, afinal?

— Vim procurar vestígios de Malogh, aquele maldito ser.

— Então viemos fazer a mesma coisa — contou Vincent.

— Pobre Vincent, pobre Vincent... Não deveria vir procurar por Malogh. Por acaso não se lembra da última vez em que tentou confrontá-lo?

Vincent arregalou os olhos, colocando a mão em seu peito esquerdo. Pensava repetidamente em como Enor sabia sobre o confronto ou como sabia de seu ferimento.

— Como sabe dessas coisas? — indagou, irritado. — Tire o elmo agora! — gritou com a mão no pomo da espada.

— Guarde suas forças para o dia de Héstia, Vincent. A Guerra Dourada está mais próxima do que imagina. Nos veremos em breve e eu o ajudarei. Que os ventos te guiem, cavaleiro.

Enor caminhou de volta para os escombros de onde viera e desapareceu na nuvem de fumaça que lá havia. O cavaleiro ficou intrigado. Como Enor sabia sobre o confronto com Malogh e em que havia resultado?

Vincent escondia algo marcado em seu peito e jamais deixou ninguém ver do que se tratava. Mesmo quando se deitava com Lauren, não retirava a camisa; e quando se banhava, nunca estava perto de alguém. Ele escondia mais segredos do que qualquer um poderia imaginar e temia ser descoberto. Até mesmo ele temia quando voltava a pensar em seu passado. Entristecido, caiu de joelhos no chão, chorando e relembrando o dia em que Aimir I fora assassinado, sentindo-se culpado por não ter conseguido salvá-lo naquela noite. Como também não tinha conseguido salvar sua família.

"Pobre cavaleiro", diziam em segredo. Um cavaleiro fracassado e assombrado pelo seu próprio passado, pelas suas próprias escolhas. Vincent puxava os cabelos castanhos a fim de se castigar pela dor que sentia no mais profundo de seu coração. Enquanto se castigava, notou um pergaminho enrolado em perfeito estado no chão, certamente havia sido deixado por Enor antes de partir.

Eu o vi, eu juro que o vi! Suas asas cobriam o sol, tal como a lua que durante a noite ilumina a escuridão. Seu rugido ensurdecia qualquer um a milhas de distância, e seu tamanho era maior que qualquer coisa que já vi na vida. Por onde passava, deixava um rastro de gelo que cuspia de sua boca em enormes quantidades. Era ele, Namíra, o dragão de gelo, a encarnação de Valindra. Ele veio para proteger Hiren-gaal das sombras trazidas por Malogh. Seu grandioso poder deteve grande parte dos exércitos do mal, e só descansou quando Malogh foi derrotado. Então o vi pela última vez, sobrevoando o céu, indo para o leste. Espero, um dia, ver algo tão majestoso novamente.

18

O FANTOCHE

Pânico reinava nos grandiosos salões de Vérion, e Sven carregava grande parte do fardo do medo, caminhando de um lado para outro, impaciente, esperando respostas. A porta principal do castelo se abriu, assustando grande parte dos que dentro estavam.

— É isso que pertence a Malogh e que ele busca tanto! — disse Evendros, desembainhando a espada, levantando-a para que todos pudessem ver. — Esta lâmina foi forjada das profundezas da caverna espiral, na qual Kalima residia. Durante a primeira era, Malogh criou Kalima e a escondeu nas profundezas de nossa terra, buscando mantê-la em segurança, mas a deixou esperando tempo demais.

— Está me contando uma história de amor rejeitado, Evendros?

— De fato, meu rei. Malogh não buscou Kalima quando escapou de sua prisão e tal escolha deixou Kalima furiosa. Em Kalima, Malogh condensou parte de seu poder e agora ele a busca, tanto sua paixão como seu poder.

— Como sabe dessas coisas? — perguntou Hadgar, ao lado de Sven.

— O espírito de Kalima conversa frequentemente comigo e me contou essas coisas. Ela clama e chora, pois sou capaz de sentir seus lamentos em meu corpo — respondeu Evendros, sombriamente.

— Meu rei, está claro que Evendros perdeu a cabeça, e está amaldiçoado. Devemos tomar precauções quanto a ele — apontou Hadgar.

— Chega! Evendros, você devolverá essa espada amaldiçoada a Malogh para que ele devolva meu filho! — ordenou Sven.

— Isso não será possível, meu senhor. Kalima me deu uma escolha: eu poderia matá-la e acabar com isso; ou poderia converter sua vida e espírito em uma lâmina lendária e assim usar seu poder para a glória de nossa causa. Ao aceitar o acordo, seria impossível me desfazer da lâmina, pois pagaria com minha vida. Eu posso sentir essa negação em me desfazer dela, eu não sinto desejo algum de largá-la ou de entregá-la, nem mesmo se eu quisesse — declarou ele, em tom maldoso e ganancioso, contrariando seu rei supremo. — Deve haver outro jeito de resgatar seu filho; temos poder suficiente.

— Não podemos brincar com a vida de meu filho! — Sven gritou. — Estamos vulneráveis, e a cada dia que passa meu filho mais velho corre perigo! Nós iremos até os Campos de Lírios, onde ele disse que estaria. E você, Evendros, irá se desfazer dessa maldita lâmina por bem ou por mal, está entendendo? Partiremos ao anoitecer! — concluiu, dando por encerrado o assunto.

Evendros não era o elfo que outrora tinha sido. Pensava mais em si do que em seu povo ou na rebelião. Tornara-se ganancioso pelo poder que possuía e por isso permaneceu em silêncio quando Sven ordenou que entregasse a espada a Malogh. Uma tropa de cinquenta soldados élficos foi formada ao anoitecer e marcharam para os Campos de Lírios. Quando chegaram, o campo estava vazio, sem ser algum, e estranharam.

Longos minutos se passaram até que notaram uma anormalidade. Das cinzas eles vieram, da escuridão se levantaram, seguidos de uma nuvem de fumaça e perdição. Eram eles, os servos de Malogh, espíritos malignos em forma humana, trajando as vestes de ébano e empunhando as espadas negras. A multidão dos servos se prostrou. Malogh se aproximou e permaneceu na linha de frente. Puxou com grande força o seu braço para a frente e apertou em sua mão uma corrente negra, trazendo à tona Randovir, primeiro herdeiro de Sven, amarrado e temendo a morte.

O semblante de Sven era de pânico e temor, e os punhos estavam cerrados fortemente, como alguém que está à beira da loucura.

— Nosso trato, aquele que se denomina rei — sussurrou Malogh em tom frio.

— Primeiro, solte meu filho. Assim entregaremos a espada — exigiu Sven.

— Já não basta terem trancafiado Kalima em um pedaço inútil de aço, ainda desejam ditar regras? — perguntou, furioso, enquanto um forte vento soprava, apagando as tochas que os soldados élficos carregavam.

— Acontece — interferiu Evendros — que sua adorável Kalima não está satisfeita com a sua volta. Ela o esperou por muito tempo desde que a deixou naquela caverna profunda e escura. E, após retornar de sua prisão, nem se lembrou de onde a havia deixado. Agora, ela pertence a mim, e não pense que eu não o enfrentaria pessoalmente para defendê-la.

— Maldição, Evendros! O que pensa que está fazendo? — berrou Sven.

— Podia se apossar de qualquer maldição desta terra, elfo inútil, mas não da minha!

— Seu mestre não está satisfeito com você, não é mesmo? — zombou. — Sempre achei que você era o vilão que todos temiam. Mas agora sei... sei que é apenas um mero fantoche, e seu poder não é grande mesmo com a posse das luvnirs por dentro de sua cota de ébano. Eu sei, pois Kalima me contou — afirmou, trazendo à tona um segredo que nem mesmo os anjos sabiam sobre Malogh, sua criação.

— Algumas palavras não deveriam ser ditas para poupar dor e sofrimento, mas vocês não entendem — falou enquanto desembainhava a lâmina escura e perfurava o estômago de Randovir, enchendo-o de escuridão e maldade. — Pois agora eu os farei sofrer.

Malogh se envolveu em grandiosas cortinas de fumaça que, com a vontade de seu mestre, cobriram os Campos de Lírios de escuridão e temor. Sven havia berrado o nome de seu filho tão ferozmente que sua voz ecoou por trás das montanhas e sobre as ondas do mar, fazendo os corvos, que nos galhos das árvores espreitavam, voarem para longe.

O confronto entre os servos de Malogh e os elfos negros se iniciou e, embora a rebelião estivesse em desvantagem, Evendros conjurava magia negra a partir de Kalima e defendia seu povo com coragem e ódio. Os soldados de seu sangue já não tinham mais respeito por Evendros, uma vez que a tradição dos elfos negros os proibiam de praticar qualquer tipo de magia. Aquele que se denominava rei caiu de joelhos em meio ao campo, e suas lágrimas regaram os lírios que outrora foram pisoteados durante o massacre do povo de Tevior, do reino de Akatash.

Ora, o lamento de Sven foi interrompido por seu próprio filho, que caminhou até seu pai. Ao fitar os olhos de Randovir, viu a escuridão que traziam consigo. Seu filho servia agora ao reinado do Lorde das Cinzas, e Sven teria uma tarefa tão dura quanto obter vitória em sua rebelião, duelar contra seu próprio filho corrompido.

O rei se levantou do gramado de lírios enquanto a batalha se tornava intensa e desembainhou a espada, fitando a de seu filho, que outrora bela e pura estava escura e corrompida.

— Eu lhe dei essa espada com o dever de fazer o bem, trazendo vitória e vingança ao nosso povo. Sua mãe não ficaria contente com isso, Randovir.

— Não há tempo para lamentar o passado, sinto muito — disse enquanto tentava desferir um golpe em seu próprio pai.

Sven se defendia de todos os golpes causados pelo seu filho, pois ele mesmo o havia treinado. O jovem era habilidoso nas técnicas de combate. Seu pai, a cada golpe defendido, lamentava a situação e sabia que para aquilo ter um fim teria de parar seu filho. Sven tinha grande orgulho do jovem príncipe, pois ele o seguiu e o apoiou mais que qualquer um na empreitada pela liberdade dos elfos negros e em sua rebelião.

O rei soltou um grandioso grito de ódio, reunindo toda a sua força, sabendo que se arrependeria do que faria a seguir. Ao desarmar o filho, fincou a lâmina em seu coração e repetiu a ação diversas vezes, tentando arrancar a maldição que lhe tinha sido imposta.

Ele chorou amargamente a cada golpe.

Randovir se contorceu como se a maldição que consumia seu corpo estivesse incomodada, cedendo por fim. Sven agarrou seu filho mais velho em seus braços, mantendo-o em seu colo, em meio à batalha, para lamentar o seu ato necessário.

— Eu sinto muito, meu filho, pois preparei todo o nosso reinado para você, meu herdeiro. E agora você se esvai lentamente deste mundo... — disse as palavras que deveriam ser ditas a alguém que estava partindo para outro plano. — Se os vedaín existem mesmo, eu espero que eles lhe recebam de bom grado no Palácio Vitorioso, pois seu nome está escrito nas Areias do Destino! – proclamou, indo contra a própria religião.

Sven deitou o corpo inerte de seu filho e se levantou como o próprio ódio encarnado, com uma fúria sem fim, e destroçou qualquer inimigo que cruzava seu caminho. A força que colocava em seu braço era tão grande que dilacerava os servos do mal. Pujante era a força dos elfos negros em sua extrema fúria, perante a perda de um parente próximo; e especial era a de Sven, por grande rei que era.

Evendros ficou frente a frente com Malogh, e sua cortina de fumaça se revelou, iniciando sem aviso um duelo. À medida em que a espada de Malogh colidia com a de Evendros, um grito de horror e desespero se ouvia e vinha do espírito de Kalima, com toda sua raiva e paixão. A mistura dos dois sentimentos causava eterno conflito.

Aranhas gigantes subiram da terra e atacaram os exércitos de Malogh. Algumas subiam no próprio Malogh, mas queimavam, como se o ébano que o cobria estivesse fervendo, e caíam mortas no solo. Embora corajoso o suficiente para confrontar Malogh, Evendros não podia detê-lo, pois a lâmina que portava consigo era parte do próprio poder do inimigo, e aquilo o deixava apenas mais forte. Como na profecia dos anjos, dita pelo próprio Timmóteo: "O único que deverá confrontar Malogh durante sua volta deve ser Fendrel, com Tempestade de Gelo".

Qualquer outro que tentasse detê-lo sem portá-la, teria seu fim breve, e a única lembrança que restaria era seu nome nas canções de tavernas vazias e melancólicas. A derrota dos elfos negros era iminente nos Campos de Lírios, pois os servos de Malogh eram muitos.

Evendros fincou a espada sobre o solo, e gritos ecoaram de sua lâmina sombria. Uma névoa de trevas surgiu do vão que a lâmina tinha causado. E, dali, Kalima surgiu em sua forma humana, lançando tentáculos de sombra e escuridão, contendo grande parte dos exércitos de Malogh para que os elfos negros pudessem regressar. O inimigo contemplava Kalima e sua chacina contra seus próprios servos e a admirava ainda mais. Desejava-a para si, como outrora, mas ela já não o correspondia.

No momento em que recuavam, Sven parou de correr e se virou para onde Malogh estava, sua ira era tanta pela perda de Randovir que não podia simplesmente fugir como um animal prestes a ser abatido. Ele correu em meio aos lírios já pisoteados e cobertos de terra e sangue. Seu coração batia fortemente, e ele estava disposto a morrer para vingar seu filho, se assim fosse preciso. Os gritos e o bater das espadas ao seu redor o enchiam ainda mais de coragem e determinação. Sua espada chamava pelo confronto final contra o inimigo. Sua cabeça devia ser arrancada, nem que isso custasse sua vida. As mãos apertavam a espada com tanta força que sangravam. Soltou um enorme urro de batalha, que afastou até mesmo os servos do inimigo.

Antes que pudesse chegar a Malogh, Kalima prendeu Sven em um de seus tentáculos sombrios e o levou para onde o resto de seu bando estava. Sua espada tentava golpear a sombra, mas nenhum ferimento causava. Evendros retirou a arma do solo e, em seguida, correu para junto de seus aliados, e Kalima desapareceu com o vento.

Não houve perseguição por parte de Malogh. Mas entre as estradas quietas e o queimar das tochas que carregavam consigo, ouvia-se o lamento de angústia e sofrimento do Lorde das Cinzas, clamando por vingança.

As palavras que Evendros havia proferido contra o inimigo, sobre ser apenas um fantoche, seriam espalhadas entre todos os reinos, graças aos soldados élficos que haviam presenciado a batalha. Logo todos ficariam sabendo que Malogh escondia em segredo um inimigo maior, que controlava o próprio Lorde das Cinzas.

O restante dos elfos negros haviam chegado à Floresta do Desespero, e lá, em segurança, decidiram parar para descansar e retomar o fôlego.

— Maldição, Evendros, maldição! — esbravejou Sven. — Por que simplesmente não deu a espada como eu ordenei? Agora meu herdeiro está morto! E a culpa é sua! Você carrega consigo magia negra e tal prática entre os elfos negros é punida com a morte. Você sabe disso e ainda assim escolheu esse destino, então se prepare para ser sentenciado.

— Não sou mais o mesmo desde que você me mandou para aquela caverna sem saber se havia como retornar. Eu sempre fui leal a você, à luta pela liberdade da nossa raça, mas sua falta de consideração me deixa irritado. Você não se lamentou por Elenor, que teve seu coração arrancado realizando uma tarefa que você ordenou! — acusou, enquanto sua voz se tornava escura e sombria, e sua espada negra começava a corromper a pele e a armadura lentamente. Aranhas se apresentaram do topo das árvores, fitando o bando de Sven.

— Está cometendo o maior erro de sua vida, Evendros. Para onde vai? Se pensa que essa espada lhe dará salvação, você está enganado — Hadgar interveio.

— Salvação? Não! Não busco salvação, nem me esconderei. Estarei em meu reino, se buscarem por vingança. Mas eu escolho permanecer no esquecimento de minha própria sombra. — Virou-se para Sven e o fitou. — Sempre fui fiel a você, Sven. Agora está na hora de ser fiel a mim mesmo.

Evendros se afastou lentamente do bando enquanto as aranhas desciam das árvores e se aproximavam dos elfos.

— Traidor! Não se esqueça de quem o livrou de eterna escravidão, seu tolo! Traidor! — Sven berrava enquanto seus soldados assassinavam as aranhas que os atacavam.

Por um tempo, não se teve mais notícias de Evendros. A província de Fhalsreach se tornou escura e sombria, agora que Kalima havia se manifestado por completo. Kalima surgia no corpo de Evendros como espírito e tomava conta de metade de seu corpo, tornando-o escuridão espiritual. Os moradores que habitavam Fhalsreach se tornaram melancólicos e, com o tormento que ecoava do castelo do rei, aceitaram o destino e seu novo reinado de sombra.

Havia chegado o tempo de lótus congelado e Essenia se tornou fria e serena. Um acordo selado durante a segunda era, entre os grandiosos reis de toda Essenia, dizia que, durante o lótus congelado, não se travaria batalhas e que deveria haver trégua entre todos os reinos e continentes. Da escuridão do vazio, não se tiveram também notícias de Malogh. Sua aparição foi suspensa em qualquer canto do continente, e, por um tempo, o povo de Hiren-gaal conseguiu viver em paz.

PARTE 2

19

A QUEDA DE PINE-FALLS

Da varanda do grande castelo de Acáy, Fendrel observava ao longo do oeste dragões sobrevoando em meio ao céu azul. Dentre os demais, o dragão de Pandora roubou a admiração do rei. Ao lado de Fendrel estava Wald, elogiando os encantos de Pandora para com a criatura. O lótus congelado não piorava a situação climática de Acáy, embora a região estivesse mais fria que o normal desde que Malogh havia retornado.

Fendrel acreditava fielmente sobre a profecia a ser cumprida, tal como o fim do reino dos anjos, e, embora ficasse entristecido ao pensar naquilo, havia de ser assim. Se seus deuses quisessem que os anjos se sacrificassem para que o continente pudesse viver em paz, então assim seria.

— Às vezes me pego pensando, Wald... Por que meu pai foi embora sem dizer nada?

— Algumas perguntas não possuem respostas, Fendrel, mas acredito que tudo acontece por um motivo. Se Findrath fugiu sem dizer uma palavra, ele teve seus motivos. Nunca conheci um ser tão honrado como seu pai, ele é lembrado até hoje em todos os cantos deste mundo.

— É uma heresia os continentes vizinhos não nos ajudarem — disse o rei, sentindo-se cansado daquele conflito. — Não acho que a justificativa de que o inimigo é somente nosso seja plausível. É uma batalha que deve ser travada por todos, pois o Lorde das Cinzas não vai se contentar com tão pouco. Ele quer o mundo, Wald. Se Hiren-gaal cair, o que acha que farão?

— Espero viver para ver os continentes vizinhos se aliando a nós, meu jovem.

— Você é um ancião, você viverá para sempre, Wald. — Os dois riram. — Noto como Pandora me olha, Wald. Ela busca algo que não posso dar, pois tenta me afastar dos meus deuses, mesmo tendo o dom dado pelos próprios Divinos.

— Ela é ingrata, sim. Qualquer um daria tudo para ter a Voz e o sangue de dragão. — Pensou um pouco. — Deve tomar cuidado com Pandora, Fendrel. Sua paixão pode ser sua ruína.

— Há tempos que Malogh não se mostra, acha que sua próxima aparição será na Guerra Dourada? — perguntou Fendrel, mudando de assunto.

— Não sei dizer, meu senhor...

Wald foi interrompido por um mensageiro que aparentava estar muito cansado. Era um olheiro das estradas que dividiam a região de Istíria e Lóren. Trazia a má notícia de que o exército dos elfos negros havia tomado o Forte do Carrasco e se preparava para marchar até Pine-falls. Seres sem honra, haviam quebrado a trégua durante o lótus congelado. Não havia mais tempo para avisar Aimir, pois o exército não marcharia a tempo. Fendrel convocou parte do exército dos anjos e ordenou que se preparassem para a guerra.

— Arafel! — gritou Fendrel, no pátio do castelo.

— Sim, meu senhor?

— Sempre se saiu muito bem nos momentos em que necessitei deixar o reino — afirmou, com um olhar vago. — Preciso que tome conta de Acáy mais uma vez. Onde está Uriel?

— Não a vi, meu senhor — respondeu Arafel.

— Preciso dela em Pine-falls. Quando a encontrar, diga para que voe até lá.

— Considere feito, meu senhor. Acáy ficará em boas mãos.

— Tenho muito orgulho de você, irmão. — Dizendo isso, pôs a mão no ombro do irmão, com esperança estampada em seu rosto.

Uriel havia passado tempo demais fora de Acáy e ninguém sabia onde andava. Seu sentimento de compaixão pelos orcs havia lhe deixado pensativa e por isso se desviara do caminho dos anjos.

Fendrel libertou as majestosas asas e todos os anjos o acompanharam, libertando-se. Voaram com destreza e rapidez e logo chegaram a Pine-falls, onde os exércitos de Salor já estavam em formação em cima das muralhas da cidade.

— Achei que não viriam. Aimir já está sabendo, mas é tarde para marcharem até aqui. Ninguém contava com isso, esses malditos quebraram a trégua que sempre cumprimos!

— Fique em paz, Salor. Defenderemos Pine-falls — afirmou Fendrel.

— Olhe só para esses homens: estão tremendo de frio. Não conseguiremos, Fendrel. Que Ragnar nos dê força!

Ao longe, avistaram o exército rebelde marchando lentamente. Era composto pelos elfos negros de Vérion e os homens de Istíria. O solo tremia como se um terremoto estivesse sacudindo a terra. O clima gélido cansava o coração dos homens de Pine-falls, fazendo-os ter medo. O exército rebelde se aproximou da cidade, permanecendo em formação. Da multidão de soldados surgiu Sven montado em um cavalo negro.

— Vocês estão em menor número. Dou-lhes a opção de se renderem e entregarem a cidade — propôs Sven.

— Primeiro perde sua honra ao assassinar o rei supremo desarmado em sua própria casa, e agora, em vez de tentar recuperar a honra, quebra a trégua que sempre foi seguida por todos os reinos, atacando no lótus congelado — rebateu Salor.

— O que me é honroso não cabe a você decidir, rei de Pine-falls.

Sven não moveu um músculo, mas a multidão atrás se afastou para que quatro guerreiros se colocassem ao lado do rei dos elfos. Eram os filhos de Sven.

— Ainda trouxe seus filhos consigo? É isso que ensina a eles? — perguntou Salor.

— Soube de Randovir, elfo — interveio Fendrel, com ardil em suas palavras. — Como é ter de matar o próprio filho e sucessor? Creio que pagou pelo pecado de assassinar Aimir I naquela noite.

Sven se encheu de ira e determinação, dando a ordem para invadirem a cidade. Um poderoso aríete de batalha foi trazido da fortaleza de Istíria, feito de metal. Uma saraivada de flechas foi lançada pelos arqueiros da

Aliança, a fim de dificultar a invasão, mas de nada adiantou. Os rebeldes conseguiram destruir o portão do castelo com o aríete; porém, quando os portões se abriram, centenas de anjos saíram, voando e desferindo golpes com as espadas de prata, assassinando muitos dos rebeldes. Após a deixa dos anjos, os homens de Pine-falls ficaram a postos por trás dos portões abertos e fizeram o que puderam para impedir os rebeldes de adentrarem à cidade.

Hadgar se transformou em um grandioso urso, maior que qualquer um já visto, e com sua força e resistência seguiu dilacerando aqueles que bloqueavam a passagem. Fendrel, que na sua forma milagrosa, com uma auréola brilhante como o sol posta em cima de sua cabeça, varria os inimigos como se fossem nada.

Salor duelou com Hadgar, deixando-o cego de um olho graças a um golpe feroz com Grito, mas, mesmo assim, foi derrotado. Salor permanecia deitado no chão, contorcendo-se de dor, deixando Grito cair de sua mão, mas sem soltar a espada. Hadgar se aproximava lentamente para devorar o rei quando foi interrompido por uma saraivada de flechas espectrais. Eram as flechas dos espectros de Uriel, conjurados a partir do pingente que a princesa carregava em seu colar. Hadgar, gravemente ferido, acabou fugindo da batalha.

Pandora havia chegado sobrevoando com seu dragão branco, fazendo o fogo consumir seus inimigos com facilidade. As forças da Aliança se mostravam maiores até então, e a vitória estava quase certa. Foi quando quatro dragões médios chegaram até a cidade, e montado no maior deles estava Shae. Seus dragões queimaram os exércitos da Aliança e destruíram as muralhas da cidade, fazendo-a entrar em grande colapso. O dragão de Pandora foi drasticamente abocanhado diversas vezes e não conseguiu lutar contra os outros quatro, vindo a perecer.

A queda do dragão sobre as casas da cidade fez com que Fendrel desviasse sua atenção para o local, a fim de ver se Pandora ainda estava viva. Sven aproveitou a oportunidade para avançar sobre o rei arcanjo e fincar a espada em seu estômago, ferindo-o gravemente. Uma trombeta foi tocada por Salor, alertando-os para que recuassem, pois a batalha estava perdida.

Os quatro dragões consumiram a cidade em fogo e cinzas, queimando também diversos inocentes até a morte. Uma torre de vigia se rompeu e caiu em direção ao confronto dos reis, que tiveram de se jogar para lados opostos, escapando da morte. Pandora se aproximou de Fendrel, que se mostrava surpreso pela elfa cinzenta ainda estar viva. A trombeta tocou por mais duas vezes e a Aliança recuou pela estrada norte, fugindo para Acáy.

A batalha terminava e os rebeldes haviam conquistado a província de Pine-falls, mesmo que tivesse sido preciso consumi-la em desordem, fogo e cinzas. Shae pousou diante de Sven, junto com seus dragões.

— Seus cavaleiros mostraram grande respeito indo até Arthan sozinhos. Considere tal ato como minha forma de recompensá-los, mas isso não nos torna aliados, certo? — disse Shae, enquanto levava seus dragões ao ar novamente e sobrevoava de volta para Arthan.

— Com certeza, minha senhora — sussurrou Sven para si mesmo. — Hiren-gaal pertence aos rebeldes! — gritou, por fim.

— Hiren-gaal pertence aos rebeldes! — seus soldados gritavam repetidamente, levantando as espadas.

20

AS MANCHAS DA HERESIA

Forte era a nevasca na província de Acáy. Grande parte dos que sobraram dos exércitos da Aliança pereceram antes de chegar à cidade. Os anjos não sofriam com o frio, a tempestade nem os abalava, mas os homens eram frágeis. À frente de todos, seguia Fendrel, trôpego, ferido gravemente no estômago pelo golpe que Sven havia lhe causado.

Os portões se abriram e ele adentrou. Todos ficaram paralisados, observando o rei sofrendo, mas nada faziam. Havia algo de errado com ele, todos ali sabiam. Fendrel sempre fora sério, severo e seguro de si, portanto jamais haviam visto o rei perder qualquer batalha que fosse.

Debilitado, caminhou lentamente entre as ruas da cidade até a igreja, seguido pelo exército, que parou para cuidar dos feridos. Desde que Vincent havia adentrado os portões de Acáy contando sobre a volta do inimigo, Fendrel não tinha visitado mais a igreja e se sentia culpado por isso. Diferente de outros dias, a igreja agora estava cheia, e todos voltaram a atenção ao rei, que entrava cambaleando. O arcanjo deixava rastros de sangue por onde passava. Seguindo até o altar, ele caiu de joelhos diante da estátua dos Seis que havia ali.

— Divinos, deem-me forças, pois a vocês confio minha vida, assim como confio meu coração. Encham-me de vida, curem minhas feridas, perdoem minhas escolhas, por mais obscuras que sejam, pois me afastaram do poder divino...

Naquele momento, o silêncio que cobria a igreja foi interrompido pelas fortes orações de todos que estavam presentes. Fendrel respirava profundamente, com os olhos fechados, banhado com seu próprio sangue. As asas, que outrora eram brancas como a neve, agora carregavam a forte cor de rubi. Ora, os portões se abriram novamente, e todos tiveram a atenção voltada a eles. Era Pandora. Trazia consigo o fardo do ódio, raiva, e desespero. Estava completamente fora de si.

— Aqui encontro o rei de Acáy, caído feito um fraco, após perder um reino inteiro e deixar milhares de inocentes morrerem, se não pelos inimigos, pelo próprio frio! — esbravejou, caminhando no tapete vermelho em direção a Fendrel. — Onde estavam seus deuses, Fendrel? — continuou. — Você vem até a igreja e espera que aqueles fracos que foram corrompidos lhe ajudem? Onde você estava quando eu quase morri caindo com aquele dragão? Seus deuses são patéticos!

— Não ouse blasfemar contra meus deuses, Pandora! — Fendrel se levantou e sua voz soou como um trovão.

— O que há de fazer? É tão fraco quanto achei que fosse. Não conteve a horda dos rebeldes! — Passou por Fendrel até chegar às estátuas. — É isso que você adora? Imagens feitas de concreto? Patético! — zombou, dando um golpe horizontal com seu escudo, destruindo as estátuas do altar.

A cidade inteira caiu em um silêncio sepulcral. A conversa entre os moradores e comerciantes teve fim, o bater do martelo dos ferreiros se rompeu, os cães de rua não mais latiam e até as fortes nevascas cessaram. Logo, um grande temor atingiu todo o povo. O teto da igreja se desfez, incendiado de forma inexplicável.

Enquanto tudo isso acontecia, as feridas de Fendrel começaram a cicatrizar sozinhas, de forma cruel e dolorosa, como se estivesse sendo consumido pelo fogo. Do grandioso céu abençoado por Ýris, uma luz dourada desceu como um raio até Fendrel, e seu rosto reluziu com esplendor. A auréola que surgiu em sua cabeça era feita de uma coroa de espinhos, que ardia em chama profunda. Pandora se arrependeu do que havia feito, temendo pelo que poderia acontecer. Ora, se antes admirava Fendrel e se apaixonara pelos seus belos olhos azuis, agora sentia medo e pavor.

Fendrel caminhou até Pandora e desferiu um golpe que estraçalhou a lança e o escudo como se fossem nada. Sem proferir palavra alguma, fincou sua lâmina divina no coração de Pandora, que cambaleou para os braços do rei, derramando seu sangue sobre o corpo de Fendrel, assim como as asas.

— Ma... Mas... Como você pôde? Como pôde um anjo destruir meu coração? — disse ela, expressando seus sentimentos, bem como suas últimas palavras. — Isso é um erro.

— O meu único erro foi ter me sujado com suas manchas de heresia! Agora estou coberto com sangue imundo e impuro — respondeu Fendrel, jogando as palavras, tirando a espada do corpo dela e arrancando a runa de Malogh que ela havia tomado para si.

Os irmãos do rei adentraram o recinto juntamente com Wald. Todos ficaram inconformados com o que viam; um assassinato dentro da sagrada igreja de Acáy era a maior mancha de heresia que poderia haver na Cidade Santa.

Fendrel caminhou até Wald com semblante de determinação e ódio.

— Está na hora de adiantar a Guerra Dourada, Wald — informou ao ancião.

— Mas, senhor... o exército de Pine-falls se foi! Não teremos a chance de lutar apenas com o exército dos anjos e os homens de Aimir! — argumentou Wald.

— Eu confrontarei Malogh em um combate corpo a corpo, assim como meu pai o fez. Venho me preparando para esse destino há muito tempo.

— O que devo fazer, meu senhor? — perguntou.

— Mande uma mensagem para Vincent e o convoque junto com James. Imediatamente! — ordenou.

Ao olhar as estátuas dos Divinos em pedaços, em meio ao piso de madeira da igreja, notou algo intrigante. Havia uma única estátua que tinha permanecido intacta, a de Arkay, deus do fogo e da justiça.

Fendrel ordenou que limpassem toda a bagunça, que refizessem as imagens à semelhança dos Divinos e que a estátua de Arkay fosse mantida.

Wald havia saído para mandar a mensagem para seus amigos. Os irmãos do rei não disseram uma palavra sequer e deixaram a igreja. Quando o rei arcanjo saiu, todos o fitaram e o julgaram em segredo. Incomodado, utilizou as asas e voou até seu castelo, poupando-se do juízo de terceiros.

Foi até seus aposentos, onde se banhou nas águas sagradas de sua banheira. Ali, permaneceu por um longo tempo e suas forças foram renovadas.

Uriel e Arafel, no outro lado do castelo, tentavam socorrer Salor, que agonizava. Os homens que restaram estavam ao seu lado, apoiando-lhe e dando forças.

— Meus filhos! Onde estão meus filhos? — perguntava Salor.

— Meu senhor — um guarda deu dois passos à frente —, seus filhos estavam no Forte do Carrasco antes de ser tomado, não sobreviveram...

— Isso não pode estar acontecendo... não pode! — tentava gritar, mas as dores não permitiam. — E Serana? Por que demora tanto para vir me ver?

O guarda hesitou em contar, mas sentiu que deveria.

— Serana se suicidou ao saber sobre os filhos, meu rei.

— Saiam daqui todos vocês! Todos!

— A única que escapou foi Naya, mas não temos notícias de onde ela esteja — concluiu, fazendo uma reverência e se retirando.

Salor sofreu por longas e terríveis horas, lamentando a morte de seus filhos e se arrependendo de não os ter levado para a cidade.

Naya, embora houvesse conseguido fugir do massacre, não se apresentou para Salor, nem a ninguém.

Já Uriel precisava da clava de Salor, para salvar a fortaleza dos orcs; no entanto, não parecia uma boa hora. Arafel e Uriel partiram para seus dormitórios, pois sabiam que Salor não suportaria a dor causada por Hadgar e viria a falecer em breve.

•

Dias depois, Vincent e James adentraram o castelo de Acáy junto com Lauren e Dust. Sentado no trono de gelo estava Fendrel, renovado e sério, e Vincent notou algo incomum no rei.

— Meu senhor, soubemos sobre Pine-falls. Jamais imaginaríamos que os elfos... — Vincent foi interrompido.

— Não o chamei aqui por isso, Vincent. Como Aimir está?

— Furioso com os rebeldes.

— Estamos cada dia mais fracos e, se quisermos derrotar Malogh, temos de agir rápido. Nós sabemos do que o garoto é capaz, e está chegando a hora. Ele deve aprender, não há mais o que esperar.

— Do que ele está falando, Vincent? — perguntou James.

— Uma bênção caiu sobre mim alguns dias atrás e eu vi coisas que não podem esperar — continuou Fendrel, ignorando a pergunta do garoto. — Não há mais desculpas. James tem de ir até as Terras Corrompidas e libertar Kairon.

— Eu descobri esse destino, mas evitei, pois achei que não teria chance alguma de ir até essas terras — confessou James.

— Se continuar evitando, todos morreremos.

Fendrel se levantou de seu trono e deu as costas para seus amigos.

— É verdade o que estão dizendo sobre Pandora? — Vincent berrou, sem conseguir conter sua indignação.

— O tempo está passando, Vincent — Fendrel falou, caminhando para os corredores.

— Maldito! Se Findrath estivesse aqui... — sussurrou.

•

Os quatro saíram de Acáy e traçaram a rota para o Porto Cinzento, pois precisavam de um barco. No meio do caminho, encontraram com uma figura já conhecida, Enor. O aventureiro misterioso vestia seu equipamento de sempre e caminhava no sentido contrário dos quatro amigos.

— Enor, o que faz aqui? — perguntou Vincent.

— Vim lhe ajudar. Chegou a tão esperada hora, e vocês precisarão de ajuda nas terras a que irão.

— Não irei perguntar como sabe de nossa tarefa. De qualquer modo, não precisamos de ajuda — retrucou Vincent, deixando Enor para trás.

— Diga-me, Vincent. Acha mesmo que os barcos da Frota Cinzenta irão durar até as Terras Corrompidas? Ao menos sabe como chegar lá? —

confrontou Enor, e os quatro pararam e se viraram. — Precisam da minha ajuda e vão aceitá-la — afirmou, sério.

— Quem é esse, afinal? — perguntou Lauren. — Por que esconde seu rosto, viajante?

Vincent sentiu a forte dor no peito e pôs a mão por cima de sua armadura acolchoada.

— Tudo bem, virá conosco. — Vincent mudou sua opinião sem ao menos pensar.

— Vincent, o que há? — perguntou Lauren. — Simplesmente deixará esse homem misterioso velejar conosco?

— Lauren... — hesitou. — Você não vem com a gente. É uma elfa negra, você não suportaria velejar, nenhum elfo negro suporta a pressão do mar.

— Eu o seguirei para onde for e morrerei se assim for preciso para ajudá-lo! — expressou seu sentimento.

— Vincent tem razão, Lauren. Essa tarefa não é para nós. Vamos ficar e cuidar dos outros; muitos precisam da sua ajuda — aconselhou Dust, enquanto pulava nas pernas de Lauren e abanava seu rabo.

— Você é sem dúvida o melhor cão que já existiu, Dust. Fico feliz por ter te conhecido — ressaltou James.

— Minha senhora, faço isso por você, pelo nosso povo — declarou Vincent. — Devo acompanhar James nessa tarefa ordinária e eu juro que voltarei. Meu retorno será para te amar pela eternidade. Juntos, construiremos uma família e seremos felizes como nunca fomos.

Após se despedirem, Enor traçou uma nova rota para o norte, avisando aos seus novos companheiros que possuía um barco à sua espera. Uma embarcação forte o bastante para aguentar os perigos da viagem. A caminhada os levou até o extremo norte, à Praia Prateada, e ficaram um tanto maravilhados e incomodados com o que viam. O barco era o maior que Vincent já tinha visto, e James estava deslumbrado.

A nau era feita de madeira reforçada e metal. Sua vela não levava o brasão de duas espadas cruzadas dos rebeldes, nem a coroa da Aliança, o que deixou Vincent ainda mais intrigado, perguntando-se como Enor possuía um barco daquele porte sem pertencer a frota alguma. Sua vela era totalmente negra, com rasgos e furos, como se o barco tivesse séculos e nunca tivesse sido consertado. Quando subiram, notaram que não havia tripulação alguma no convés, e o alçapão para o piso inferior estava trancado com correntes grossas.

Sem Enor dar ordem alguma, o barco zarpou da Praia Prateada e seguiu para noroeste, navegando com agilidade.

— Meu senhor, pode ser coisa da minha cabeça, mas o barco está velejando rápido demais, porém tripulação alguma consegue remar com tanta força assim — mencionou Vincent, desconfiado.

— A vida sempre nos surpreende — instigou Enor, soltando uma risada misteriosa.

Vincent sentia um incômodo constante quando estava ao lado de Enor, e algo em seu peito queimava frequentemente. A dúvida que mais torturava os neurônios do cavaleiro era sobre a aparência de Enor, pois ele nunca se revelou verdadeiramente. Um corvo negro que rondava o barco pousou nos ombros do homem misterioso e crocitou olhando para Vincent, como se o estivesse julgando.

— Diga-me, por que está sempre de elmo? — investigou Vincent. — Velejamos juntos e não sei sua verdadeira aparência.

Enor permaneceu em silêncio, deixando Vincent com sua incerteza.

O barco parou forçadamente, rangendo, e uma forte tremedeira fez com que os dois tonteassem e o corvo de Enor saísse de seu ombro, voando e crocitando em volta do barco. James caiu do barril em que estava sentado e Enor pediu rapidamente que os dois se escondessem com agilidade.

— O que houve? Por que paramos? — perguntou Vincent.

— Não há tempo para explicação, simplesmente se escondam e não façam barulho algum!

— Não vou a lugar algum até me dizer o que está acontecendo!

— Vá, agora! — Sua voz se tornou intensa, e, quando apertou o braço de Vincent com tamanha força, o peito do cavaleiro ardeu tremendamente.

Vincent e James se esconderam embaixo de um grandioso tapete de algodão velho e olhavam pelos buracos o que viria a seguir. O barco estremeceu repetidamente, e, diante de Enor, uma fera colossal apareceu, erguendo o barco com uma das mãos até ficar à altura de seu peitoral. A face da besta possuía uma aparência humana, porém, no lugar de pernas, havia cinco serpentes gigantes. Eram verdes e ferozes, tão ferozes que atacavam umas às outras quando incomodadas.

Vincent não acreditou no que via, tampouco James, que se mostrava boquiaberto. As lendas realmente eram verdadeiras, a fera do mar existia. Enor não se mostrou nem um pouco assustado ou com medo, permanecia firme, sem mover um centímetro para qualquer direção.

Escalando pelas laterais do barco, uma criatura entrou no convés. Um de seus braços era composto pela garra de um caranguejo, tão afiada quanto lanças; em suas costas havia uma pesada âncora antiga, com lodo e ferrugem. Seu semblante era de ódio, e ele resmungava palavras estranhas, desconhecidas por Vincent e James.

— Achou que podia se esconder para sempre? É um tolo vindo para o mar, pois esse é o *meu* domínio — disse a criatura, com grande soberba e arrogância.

— Sabe muito bem, meu caro, que não fugiria de você nem se desarmado eu estivesse — respondeu.

— Temos um acordo e você deverá cumpri-lo. Não ouse enganar o senhor dos mares!

— Absalom, o amaldiçoado — Enor disse o nome da criatura com desdém. — Só existe um senhor dos mares. Neste momento ele presencia suas palavras de arrogância — retrucou Enor.

Os ventos se tornaram intensos e as ondas marítimas, raivosas.

— Falando assim até parece que você nutre admiração por ele — zombou. — Mas não acredito nisso depois de tudo que fez.

— Você ousa tomar os mares de Alduin como propriedade apenas porque possui uma fortaleza nas profundezas do oceano. Acho, inclusive, que Alduin, o deus dos mares e dos ventos, é misericordioso o bastante para deixá-lo achar que possui algum poder sobre os mares.

— Trabalhe no nosso acordo, Azrael, ou as consequências serão grandiosas — finalizou e saltou para o mar, assim como sua fera, que soltou o barco e fugiu para as profundezas.

Vincent saiu de debaixo dos tapetes de algodão e caminhou furioso na direção de Enor. James o seguiu. No pensamento de Vincent passava diversas coisas que o deixavam confuso. Pensou na possibilidade de estarem sendo enganados e partindo para uma armadilha.

— O que diabos foi aquilo? Que criatura era aquela? E o que quis dizer com "Azrael"? — disparou as perguntas.

— Maldito Absalom! — Enor suspirou fundo. — Creio que agora não há escapatória.

Enor elevou seu olhar aos céus e, em seguida, para o horizonte dos mares, pensando repetidamente se a escolha que estava prestes a fazer seria mesmo a certa.

— Azrael é a personificação da morte e esse nome não deve ser concedido a pessoa alguma — afirmou Vincent.

— Sim, Vincent, tem razão — assumiu ele, retirando o elmo. — Eu sou a personificação da morte.

21

PARA ONDE VÃO AS CINZAS?

Por trás do elmo de Enor, agora descoberto ser Azrael, o Senhor da Morte, havia uma bela figura. Pele lisa, olhos azuis e cabelos encaracolados. De início, Vincent e James não acreditaram nas palavras dele, ainda mais depois de retirar o elmo. Pensavam que a morte não deveria aparentar uma figura bela e encantadora, e sim horrenda.

— Escolhi a forma que desejava, pois meu objetivo era não ser reconhecido por ninguém e, por essa razão, consegui ofuscar minha aparência por mais de duas eras.

— Ninguém ouviu falar de Azrael desde o mito sobre a queda — disse Vincent, como se não estivesse falando com o próprio Senhor da Morte. — Por que se aproximar agora?

— Eu busco o perdão dos Divinos pelo meu erro soberbo e desejo de superá-los. Malogh deve ser derrotado e, se eu ajudar, talvez possa recuperar meus verdadeiros poderes.

— Então você não tem poderes aqui?

— Eu caí sem poder algum, mas adquiri algumas coisas.

— Então é verdade o que dizem: você realmente foi expulso do paraíso por querer superar as outras divindades? — perguntou James, curioso.

— Jamais diga que fui expulso novamente, garoto! — A voz de Azrael se tornou sombria e tenebrosa, e sua pele transmutou, aparentando escuridão, como a noite, e vultos de almas tentavam fugir de seu corpo, gritando.

Ali, tiveram a certeza de que Azrael realmente era o Senhor da Morte. Ele agora ameaçava James e parecia estar fora de si. Vincent empurrou o garoto para trás de seu corpo e, antes que Azrael pudesse chegar até ele, desembainhou a espada e tentou atacá-lo, mas algo o impediu: ele não sabia o quê. Sentia impotência e fortes dores e acabou largando a lâmina no chão sem compreender o que estava acontecendo.

— É incrível como tenta ser sempre o herói, Vincent, mas não pode se esconder de seu passado e das coisas que fez nele. Deve aceitá-lo.

— Eu já o aceito, morte!

— Não, você aceita o que sua mente deseja — continuou. — Nós dois sabemos como realmente aconteceram as coisas em seu passado, você não se lembra?

— Mas... o que é isso? — perguntou Vincent, ao observar o horizonte.

Os mares se tornaram escuros e sombrios. Nuvens negras cobriram o sol que brilhara no céu. Uma tenebrosa ilha se apresentava à frente. As Terras Corrompidas.

O barco de Azrael se movia com a força das almas, que no piso inferior serviam ao seu mestre. Jamais haviam estado em terras tão assombradas e temeram isso. Lembraram-se das coisas que contavam sobre aquele lugar, no qual até o ar que respiravam era venenoso e amaldiçoado, e que nem mesmo os anjos, os mais corajosos de todo o império, ousavam ir.

— Aconselho vocês a tomarem cuidado, estas terras são malditas — aconselhou Azrael.

— Já estamos tomando cuidado, temos a morte como nossa companheira de viagem.

— Isso não é incrível? — questionou, sorrindo.

Quando desembarcaram nas Terras Corrompidas, Vincent e James sentiram uma sensação ruim. As gaivotas não cantavam e o belo som das ondas não se podia ouvir. Ao longe, era possível enxergar um gigantesco vulcão, tão grandioso que topava as nuvens, e sua erupção era de tanta fúria que lançava bolas de fogo por toda a ilha. Era chamado Rivenfire. Antes que pudessem prosseguir, Azrael retirou a armadura de ouro, revelando uma armadura acolchoada negra por baixo. Ela era coberta por um manto longo com capuz negro. Este possuía rasgos, como se fosse velho.

Um corvo negro, que tinha uma parte de seu corpo apodrecido, mostrando apenas os ossos, pousou no ombro de Azrael. Era Indra, o Corvo da Morte. O caminho que percorriam era seguido de florestas mortas e pântanos assombrosos. Ao notar Indra inquieto, Azrael alertou aos dois companheiros que parassem a caminhada e tomassem cuidado.

Gárgulas demoníacas, vindas das profundezas do Rivenfire, que tinham o tamanho de águias e chifres de bronze, surgiram em grande quantidade. Elas rondavam e se aproximavam dos três viajantes, portando consigo fúria e sede de sangue. Azrael se colocou na frente dos outros dois e desembainhou a espada longa. As criaturas, ao olharem para a espada, tinham a visão queimada, o que fazia com que fugissem, soltando gritos de agonia. Poderosa era a influência de Azrael com a espada longa que ele havia tomado para si antes de sua queda, pois nela estava condensada sua essência como Senhor da Morte.

— O que buscam está dentro do vulcão, mas não se preocupem. Não reside apenas fogo em seu interior, há uma fortaleza esquecida — mencionou Azrael.

— Bem, então vamos logo!

Vincent avançou, mas foi parado por Azrael.

— Muito cuidado, não vão querer acordar Quártuun e Vósluun.

— Do que está falando? — perguntou James.

— Observe aos pés do grande vulcão, com atenção.

Paralisados como rochas, escondidos pela sombra de grandes nuvens cinzentas, estavam adormecidos dois terríveis dragões. Quártunn e Vóslunn, os gêmeos do Lago de Fogo. Tinham as escamas de cor avermelhada e seu corpo era repleto de chifres. Encantados pelo misterioso, os gêmeos guardavam a entrada de Rivenfire contra intrusos. Enfrentá-los seria suicídio; no entanto, não havia outra passagem para o interior do vulcão.

Foi quando James, mais confiante do que nunca em descobrir seu propósito e conhecer Kairon, sugeriu que passassem despercebidos pelos dragões gêmeos. Após discutirem a ideia do menino, decidiram acatá-la. Porém, James sentiu que deveria realizar a tarefa sozinho, pois o propósito com Kairon era seu, impedindo assim os dois de arriscarem suas vidas. De malgrado, Vincent foi convencido por Azrael.

Encorajado, James caminhou pela estrada de rocha e obsidiana, cercada por lava e enxofre, e passou por entre os dragões, que jaziam adormecidos feito pedras. Por trás das criaturas, havia uma grande porta dupla de ébano, que James abriu sem medir esforços, cautelosamente. Enfim, havia conseguido vencer a maior ameaça, por ora. Agora, sua tarefa era encontrar Kairon e o libertar.

O Rivenfire era repleto de corredores com tochas acesas iluminando o ambiente esquecido. James caminhou de corredor em corredor, subia e descia escadas, e nada encontrava. Começou então a ouvir sussurros em sua cabeça e seu coração o guiou em meio aos corredores infinitos. Aqueles sussurros eram iguais aos que outrora James tinha ouvido no castelo de Acáy e que o guiara até o Altar Sagrado. Os sussurros levaram o garoto até uma câmara diferente das outras. Não sabia como, mas o ar ali era mais confortável. Ao centro da sala, havia um pilar e sobre ele havia uma joia tão vermelha quanto o sangue dos mais puros.

James sabia que ali estava Kairon, aprisionado pelo inimigo. O garoto pegou uma de suas flechas e, sem ter certeza do que estava fazendo, cravou a ponta na joia, destruindo-a. Uma esplêndida luz se formou do centro da sala e iluminou todos os corredores do Rivenfire, cegando James.

Tão forte fora a luz que os gêmeos do Lago de Fogo acordaram e rugiram com sentimento de fúria e liberdade. Eles voaram para longe das Terras Corrompidas.

James desmaiou e, quando voltou a ter consciência de seu corpo e mente, notou que estava em um local completamente diferente. Era um enorme campo, repleto de grama verde e montanhas, porém, envolvido por fumaça e névoa, dando a ele pouca visão sobre o local.

Chamava por Vincent, mas ele não respondia. Até que, entre a névoa cinzenta, diante de James, apresentou-se uma enorme criatura, com corpo de homem e cabeça de elefante. Segurava um cajado de ferro e vestia uma armadura de prata e ouro em seu corpo. Sua grandeza era tanta que era possível esmagar James com apenas um dedo.

— Guardião? — perguntou, fascinado em contemplar a criatura.

Ele se aproximou de James, ajoelhando-se.

— James, esperei muito por sua chegada.

— Eu vim de muito longe, pois me disseram que apenas você poderia dizer o meu propósito nisso tudo — o menino contou, começando a chorar.

— Vocês, humanos, são fascinantes. A emoção que expressam através de seus sentimentos e a forma como reagem a tudo é simplesmente incrível. Meu garoto, nosso grande Criador despertou milhares de seres, mas foi em você que ele deixou a sua marca. Essa mancha que tem em seu braço é a marca de Clavicus Mora. Em você foi depositado um grande dom e é por isso que Malogh o procura tanto.

— Como assim?

— Você é a chave, menino.

— A chave para quê?

— Para os portões do Palácio Vitorioso. O único jeito de adentrar nas terras imortais é através de você.

— Eu não entendo... Eu não sinto nenhum dom correr em meu corpo.

— Oh, sim, isso é porque seu dom ainda não foi despertado, pois você não teria chance alguma de controlá-lo. Clavicus queria que você me encontrasse para isso; sempre quis.

— Se Malogh precisa apenas de mim, por que ele buscava Kalima?

— Kalima é parte do poder de Malogh, ele a desejava apenas para se fortalecer fisicamente. Sem você, porém, ele não é nada. Bem, contei-lhe o motivo de Malogh procurá-lo, mas não lhe disse seu propósito ainda. Você é o escolhido, aquele que despertará Namíra novamente e talvez a única esperança dos anjos não caírem.

— Mas... como? Como isso é possível?

Era difícil para James aceitar tudo o que ouvia.

— Você estava destinado a me encontrar, James. A capacidade de despertar Namíra está em você, mas está selada. Eu a libertarei. Quanto aos anjos, é verdade. Se Tempestade de Gelo confrontar Malogh uma segunda vez, ela se partirá. Porém, há uma maneira da lâmina derrotar Malogh sem se quebrar. Há uma forma de mudar o destino dos anjos, e o próprio Malogh causou isso. Malogh de fato roubou as luvnirs do Palácio Vitorioso. As luvnirs contêm poder divino, porém, estão corrompidas. Com o sopro gélido de Namíra, as joias brilharão e servirão à luz novamente. As joias devem ser postas no guarda-mão da Tempestade de Gelo antes de confrontar Malogh. Assim, a profecia poderá ser cumprida sem o fim da dinastia dos anjos.

Kairon se levantou e apontou o cajado para James, então uma corrente de força e coragem correu por ela e o menino a recebeu, cedendo seu corpo e alma, tornando-se mais forte que antes. Ali, uma nova vida foi dada a James, pois, de Kairon, o guardião dos deuses, recebeu a bênção do próprio Criador e descobriu ser o escolhido dentre milhares de seres.

Ele era a chave para o paraíso.

•

— Onde James se meteu? Já faz horas! — resmungou Vincent, impaciente, andando de um lado para o outro.

— Tenha paciência — aconselhou Azrael, encostado atrás de uma rocha, afiando sua espada.

— Os gêmeos já voaram, vamos procurá-lo!

Tremores abalaram a terra e os dois tiveram dúvidas, então se prepararam para o pior. Correram até um pico próximo para terem visão do que se tratava, e Vincent ficou impressionado com o que viu. Era James acompanhado de Kairon.

Vincent abraçou James com tanta força que o sufocou.

— Estou bem, estou bem! — disse James, sorrindo.

— Você é um homem muito corajoso, trazendo James até estas terras, onde ninguém mais ousa pisar — Kairon elogiou Vincent.

— Obrigado, mas não teríamos conseguido se não fosse por Azrael — informou, enquanto Azrael se aproximava dos três.

— Azrael? Como pode? — Kairon rosnou, furioso.

— Kairon, quanto tempo. Eu os guiei até aqui, pois quero me redimir. Malogh saiu do controle e quero ajudar os povos do império a derrotá-lo. Sei que foi um grande erro, mas estou arrependido de tudo — explicou Azrael.

— De fato, foi um grandioso erro, mas até os mais propensos à maldade são capazes de se redimir. Ter se rebelado contra seus irmãos e planejar em segredo a destruição deles é aceitável, mas criar Malogh a fim de provar seu valor para os vedaín foi o cúmulo...

— Como é? — interrompeu Vincent. — Quer dizer que Malogh foi criação sua?

— Foi por causa dele que perdi a única pessoa que eu tinha, perdi meu lar e todos os meus amigos — James murmurou, com os olhos cheios de lágrimas.

— Se eu pudesse desfazer o mal que assombra estas terras, com certeza faria. Pois de mim Malogh foi criado e por mim pode ser parado, mas para isso o poder divino deve voltar para o meu domínio. Mas, como não há uma maneira de fazer isso, desejo ajudar na luta e pedir perdão aos meus irmãos.

— Há uma maneira, Azrael, de recuperar o que lhe foi tirado e assim voltar a ser o Senhor da Morte, aquele que tanto julgou ser inferior aos outros.

— Do que está falando? — perguntou Azrael.

— Através do perdão você poderá receber seus dons, caso jure seu propósito em deter Malogh na Guerra Dourada.

— Neste caso, eu imploro por perdão e faço aqui meu juramento em parar Malogh e assim me redimir com meus irmãos.

Azrael se ajoelhou.

— Eu lhe dou a bênção de Clavicus Mora e, pela permissão a mim concedida, entrego-lhe todo o poder que um dia foi tirado de você. A partir de agora você é o Senhor da Morte novamente.

Uma grande névoa escura saiu do cajado de Kairon e cobriu Azrael, que permanecia prostrado. James e Vincent se afastaram da névoa. Rodeado, como alguém no centro de um tornado enfurecido, Azrael se levantou. A espada que carregava consigo se tornou pó e se foi com o vento. Uma tenebrosa foice caiu dos céus em velocidade extraordinária e fincou sua lâmina larga diante de Azrael.

Ao sair da grande cortina de fumaça, vestia três mantos negros e um gorro escondendo sua aparência. Ele flutuava com seis asas de penas negras em suas costas. Azrael tomou a foice para si, e grandiosos foram os raios e trovões que atingiram aquelas terras e o mar em volta delas. Azrael havia retomado seu título de Senhor da Morte e sua forma era horrenda e tenebrosa, assim como sua foice gigante curvada de ossos com a lâmina larga.

Ora, não havia verdade nem seriedade nas palavras da criatura. Diga-se de passagem, a morte é sempre a morte. Trapaceira e mentirosa, ardilosa e maliciosa. Azrael rapidamente voou em direção a Kairon com sua foice em mãos e o decepou sem medir esforços.

— Maldição, não! — berrou Vincent, desembainhando a espada.

James tentou correr, mas foi aprisionado por braços esqueléticos que surgiram de debaixo da terra. O corpo de Kairon se tornou resplandecente e desapareceu como uma chama sendo apagada.

— Ah, doce vingança! Não sabe por quanto tempo esperei por isso, Vincent...

— Criatura maldita, eu não o temo! — Vincent o confrontou.

— Mas não é a você que busco, Vincent. Você vem depois... É James que procuro e agora nada vai me impedir.

James carregava consigo o grandioso poder dado por Kairon. Mesmo que incontrolável, seu coração o guiava. Foi quando levantou a mão para o céu, e a escuridão que rondava aquelas terras findou, pois cortinas de luz, mais fortes do que o sol, iluminaram o lugar, cegando a morte e a deixando indefesa.

Os esqueletos que prendiam James se transformaram em pó, dando a oportunidade para que corresse até Vincent e permanecesse ao seu lado. O mais forte dos raios atingiu a dupla, formando um grande campo de força. Avistaram Wald montado em seu lobo-dos-ventos, que se movia com a velocidade da luz. Azrael tentava quebrar o campo com golpes de sua foice, mas não obtinha sucesso. Os dois subiram no lobo-dos-ventos e partiram daquelas terras, deixando Azrael para trás.

22

AS CINCO CARTAS

Impaciente, Aimir andava no salão do trono de um lado para o outro, pensando qual decisão tomaria a seguir. Vincent sugeria um conselho real com todos os reis do continente, com o intuito de dar fim ao conflito civil, pois a Guerra Dourada estava próxima e precisavam se unir como outrora.

Aimir abominava a ideia. Havia perdido Pine-falls para os inimigos e agora haveria de se render a eles. Embora orgulhoso, Aimir também não descartava a possibilidade de ser assassinado, assim como seu pai, durante o conselho real em Hiren-gaal.

James estava de partida para Acáy. Lá, junto da bênção dos Seis e o Um, aprenderia a controlar seu poder para assim despertar Namíra.

Enfim, o rei supremo fez sua escolha. Ele que ordenou que mandassem uma carta para os cinco reinos, convocando seus reis para mais um conselho real, que seria na Praia Prateada, ao norte de Hiren-gaal. Aimir se mostrava tenso e sua preocupação exalava entre os quatro cantos de seu castelo. O rei caminhava para se distrair.

Sua esposa se aproximou e o abraçou cautelosamente, entregando seu amor e conforto. Juntos, caminharam até uma sala esquecida pelo castelo, a qual não tinha utilidade alguma havia muito tempo. Era a sala onde seu pai havia sido morto, onde tudo começara. Aimir II sabia o pai que tinha, sabia que não havia maldade em seu coração e que não era preconceituoso com as outras raças. A cadeira onde ele fora morto ainda estava manchada com seu sangue.

— O inimigo assassinou meu pai na nossa casa e agora vou convidá-lo para um conselho real? — perguntou Aimir a si mesmo.

— Meu querido rei, alguns sacrifícios hão de ser feitos para o bem de nossa terra. Está na hora de esquecer essa história, essa disputa... O que acha de libertar o império? — argumentou Elena.

— Enlouqueceu, mulher? Libertar o império traria uma desordem ainda maior. Eu perderia o título de rei supremo e outros poderiam se nomear superiores — ele disse, furioso. — Que respeito teriam por Lóren e seu rei?

— Eles lembrarão de Lóren para sempre e recordarão ainda mais de Aimir II, aquele que deu fim ao conflito civil que levou milhares de soldados e inocentes para a morte... Aquele que libertou o império! — Elena levantou o orgulho de Aimir para que notasse o homem que era. — Não é o homem mais sábio do mundo, mas pode fazer o que muitos não pensam ou que têm medo de fazer.

— Mas eu também possuo esse medo, minha senhora... Meu pai não me criou para entregar o império assim. O que será de nosso reino?

— O império já foi unido uma vez, meu rei, mas agora ele está perdido. Está na hora de dar fim à rebelião, mas isso custará também seu título de rei supremo. Nossa província ainda continuará a ser a maior dentre as outras e você será ainda mais valorizado pelos povos do império. Até mesmo os elfos negros o verão de outra forma.

Longos foram os pensamentos de Aimir II na sala abandonada, junto de sua esposa, que o aconselhava sabiamente e que permaneceu ao seu lado como uma verdadeira rainha.

— Pense nos nossos filhos. Se continuarmos em guerra, eles continuarão em perigo. Devemos deixar que as areias do tempo corroam nossos corpos, em vez do ferro das espadas de nossos inimigos.

— Aimir III, Aimir IV, Ania, Atarr... Amo-os mais que tudo — o rei comentou, perdido em seus pensamentos, imaginando o futuro de seus filhos.

Um guarda se aproximou, trazendo a notícia de que havia uma visita no salão principal. Nada mais era que Arafel, irmão do meio de Fendrel.

Viajava com um pequeno grupo de anjos, patrulhando a região. Arafel, vendo que o rei estava sofrendo, convidara-o para os acompanhar, pois sabia que sua mente pesava. Os anjos eram capazes de sentir o pesar no coração dos homens.

— Não é ato de um bom rei permanecer trancafiado em seu castelo feito um refém — mencionou Arafel.

— Ultimamente ando pensando mil coisas, e confesso que acabei por me privar.

— Então, tentará apaziguar a situação do conflito civil?

— Não, colocarei um fim nisso, de uma vez por todas.

— Acha mesmo que o continente prosperará se o império for livre? — perguntou Arafel.

— O que o seu coração diz? — interveio Aimir.

— Ele diz que o futuro de nossa terra será decidido em breve.

— Suas palavras são iguais a de Fendrel. Para onde estamos indo, Arafel?

— Para o Bosque Sagrado, meu senhor.

— Estou envelhecendo, meu amigo. Não sou mais o mesmo de outrora, meus dias finais já estão por vir. Logo, não conseguirei nem cavalgar em meu cavalo — confessou Aimir.

— Então vai tentar libertar o império por medo de não obter sucesso no futuro?

— Eu libertarei o império porque esse é o destino de Hiren-gaal. Nossa terra não precisa mais de um rei supremo, ela deve ser livre. É um risco que precisamos correr.

— Ragnar foi um grandioso general de batalha antes de se tornar imperador, além de ser o próprio deus da guerra. Tinha vinte reinos sob seu comando. Conquistou um a um, partindo inicialmente de um bando de quinhentos homens. Ninguém era páreo para a família Falk, principalmente durante o reinado de Ragnar no oeste. Ninguém, até a chegada de Olaff Caolho...

— O elfo cinzento que pôs um fim ao Segundo Império — completou Aimir.

— Exato. Ainda que Ragnar tivesse todos os reinos sob o seu comando, os elfos cinzentos tiveram a ascensão e libertaram o império, pois não apoiavam os acordos da família Falk. Tome isso como exemplo, Aimir. Você é grandioso, sua família tem nome e seus dois primeiros filhos carregam o nome do seu pai. Não deixe que outro destrone Lóren. Liberte o império que você mesmo criou. Tenha consigo a bênção dos Seis e o Um.

O bosque que um dia fora vivo e sereno, agora jazia em profunda sombra de dúvida e medo. Os dois companheiros adentraram o bosque, trotando em seus cavalos. Não se ouvia mais o canto dos pássaros, tampouco viam animais vagando pelo gramado verde que reluzia com o brilho da luz do sol. Ao chegarem ao centro dele, onde havia o grande lago, presenciaram uma cena horrenda e maldita. Havia corpos espalhados por todo lado, fortemente golpeados, uma infeliz chacina.

Ora, os mortos vestiam dois tipos de trajes: um manto longo vermelho e preto, veste típica dos fanáticos de Cetiliah, deusa do amor e da bondade; enquanto os outros vestiam trajes esverdeados e prata, eram eles aqueles que acreditavam em um único deus, cultuado pelos elfos negros como Noreen.

De fato, uma chacina religiosa havia ocorrido no local, e grandiosa fora a mancha de heresia por parte dos seres mortais que Arafel, como membro real da ordem dos anjos, entristeceu seu coração e o fez entrar em desespero.

— Sacrilégio! — disse Arafel em tom baixo e raivoso.

— O que acha que houve? Digo, o motivo da matança.

— Adoradores de dois deuses distintos no mesmo ambiente já é o suficiente para que tenhamos uma resposta. Não entendo. Cetiliah faz parte da união dos vedaín, como podem adorá-la com fanatismo? Ora, uma deusa que manda assassinar membros de outras religiões... Esses seres estão perturbados — sentenciou Arafel.

— Já sabia que algo havia ocorrido aqui, não? Por isso me trouxe?

— Sim, meu rei, mas não tenho o direito de pedir que me ajude a pôr um fim nisso.

— Não precisa pedir. Qual o próximo passo?

— Há um santuário dos fanáticos nas Montanhas Brancas, vamos dar um fim nesse conflito religioso.

— Espero não morrer antes de libertar o império — brincou Aimir.

•

A viagem durou poucos dias, mas finalmente haviam chegado às Montanhas Brancas. O grupo teve de deixar os cavalos aos pés das montanhas, pois eram íngremes demais, e tinham escadarias traiçoeiras por conta do gelo que as envolvia. Longa foi a caminhada da comitiva até um caminho a oeste das montanhas, o qual estava cercado por outras montanhas maiores. Sem tardar, adentraram o santuário. Uma grandiosa estátua de Cetiliah era o monumento que mais se destacava. Com braços fazendo uma pose peculiar, usava um vestido de seda com decote, dando ênfase aos seus seios grandes. Era a representação impura da beleza, atração e sedução.

Ora, como dizia Timmóteo no livro *Os Injustos*, capítulo três, versículo dezesseis:

> *Aquele que ousar manchar a imagem de um deus, mesmo que seja com um pensamento não verídico, terá seu nome riscado das Areias do Destino e não habitará o Palácio Vitorioso. Pelo contrário, terá a infelicidade eterna e residirá na sombra do Oblivion, convivendo com seus pecados para sempre.*

Ali, Arafel proferiu o versículo, lançando ao local luz e pureza, fazendo os impuros se mostrarem, pois das sombras estavam fazendo moradia, amoitados.

Pilares rochosos e altares com ceias se faziam presentes, tal como uma grandiosa fogueira ao centro. Contava-se que na fogueira eram lançados aqueles que desafiavam o ardil dos fanáticos e quem ousasse blasfemar contra o nome da deusa cultuada por eles. Aimir confessou seu medo através sua expressão facial e foi o primeiro a desembainhar sua espada.

Arafel permanecia calmo, com os olhos fechados enquanto aqueles com vestes negras e avermelhadas se aproximavam com adagas e clavas em suas mãos. Açoites eram usados para os que fossem escravizados pelo grupo e aqueles tinham o chicote negro.

O anjo libertou as asas, e o sol brilhou por cima das montanhas. O brilho fazia a cor de suas asas reluzirem. Era mais belo do que a luz da prata, cegando aqueles que carregavam o mal consigo e buscavam o mais traiçoeiro caminho. O bater das asas os assustaram, fazendo-os temer o que viria a seguir. A forte oração de Arafel convocou mais anjos, chamando a bênção dos Seis e o Um a seu favor, rogando força.

Angelicais foram seus atos, tais como os de um verdadeiro príncipe, e Aimir, como rei supremo, maravilhou-se, e sua fé se tornou mais elevada. Os fanáticos caíram um a um no chão nevado, outros foram jogados de cima das Montanhas Brancas.

Ender, líder dos cultistas fanáticos, apressou-se. Ele estava acompanhado por tropas maiores, que não temiam a luz nem as asas dos anjos. A luta ficou mais intensa e os angelicais finalmente entraram em desvantagem. Quando parecia ser o fim, uma cortina de fogo e tempestade se revelou em um círculo aberto, cercando a todos. Kalaine desceu majestosamente e suas garras de águia rasgaram o rosto dos cultistas. Dela, desceram Lauren, Wald e Dust. A magia em fusão dos dois bruxos se fez grandiosa, e a luz do sol brilhava forte, abençoando-os, fortalecendo-os para salvar seus amigos. Aimir se encantou com Lauren, que além de se juntar à sua causa, agora arriscava a vida para salvar o rei supremo e o príncipe de Acáy.

— Lauren e Wald... — Aimir dava altas gargalhadas de felicidade. — Não contávamos com essa ajuda.

— Não se esqueça de mim, meu senhor — gritou Dust, latindo enquanto avançava sobre os cultistas.

— Esse sem dúvida é o cão mais valente que já vi em toda minha vida — disse Arafel, surpreendido.

Lauren estivera em Acáy nos últimos dias e não soubera do retorno de Vincent das Terras Corrompidas. Wald decidira não mencionar que havia salvado o cavaleiro, pois Vincent desejava fazer uma surpresa para sua amada.

Ora, Ender levantou a mão direita, segurando uma adaga encantada e fez um corte na própria mão esquerda. Então, uma cortina de fogo e tempestade apareceu lentamente e o sol voltou a se esconder, trazendo sombra e medo. A magia negra tomou conta e fez os anjos se encherem de dúvida sobre o acontecimento.

Antes que qualquer um pudesse tomar uma atitude, Lauren foi atingida no peito e no pescoço por duas adagas lançadas por Ender. Embora a elfa negra lutasse por sua vida, as adagas possuíam veneno mortal das sombras, impedindo a cura por meio das artes mágicas que Wald carregava consigo, e, assim, Lauren veio a falecer.

O céu se encheu de uma escuridão diferente, e, embora todo o ambiente fosse branco por conta da neve, agora se fazia negro e cinzento. Uma lua de sangue cobriu o sol, formando um eclipse inesperado. De uma cortina de fumaça e desespero, surgiu Azrael em sua forma mortífera. As seis asas negras batiam lentamente, drenando a vida de qualquer ser que se aproximasse. Pairava de um lado para o outro, soltando lentas gargalhadas de assombro e podridão e mantinha a foice de forma diagonal.

Azrael pousou no chão nevado, agora coberto por esqueletos. Aqueles que sobraram dos cultistas partiram para o ataque contra o Senhor da Morte, mas se amedrontaram e se encheram de temor ao ver que o manto que o cobria se envolveu em chamas e labaredas de almas gritantes. Fugiram para longe, ficando apenas Ender, que, na tentativa de arremessar outras adagas envenenadas, teve seu coração tirado por um estalo de dedos de Azrael, provocando a morte imediata.

Anjo algum fugiu de onde estava. Em vez disso, levantaram as armas, preparando-se para batalhar contra a criatura, e foi quando Arafel tomou a linha de frente.

— Como pode ter recuperado sua força, uma vez que caiu sem ela? — Arafel perguntou, apontando a espada de prata para o inimigo.

— Arafel, creio que não é uma boa ideia desafiar a morte — aconselhou Aimir.

— Ah, os anjos! Os queridos de Clavicus Mora! É incrível estar diante dos seres mais preciosos para o Criador — zombou Azrael, com voz sussurrante e lenta.

— O que está fazendo aqui?

— Senti a morte de Lauren e vim levá-la para o Oblivion.

— Lauren era uma elfa excelente. Ela merece residir no salão vitorioso! — Aimir interveio.

— Não cabe a você decidir, rei supremo — debochou Azrael.

Dust estava encolhido nas costelas de Lauren, chorando e pedindo para que acordasse, mas nada ocorreu: sua alma já esperava o destino.

O cão se assustou e correu para longe ao ver Azrael se aproximando. O Senhor da Morte tocou o corpo de Lauren com apenas um dedo, fazendo-a se tornar cinzas e desaparecer com o forte vento que ali fazia. Azrael libertou as asas, e sombras negras o envolveram como uma cortina, fazendo-o desaparecer.

Todos os anjos ficaram intrigados com o aparecimento do Senhor da Morte. O rei Aimir ordenou que destruíssem os pilares do santuário e a estátua blasfemadora de Cetiliah, dando fim ao cultismo fanático.

23

QUE OS VENTOS TE GUIEM

Os dias de glória de Pine-falls haviam chegado, mas para os rebeldes, que haviam reparado os danos causados às estruturas da cidade. Sven ainda pensava em quem nomear rei da província e deixou os irmãos Ereneth e Ariandar como reis regentes.

Ereneth havia conversado com Sven através de cartas enviadas por águias, perguntando se havia também recebido a carta de Aimir, convocando-o para um conselho real. Embora a data estivesse próxima, Sven não conseguia manter seus pensamentos apenas no conselho. Sua mente estava voltada para Randovir, dia e noite, pois sofria com a lembrança de ter perdido seu filho mais velho, principalmente por tê-lo assassinado.

Misteriosa se tornou a província de Fhalsreach em Hiren-gaal e, embora as águias tivessem entregado as cinco cartas, a que partiu para Fhalsreach fora a única que não retornou. Há quem diga que Fhalsreach veio a se tornar sombria e nebulosa e que aranhas gigantes vagavam pelos campos e florestas da província. Ninguém entrava ou saía daquelas terras, e Sven veio a proibir quaisquer um de seus elfos de ir para o norte, pois havia amaldiçoado aquelas terras como “Lar do Escuro”.

Embora ainda tivesse em mente a vingança contra a traição e tentativa de assassinato de Evendros, Sven se manteve quieto, pois sofria em silêncio quando pensava em Randovir.

Era o que dizia Ereneth em suas cartas para Sven:

Tanur agora é seu filho mais velho e herdeiro de Vérion. Ora, caso não se lembre, tem mais três. Tarin, Aélia e Rantorr são tão queridos quanto Randovir era. Aconselho mantê-los por perto, pois já não os deixa marchar para a batalha com você.

O rei tomou consciência de que era hora de dar um passo adiante. Aceitou o convite de Aimir II e mandou cartas para todos os seus aliados, dizendo que iriam para a Praia Prateada e que não tramariam coisa alguma, pois seriam justos daquela vez.

Chegou então o grande dia, chamado nas tavernas do continente como o Dia Marcante, o dia em que o futuro seria incerto e que grandiosas conquistas deveriam vir à tona. Era o dia trinta e um do lótus congelado, o último da estação e o que mais tarde seria lembrado como: o dia da libertação do império de Hiren-gaal.

Ora, quando os reis rebeldes chegaram à costa norte, acompanhados apenas de sua fé e coragem, avistaram diversas cadeiras de mármore nas areias da Praia Prateada, que jaziam cobertas pela neve do inverno, e estavam em formação de círculo aberto. Três delas estavam ocupadas, uma pelo rei supremo, Aimir II; outra pelo rei arcanjo, Fendrel, portando em sua cabeça a coroa prateada dos anjos; e o velho ancião, Wald, o qual manteria o conselho unido até o fim, salvo de traições, como ocorrera da última vez com o pai de Aimir II.

— O que esse velho faz aqui? — Sven o julgou.

— Estão em três, e nós seríamos apenas dois. Portanto, diante do resultado do último conselho real, nada mais justo que um juiz para que coloque no lugar aquele que ousar repetir o mesmo acontecimento — justificou Aimir.

— É mais fácil dizer que é o seu guarda-costas e que carrega medo em seu peito — Hadgar mencionou.

— Onde está Evendros? Ouvi rumores de que havia caído uma maldição sobre sua cabeça, então é verdade?

— É verdade, sim, Fendrel. Fhalsreach agora é uma província perigosa, e eu ordenei que ser algum de meu reinado pisasse no norte, pois agora as sombras pairam naquele lugar! Sugiro que faça o mesmo... — Dizendo isso, os três se sentaram.

— A escuridão que agora habita Fhalsreach sempre esteve lá, mas estava selada nas profundezas da Caverna Espiral, então não tínhamos como descobrir.

— De qualquer modo, Evendros se tornou inimigo até mesmo para os elfos de sua raça — comentou Hadgar. — Malogh deve ser destruído para que a maldição sobre Evendros desapareça.

— Então Ereneth governa Pine-falls? — interferiu Aimir, fitando o cavaleiro do vale.

— Por ora, sim. Sabe como é difícil administrar um reino todo quando o toma para si, não? Aliás, como está a costela, Fendrel? — zombou Sven.

— Chega! — gritou Aimir. — Vocês, rebeldes, são traidores. Não cumprem promessas, e um continente como este não merece ser submisso a facção alguma! O motivo deste conselho é justamente este: o conflito civil terminará e o império de Hiren-gaal deverá ser livre!

— E o que te faz achar que concordaremos em abandonar nossa causa? — Hadgar questionou.

— Quando a ilha divina for apresentada, *Héstia e a Guerra Dourada* deverá acontecer, é verdade. No entanto, Malogh enviará forças contra o continente e, se cada um não tomar conta de seu reino, o império todo cairá. Um a um! — apontou Fendrel.

Uma notícia surpresa, pois nem mesmo Aimir sabia de tal acontecimento. Ora, quando Fendrel fora à igreja enquanto ferido, a luz que viera do céu a iluminar seu corpo fora a luz de Arkay. Esta trouxera sabedoria, conhecimento sobre um futuro próximo e revelou o que aconteceria no dia da Guerra Dourada, que próximo estava.

O céu se preencherá de sombra e fogo, e a noite aquarelada de Ýris, junto das estrelas, escurecerá e desaparecerá. Bolas de fogo hão de cair do céu escurecido. Neste dia, o inimigo estará mais forte, salvo pelo Senhor da Morte, que recuperou seus poderes divinos e paira sobre a Terra. Os dragões virão a se tornar mais ferozes e responderão pelo incêndio causado pelas bolas de fogo, que atingirão as cidades, e atacarão os inocentes com as garras tão afiadas quanto lanças. Ora, esses desastres não terminarão até Malogh ser derrotado de uma vez por todas.

— Maldição! Não esperava por isso! — exclamou Sven.

— Vocês não serão úteis, pois o próprio nome diz: Ilha de Héstia. Está claro que os elfos negros não velejarão, portanto, não poderão nos ajudar contra Malogh, mas deverão ficar em seus reinos para proteger os inocentes da tirania dos dragões que o fogo há de despertar.

— Ainda acha que deixaremos que liberte o império assim? Pois saiba que precisará de uma guerra e terá de matar cada elfo negro que me seguir para acabar com essa rebelião. Não matei o seu pai diante de todos os outros reis, em sua própria casa, para no futuro me tomarem como um tolo, aceitando a rendição. — Sven ficou irado e suas palavras eram acompanhadas de fúria e soberba.

Após discursar, Sven se levantou ferozmente e desembainhou uma adaga por baixo de sua veste. Mas, antes que pudesse avançar sobre Aimir II, teve a coxa ferida pelo golpe ágil de Fendrel, que se sentava ao lado do rei supremo. Wald lançou um feitiço de relâmpago contra Ereneth e Hadgar, lançando-os para longe e os prendendo em um campo de choque. Fendrel desarmou Sven e o arrastou pela neve até ficar diante de seus dois aliados.

Aimir II desembainhou a espada de forma majestosa e o brilho de sua lâmina reluziu com o forte brilho do sol, deixando-o mais determinado. Lentamente, caminhou até Sven e proferiu as últimas palavras na língua antiga dos primeiros povos, a fim de mostrar quem realmente fora o supremo rei de Hiren-gaal e a quem todos deveriam venerar com respeito, pois Lóren era o maior dos reinos do império de Hiren-gaal.

— Vê, antigo amigo? Eu propus este conselho para trazer paz e prosperidade e para que todos tivessem a liberdade para ir e vir, mas você é um tolo, tal como foi em assassinar meu pai. Ah, sim, todos os dias, quando me deito, sonho com o dia em que matou meu pai injustamente. Ter de matar seu próprio filho não foi o suficiente para que o juízo caísse sobre a sua cabeça? — esbravejou, enquanto apoiava a mão esquerda no ombro de Sven e, com a direita, perfurava seu estômago. — Caso veja seu filho no Oblivion e ele ainda não tenha sido consumido pelo fogo da morte, mande minhas lembranças — sussurrou as palavras finais no ouvido de Sven.

— Hiren-gaal pertence aos rebeldes! — Sven pronunciou as últimas palavras enquanto era perfurado mais quatro vezes por Aimir.

24

AS LÁGRIMAS DA DEUSA

A libertação do império foi um marco histórico para o continente de Hiren-gaal, salvo pelo supremo rei Aimir II, que vingara seu pai vencendo o orgulho, pois desejara apenas tratar sobre a paz com o inimigo. Sven fora soberbo e isso causara sua morte.

No dia do assassinato de Sven, Aimir II libertara apenas o regente Ereneth, o qual Ariandar aguardava em Pine-falls, e assassinara Hadgar com desdém, que não emitira palavra alguma no momento de sua morte, pois o rei havia tapado sua boca para que não proferisse coisa alguma.

Os corpos foram levados até Lóren, e, no portão central da cidade, Aimir os colocara sobre grande quantidade de troncos, formando uma grande mesa, que mais tarde seria seu túmulo. Foram convidados todos os rebeldes, os elfos negros de Vérion e os homens de Istíria e Pine-falls, para que vissem o que havia acontecido com os reis, comprovando que o conflito civil deveria ter fim, pois seus líderes estavam mortos, e Evendros, amaldiçoado.

– Aqui, diante de todos, proclamo a libertação do império da tirania dos rebeldes, declarando que qualquer ser que reside em Hiren-gaal está livre para ir e vir a qualquer província, a qualquer grande cidade, sem terem de ser perseguidos e mortos por inimizade. Que os reinos não alimentem intrigas, pois, quando os dias escuros chegarem, precisaremos nos unir e nos fortalecer. As ruas de Lóren estão cobertas por mesas repletas de alimentos dos mais diversificados tipos. Todos estão convidados a celebrarem o dia do fim de um conflito inútil para uma nova dinastia: o povo livre – discursara Aimir, vestindo uma nova armadura de ouro, com a mão no pomo de sua espada.

Os povos, que outrora foram inimigos da Aliança, mesmo que entristecidos, celebraram o fim do conflito civil e adentraram Lóren, participando de uma grandiosa festa que duraria o dia todo. Ora, sangue algum de Sven comparecera no evento, pois estavam de luto em Vérion. Tanur sabia que sua hora havia chegado, como herdeiro do senhor seu pai, porém não queria a coroa.

Enquanto nas ruas da capital comemorava-se a libertação do império, na taverna A Lebre e o Leão residia Vincent, alcoolizado e de coração partido. As notícias das Montanhas Brancas haviam chegado até ele, com o retorno de Aimir à capital. Vincent havia desistido do propósito da vida e estava entregando sua alma lentamente para o vazio. Nem sequer pensava em James que, em Acáy, aprendia a controlar o poder dado por Kairon.

Uma visita inesperada adentrou as porteiras de madeira da taverna, deixando o ar mais frio e mais denso. Era Azrael em sua forma humana novamente, belo a ponto de encantar as mulheres por onde quer que fosse. Sentou-se ao lado de Vincent, mas este não representou mudança alguma de comportamento, nem raiva, nem sede de vingança, nem nada.

– Mal dá para te reconhecer, Vincent.

– Maldição, já chegou a minha hora? A morte veio me buscar? – zombou em tom alto, enquanto tombava para o lado.

– Imagino que já deva saber de Lauren.

– Aquela maldita elfa... Quando retornei, não a vi em canto algum, então soube que você a levou consigo – disse, encarando o Senhor da Morte. – Por que ajudou os anjos depois de ter feito aquilo com Kairon nas Terras Corrompidas?

– Tenho uma proposta para você – comentou, ignorando a pergunta de Vincent.

– Fazer um acordo com a morte? Você só pode estar de brincadeira.

O cavaleiro não conseguia se conter, rindo cada vez mais alto, chamando a atenção de todos.

— Gostaria de trazer Lauren de volta à vida? — questionou, e o semblante de Vincent mudou totalmente, tornando-se sério e encoberto pela dúvida.

— Do que está falando?

— Lauren partiu deste mundo e habita agora o Oblivion. Há uma maneira de trazê-la de volta. Caso aceite a missão, posso lhe contar o verdadeiro motivo desse ferimento no seu peito.

— Como sabe do meu ferimento?

— Terá de realizar a tarefa, Vincent.

— Eu farei por Lauren...

— Você terá de viajar para o sul, até Arcádia. Deve encontrar a província de Oxreach e descobrir onde fica o templo antigo de Cetiliah. Uma vez no templo, você encontrará uma pia sagrada e dela deverá arrancar as lágrimas da deusa. Encha este frasco com as lágrimas e me traga para que eu possa realizar o ritual — ele informou, presenteando Vincent com um frasco cinzento.

— A entrada de Arcádia é guardada por bruxos, não há como se infiltrar. Além disso, essa viagem demorará semanas.

— Emprestarei Mudra, meu cavalo. Ele surge das profundezas do solo onde quer que esteja, se estiver sob o seu comando. Indra também o acompanhará; verá que é mais útil do que parece. Quando retornar, vá para o norte. Estarei no topo do Monte Libellen.

Azrael foi embora, e Vincent ficou na taverna, solitário, pensando em suas dores e suas perdas. Vincent não tinha ninguém e, quando finalmente havia conseguido uma companheira, ele a perdera também, sem sequer dizer adeus. A dor no peito ardia e queimava ainda mais depois da visita de Azrael.

Algumas horas mais tarde, Vincent se preparava para partir de sua casa quando foi surpreendido pela visita de James e Dust. Estavam ali para a comemoração da libertação do império. Vincent contou que faria uma viagem ao sul e os convidou para acompanhá-lo. Apenas Dust topou, pois James deveria se preparar para a Guerra Dourada. A neve nos campos do continente derretia e mostravam as cores vivas novamente. A aurora serena havia chegado.

Vincent saiu de Lóren ainda a pé, acompanhado de Dust, e procurava pelo cavalo de Azrael, o qual não encontrava em canto algum. Foi quando algo borbulhou no solo, composto de sombra e escuridão, transformando-se em uma avalanche, então se moldou em um tenebroso cavalo negro. Ele possuía olhos vermelhos e tinha uma veste de tecido negro. Dust se assustou de imediato e pulou para trás, latindo e dizendo para Vincent tomar cuidado, pois era um demônio das profundezas.

Mudra, como fora chamado por Azrael, relinchou de forma maldita, e de suas crinas e cauda saíram fumaça negra, tal como de seu nariz quando respirava. Após acalmar Dust, Vincent o colocou em seu colo, pois a velocidade a qual Mudra cavalgava era anormal. Em pouco menos de dois dias estariam em Arcádia.

Assim que passaram pelo Bosque Sagrado, Vincent se lembrou do que contavam no norte, sobre a chacina dos cultistas fanáticos. Um verdadeiro horror para qualquer um que acreditava nos deuses. Aquele assunto não incomodava tanto Vincent, justamente pelo fato de o cavaleiro abominar os deuses, culpando-os por terem causado a morte de sua família.

Vincent havia chegado ao portão sul. O lugar, cercado por grandiosas montanhas, era a fronteira entre os dois continentes. Arcádia era rigorosa e não recebia viajantes nem comerciantes de Hiren-gaal. Além disso, era mundialmente conhecida por ser a terra dos bruxos e da magia, onde fora construída a maior e mais majestosa escola de magia de toda Essenia. Arcádia tinha a essência do gelo por toda a região, tal como Acáy. No continente nevava sem parar, como uma tempestade que vem sem avisar e não tem hora de ir embora. Os habitantes dali já haviam se acostumado com a nevasca que ora vinha, ora parava. O solo era sempre coberto por neve.

Vincent não estava preparado para suportar o frio que viria a seguir. Apenas de contemplar as montanhas da fronteira cobertas de gelo e de nevoas gélidas, o coração de Vincent esfriou, tal como o de Dust. O cavaleiro pensava em como passaria pelo grandioso portão, pois era guardado por quatro magos da terra mágica e estes vestiam máscaras cobrindo todo o rosto; e mantos azuis, com pelos de mamutes brancos. Em suas mãos seguravam as adagas encantadas.

Ora, antes que Vincent pudesse explicar o motivo da visita à Arcádia, ou se virasse para voltar de onde viera, como disseram os magos para fazê-lo, quatro vultos negros, lançados por Mudra, acertaram dois guardas da parte de cima dos portões e os outros dois da parte de baixo, fazendo-os perecer de imediato. Ao se aproximar, notou que as sombras corroeram o peito e perfuraram o coração deles. Não havia tempo para lamentos, pois Vincent pensava apenas em Lauren e faria o que fosse preciso para tê-la novamente. Ele pegou as vestes dos guardas e fez um manto para Dust com nós atados.

Juntos, caminharam pelas Colinas Norgroth, em direção ao sul, seguindo as placas que indicavam a cidade de Oxreach, pois não conheciam o continente nem suas estradas. O caminho dos viajantes os levou até uma estrada reta, cercada por florestas de pinheiros. O dia começou a escurecer, certamente entardecia, e os lobos começavam a uivar, vindos da floresta a oeste.

Ouviram passos fortes pisando na neve e galhos quebrando. O som ficava cada vez mais alto, como se alguém estivesse correndo na direção deles.

Vincent desceu de Mudra e desembainhou a espada, Dust correu para trás do cavalo, mesmo sentindo pavor dele. Em meio à floresta, apresentou-se uma bela moça de cabelos negros e pele escura, usando um vestido de seda branco com vermelho. Seu semblante era de completo pavor e desespero.

— Guardas estupradores! Bandidos! Por favor, precisa me ajudar! — implorou. — Estão na floresta!

O cavaleiro pediu para que a moça esperasse fora da estrada, pois caçaria os inimigos sorrateiramente e logo retornaria a fim de lhe contar que o perigo não mais a perseguiria. Dust o acompanhou e, como fiel companheiro, sabia quando não era hora de latir ou fazer barulho.

Vagando oculto entre as árvores ao entardecer, Vincent procurava os guardas como um lobo que caça sua presa. Avistou-os, mas eles se encontravam em posições distintas um do outro e diziam palavras como "maldita", "você vai pagar". Um a um foram mortos por Vincent, porém, quando o terceiro estava ainda agonizando no solo, coberto pelo próprio sangue, revelou a verdade:

— Por que fez isso? Você é como ela?

— Do que está falando, monstro estuprador?

O homem deu altas gargalhadas, engasgando-se com o próprio sangue.

— Não acredito que caiu na lábia daquela maldita mulher. Você não é daqui, é? Não sabe quem ela é.

— O que há?

Vincent parou para escutar.

— Aquela mulher assassinou os próprios pais e lançou os irmãos gêmeos recém-nascidos na fogueira. Fora os furtos em vilarejos e assassinatos de outras crianças inocentes. Você acaba de contribuir para um ser excomungado como este viver! — Assim que terminou de falar, o guarda morreu.

Vincent correu de volta à trilha, onde havia deixado Mudra e a bela moça e, ao chegar, não avistou nem cavalo, nem mulher. A única coisa que havia restado para Vincent era seu equipamento e o frasco dado por Azrael para concluir a missão.

— Este foi o primeiro teste, então — disse a Dust. — Eu contribuí para uma assassina maníaca viver.

— Não havia como saber, Vincent, não se culpe.

Seus pensamentos, mais do que nunca, assombravam-no dizendo para desistir. Determinado e fiel, Dust o aconselhou a continuar lembrando-o de Lauren, contando-lhe que estava lá quando ela havia sido morta. O cão disse que a mulher chamava pelo nome dele.

Ao ouvir a história, Vincent levantou a cabeça e prosseguiu com a jornada. Dust havia se mostrado não só um bom companheiro, mas também fiel, astuto e humorado. Além disso, era um bom conselheiro. Ora, a caminhada, embora congelante, levou-os até um longo campo de cogumelos lunares, local que os habitantes de Arcádia chamavam de Campos Azuis. Belo era o continente de Arcádia, no qual os mais grandiosos bruxos tiveram a ascensão e conquistaram preciosos artefatos de poder.

Diferente de Hiren-gaal, Arcádia abrigava as maiores criaturas do gelo, que guerreiro ou bruxo algum queria ter o prazer de encontrar. Era um continente livre e sem conflitos entre os reinos. Contudo, quando se tratava de outro continente, revoltavam-se e negavam ajuda.

Havia um bruxo chamado Maegor, o mais hábil entre os arcadianos, descendente dos primeiros que conquistaram o continente, os que foram abençoados por Ýris. Possuíam a essência da noite, do frio e da determinação. Maegor herdara grande habilidade no quesito de criação de artefatos mágicos. Pouco se sabia sobre os itens criados pelo bruxo; porém, de boa vontade, ele governava as terras de Tulufin, a cidade que guardava a única passagem para o colégio Meia-luz.

— Sempre ouvi as histórias sobre Maegor, o bruxo dos bruxos, mas o que será que o faz tão especial? — perguntou Vincent a Dust.

— Bom, ele é abençoado pela dama da noite e seus antepassados criaram o colégio Meia-luz... Talvez isso já seja um bom motivo para ser especial — Dust alegou. — Não se sabe o que este colégio guarda, muito menos o que esconde dos povos de Essenia.

— Ser descendente de alguém poderoso não te faz um igual.

— Talvez não, talvez sim. Diga-me, Vincent, não domina arte alguma da bruxaria?

— Não. Nunca toquei em uma adaga encantada em toda minha vida.

Vincent se interessava pelas histórias de pessoas notáveis ou que já tinham feito a diferença em alguma parte do mundo, mas tinha um certo receio daqueles que ganhavam nome apenas pelos seus antepassados, como Maegor. Jamais o cavaleiro tinha tido conhecimento algum sobre magia ou bruxaria, e não se interessava, pois sua única e fiel companheira nas batalhas era a espada longa de ferro, que nem sequer tinha nome. Tratava-a como parte de seu corpo, como parte de seu braço e de seu coração. Dust se incomodava quando Vincent mencionava a espada como sua única amiga, pois sentia inveja e tristeza, agindo com desdém.

Ora, na metade do caminho até Oxreach, Vincent ouviu vozes em sua cabeça. Eram como sussurros no escuro e charadas sob o luar. Era Azrael. Ele dizia que Mudra não era um cavalo que podia ser roubado e que não obedecia a qualquer um, apenas a quem lhe fosse ordenado. A assassina havia sido um teste.

Vincent fechou os olhos, sentindo em seu coração solitário o que deveria fazer. Desse modo, chamou, através da mente e do espírito, coisas melancólicas e sombrias. Assim surgiu Mudra, como da primeira vez, levantando-se do solo coberto por neve, banhado por uma cortina de fumaça e sombras escuras. Seus olhos ainda brilhavam vermelhos, e ele estava como da primeira vez, sem danos. Ali, Vincent sentiu uma ligação maior com a criatura. Mesmo que fosse tenebroso, vindo de outro mundo, servo do pecado e da morte, Vincent montou com regozijo no cavalo de Azrael e sentiu a superioridade, a corrupção e as escolhas erradas que lhe custariam muito. Contudo, ele não se incomodou, pois salvar Lauren havia se tornado sua missão maior. O homem não se importava mais com a proteção de James, muito menos com o sucesso na Guerra Dourada.

Dust, pela primeira vez, temeu Vincent mais do que o cavalo da morte. Contudo, ignorou o sentimento, pois deveria ser apenas sua imaginação.

Logo chegaram a Oxreach. Mudra havia retornado para as profundezas após deixar os viajantes próximos da cidade, pois sua aparência assustaria qualquer um que os visse, e os tomariam como inimigos sem pensar duas vezes. A cidade era silenciosa e mais parecia um cemitério. As casas eram acabadas com madeira refinada e as muralhas em volta da cidade eram feitas de madeira e aço. Poucos eram os que vagavam pelas ruas, pois forte era a tempestade de neve que assolava aquela província. De modo fácil e talvez inusitado, Vincent encontrou uma estalagem, pois estavam cansados e intrigados com os acontecimentos recentes.

A estalagem lembrava as de onde vinham: estava lotada, havia cantoria, cães latiam e belas mulheres levavam bebidas às mesas. Dust notou a mudança no semblante de Vincent, pois os cães eram os únicos que podiam notar a aura ao redor de alguém, tal como seu coração. O cavaleiro pediu um quarto para o homem do balcão de modo frio e reservado. Não se parecia com um herói ou com um aventureiro; assemelhava-se a um mercenário. *Essa é a loucura que o amor causa*, era o pensamento de Dust naquele momento.

O quarto que conseguiram era simples e aconchegante. Havia uma grande lareira no centro, pois ardente devia ser o fogo naquelas terras para aquecer o coração de alguém. Levaram pratos carnívoros e pratos vegetarianos, pagos pelo cavaleiro para que recuperassem as energias. Frango assado com batatas e ensopado de peixe o lembrava de Hiren-gaal. Dust devorou as batatas e os legumes assados, e, naquela noite, ambos se deitaram de barriga cheia.

A cama, feita de pele e pelos de mamute, era especialmente quente e, visto que era próxima à lareira, fazia com que o sono se tornasse presente e bem-vindo. Dust capotou rapidamente aos pés da cama, dançando em seus sonhos, com um sorriso na boca. Vincent, por outro lado, observava o teto com os olhos arregalados e semblante de exaustão. Sussurros vinham em sua direção dizendo coisas más, revelando o que ele se tornaria, era a voz de Azrael novamente.

Maldito era o homem que fazia acordos com a morte. Ali Vincent se arrependeu e, por um breve momento, pensou em desistir e voltar para Hiren-gaal. Sua vida seria miserável, mas seguiria em frente. No entanto, ponderava, pois tinha ido muito longe para desistir. A viagem fora longa, ele ultrapassara os portões místicos da fronteira. A partir dali não havia mais volta. Milhares de guardas deviam estar rondando as estradas, buscando um cavaleiro de manto escuro e um cavalo que se assemelhava com uma sombra. Por sorte, Mudra se escondia nas profundezas, o que impediria seu descobrimento.

Não havia tempo para pensar em desistir, pois estava muito longe. Além disso, sentia Lauren o chamando, mesmo que com a voz fraca, sentia-a em seu coração confuso, fadado ao medo.

Pela manhã, Dust o acordou lambendo seu rosto, o que o fez despertar rapidamente. Arrumaram suas coisas e se prepararam para a tarefa final: encontrar o templo secreto de Cetiliah. Ao chegarem à porta da estalagem, uma mulher adentrou e abordou os viajantes. Vestia uma túnica vermelha e negra e um capuz em sua cabeça.

— Vá embora e salve sua vida — ela disse, receosa. — Não tem nada o que fazer aqui.

— O que sabe sobre mim, estranha? — perguntou Vincent.

— Sei com quem você anda e sei da marca que carrega. Não traga sombras para nossas terras. Aqui, adoramos fielmente e em segredo a nossa Cetiliah. Como ousa trazer o ardil de Azrael para cá? Pois saiba que Oxreach é uma cidade santa e nenhuma maldição ou sombra será permitida — declarou em tom decisivo e determinado.

— E quem vai me parar? — desafiou, passando pela mulher e esbarrando em seu ombro, mostrando-se superior.

Vincent e Dust vagavam pelas ruas da cidade, que agora não mais sofria com a tempestade de neve. Ignorando a mulher de vermelho, eles visitaram um ferreiro não muito longe dali. O cavaleiro afiou as armas e avistou algo encantador aos seus olhos, uma minibesta. Tinha entalhes com caveiras e cruzes e era feita de madeira maciça e ferro. Sem pensar duas vezes, comprou-a. O objeto passou a fazer parte de seu corpo, tal como o aço de sua espada.

Os dois não sabiam onde ficava o templo secreto de Cetiliah e foram salvos pelos sussurros que Vincent começara a ouvir em sua cabeça, que os guiaram até uma casa simples e antiga. Os moradores da cidade que caminhavam pelas ruas passavam e olhavam para Vincent e para Dust, encarando-os e os julgando em segredo, como se soubessem o que o homem trazia consigo e o que já havia feito. Adentraram na casa, ela estava cheia de pó e com algumas teias de aranha.

Os sussurros levaram os viajantes até uma estante de livros, que na verdade era uma porta secreta. Ao moverem a estante, viram uma escadaria que levava para o subterrâneo. Vincent acendeu uma tocha e os dois desceram as escadas com cuidado. O piso inferior era composto por apenas um corredor longo e era feito com madeira velha. No final do corredor, havia um alçapão. O piso inferior estava iluminado.

Ao descerem, surpreenderam-se com o que encontraram. Era um grande salão rochoso e aberto. Fontes jorravam água dos dois lados e formavam um raso rio, que seguia para uma cachoeira ao leste.

— Este deve ser o templo, Vincent. Nós o encontramos — Dust dizia, latindo e pulando de felicidade.

— Sim, mas algo não me cheira bem, Dust... — comentou, desconfiado.

Assim que viu a pia, Vincent correu até ela, sacando de seu manto o frasco dado por Azrael, mas ficou intrigado.

— Não achou que seria tão fácil assim, não é?

A mulher de vermelho se mostrou novamente, retirando o capuz. Era a ladra assassina que havia lhe roubado.

— Não quero te machucar, verme. Você disse que abomina Azrael, mas tentou tomar o cavalo para si.

— Tentei dar um fim a ele, mas não obtive sucesso.

— Diga-me onde estão as lágrimas da deusa e ninguém terá de morrer.

— Você está enganado, Vincent, alguém tem de morrer.

Diversos adoradores adentraram no templo secreto e todos vestiam mantos vermelhos e negros. Em suas mãos, carregavam adagas encantadas. Elas estavam enfeitiçadas e prontas para serem lançadas. O fanatismo religioso reinava em Oxreach. A matança no Bosque Sagrado de Hiren-gaal em nada se comparava à cidade de Arcádia, que controlava os quatro cantos mais que o próprio rei da província.

Os olhos de Vincent foram preenchidos por escuridão e sua pele escureceu. De seu peito surgiu uma cortina de fumaça, revelando um espírito da morte. Este rasgou um pedaço de seu manto negro e o lançou sobre Vincent, formando um campo de força negro, protegendo-o de quaisquer ataques mágicos.

Diversos feitiços foram lançados contra Vincent e contra o espírito, mas nada aconteceu. O espírito de Azrael dava gargalhadas enquanto sentia os feitiços o atingindo, mas sem causar nenhum dano. A sombra pairou pelo ar, fazendo malabarismo com a foice, cortando a cabeça dos cultistas fanáticos. Aquele não era o verdadeiro Azrael, era apenas um espírito a mando dele. Vincent o havia conjurado e sentia prazer em vê-lo assassinando todos aqueles cultistas, protegendo-o. A sombra batia as asas espectrais e lançava uma fumaça cinzenta, que sugava as almas dos que haviam sobrado, não restando nenhum para proteger a bela mulher que havia roubado e ameaçado Vincent.

— Eu não temo a morte — disse, desembainhando uma adaga em formato de cruz, feita de prata.

— Deveria temer! — advertiu Vincent, aproximando-se da mulher com seus olhos negros, fincando a espada em seu coração, matando-a.

O espectro de Azrael desceu ao chão, ficou próximo de Vincent e contou o último passo para concluir a tarefa. De bom grado, o espectro disse que para as lágrimas da deusa surgirem, um sacrifício deveria ser feito com sangue. O sangue dos impuros que haviam matado não era o suficiente, precisava ser o sangue de alguém fiel. Ora, as palavras da morte se referiam a Dust, o cão fiel que sempre estivera ao lado de seus companheiros, acompanhando-os e os aconselhando nos momentos bons e ruins. Vincent, sem se importar com a escolha que deveria fazer, revelou em seus olhos negros o que era importante para si: Lauren.

O espectro estalou os dedos e duas grandes mãos esqueléticas surgiram do chão rochoso e prenderam Dust, impossibilitando-o de fugir. Vincent se virou para Dust e sacou a adaga de ferro. Enquanto se aproximava, o cão mantinha as orelhas abaixadas, tal como o rabo e a cabeça.

— Sabe, os humanos são engraçados. Em um momento nos convencem de que somos importantes e, no outro, nos apagam de suas vidas — lamentou Dust, entristecido.

— Não escolhi isso, Dust, mas devo fazê-lo, pois só existe um jeito de conseguir o que busco, e eu farei.

— O que posso fazer? Sou apenas um cão preso e indefeso.

— Quer falar alguma coisa?

— Gostaria de recitar uma última canção — pediu.

— Faça.

Além do meu lar, havia outros mundos
E o meu lugar outros hão de herdar
Tive de partir, pois sou um homem fiel
A encruzilhada traz a mim perigos
Mas a ela eu poderia fingir ser o que queria
E enfrentar os desafios da vida
E o meu lugar outros hão de herdar
Tive de partir, pois sou um homem fiel...

Dust recitou a canção em tom melancólico e valente enquanto chorava. Não disse nada sobre James, pois não gostaria de pensar como o garoto ficaria ao saber sobre seu fim e sobre os atos de Vincent. O cavaleiro se ajoelhou diante de Dust e fincou a adaga na costela do cão, que sofreu em silêncio e, aos poucos, foi deixando aquele mundo até falecer.

Vincent, ao mesmo tempo que sentia arrependimento, não sentia nada. Estava corrompido e amargurado. Então, uma brecha no teto se abriu e dela começou a pingar o que parecia água. O líquido encheu a pia rochosa, então o espectro disse:

— Aqui estão as lágrimas da deusa. Pegue-as, cavaleiro.

Vincent obedeceu às ordens do espírito de Azrael sem hesitar, como se o tivesse como mentor ou mestre. Pegou as lágrimas e as guardou no frasco dado pela morte. O espectro desapareceu lentamente com o vento enquanto olhava para Vincent e dava gargalhadas. Rapidamente, o cavaleiro saiu do templo e voltou até as ruas da cidade, onde Mudra surgiu das profundezas. Ao montá-lo, Indra, o Corvo da Morte, pousou em seu ombro, crocitando. Juntos, cavalgaram de volta para Hiren-gaal em uma velocidade extremamente anormal, deixando rastros de sombra e escuridão por onde passavam.

Sem muita demora haviam chegado ao norte, e o cavaleiro se encontrava nas encostas do Monte Libellen, sob a sombra da noite. Mudra desapareceu, e Vincent teve de subir os seis mil degraus do monte até chegar ao topo. Ora, a viagem até lá havia sido cansativa para ele, que já não mais se importava com sua vida, pois havia se rendido à loucura. O sol se erguia no horizonte quando o cavaleiro chegou ao topo do monte. Lá, encontrou Azrael em forma mortífera, sentado em um grandioso trono feito de rochas e ossos.

— Ah, como foi rápido! Deve ter gostado muito de Mudra, não? — perguntou Azrael.

— No templo secreto você surgiu em espírito através do meu corpo, como fez isso?

Vincent se mostrou intrigado.

— É claro que você não se lembra, aliás, não se lembra de nada, não é mesmo?

— Do que está falando?

Dando breves gargalhadas, Azrael levantou uma de suas mãos e jogou cinzas no ar, fazendo com que se tornassem visões do passado. Nelas, foram reveladas as verdadeiras ações do passado de Vincent.

A primeira visão foi o confronto entre ele e Malogh durante a invasão em Acáy, na primeira era. Vincent desarmara Malogh em um combate único, mas o inimigo o arranhara no peito com seus cinco dedos malditos, fazendo com que o ferro da armadura que vestia se abrisse e rasgasse parte de sua pele, ato que fez com que ele caísse de joelhos e deixasse que Malogh fugisse. Aquele fora o motivo da ferida em seu peito e a razão pela qual obtivera a imortalidade. Ele não lembrava o motivo das dores que constantemente sentia, mas descobriu que o toque feroz do inimigo e a marca deixada causaram aquele tormento. Daquele dia em diante, Vincent fora assombrado.

A segunda visão foi a da casa de sua família, no dia do incêndio que havia custado a vida de todos. Atormentado, Vincent começara a pensar frequentemente em ações doentias, consequência da marca do mal em seu corpo. O cavaleiro incendiara a própria casa e trancafiara seus familiares no porão, incapacitando-os de fugir. Os deuses não eram os causadores da morte de sua família, pois havia sido Vincent quem os matara, amaldiçoado que estava pelo emissário da morte.

A terceira visão mostrava o dia do conselho real, quando Sven havia atacado Aimir I e fugido junto de seus novos aliados. Vincent carregara

Aimir I antes mesmo de seu próprio filho, mas, diferente de como todos conheciam a história, ele não tentara salvá-lo. Pelo contrário, Vincent o intoxicara com um frasco de veneno enquanto estava a sós com o supremo rei, causando assim sua morte. Aimir I poderia ter sobrevivido no dia em que fora atacado de surpresa, mas Vincent o assassinara.

As visões findaram, e Vincent caiu de joelhos enquanto relembrava as coisas horrendas que havia feito, mas não sabia o motivo. Chorava e berrava. Naquele momento, compreendeu por que sua ferida ardia tanto quando se encontrava com Azrael e soube também como ele surgira através dele no templo secreto.

A ferida havia sido causada por Malogh, cria de Azrael. Vincent possuía a marca da morte em seu peito, uma ferida maldita em forma de cinco arranhões. Por esse motivo, havia realizado atos horríveis que arruinaram sua vida e por isso não lembrava deles. Vincent carregava uma parte de Azrael e sempre esteve fadado ao mal, mesmo que com intenções boas, como o fato de proteger James e ajudá-lo em sua viagem até as Terras Corrompidas. Ele não era um homem bom, não mais. Vincent servia à morte e não mais se esqueceria de seu passado sombrio e maldito, aceitando quem realmente era.

— Vê? Você carrega uma parte de mim e não há mais motivos para esconder. Você serve a mim, o Senhor da Morte, sempre serviu. A marca de Malogh está ligada a mim, uma vez que eu o criei, mas, ao contrário do Lorde das Cinzas, você não será fraco.

— O que quer dizer com isso?

— Malogh tem seus próprios pensamentos e não mais obedece a mim. Seu fim deverá vir à tona, a profecia da Guerra Dourada será iniciada, pois eu abrirei os três selos.

— Apenas Fendrel pode deter Malogh, com Tempestade de Gelo.

— Quem portar Tempestade de Gelo pode deter Malogh, e, quando chegar a hora, você irá portá-la.

— Sugere que eu assassine Fendrel enquanto luto por ele?

— Não seja tolo, não pediria duas tarefas pesadas para sobrecarregá-lo. Eu me encarregarei de Fendrel. Aliás, não pode deixar Fendrel duelar com Malogh. Se o anjo detiver Malogh, o reinado dos anjos terminará, e não queremos isso.

— Se quer acabar com Essenia, por que se importa com os anjos?

— Acabar com Essenia? Não! Meu desejo sempre foi único e bem simples. Eu quero me vingar de meus irmãos e, principalmente, de Clavicus, que após a criação desapareceu e os abandonou como se fossem nada. Após Malogh ser detido, há uma última tarefa a ser feita e, quando ela for cumprida, criarei uma nova raça. Diferente de Clavicus, não abandonarei meus filhos, pois estes terão uma ascensão maior que qualquer outro ser já criado.

— E fará essa nova raça com os anjos?

— Exato. Os anjos foram os primogênitos de Clavicus e serão os meus também, porém serão aperfeiçoados. Lembre-se, Vincent, você serve ao Senhor da Morte, sempre serviu. Eu te darei muito poder, e será tenente dos meus exércitos.

— Sim, meu senhor — reverenciou Vincent, sem remorso ou arrependimento de quaisquer atos.

— Ainda deseja resgatar Lauren do Oblivion?

— Sim, pois Lauren sempre sonhou com o dia em que o império se libertaria, para assim viver em paz e realizar seus sonhos.

— Tem certeza? Sabe que não pode mais ficar com ela, pois seu fim será o mesmo daqueles que você amou.

— Faça o ritual — Vincent ordenou, irritado.

Azrael se levantou de seu trono e bateu as seis asas negras, permanecendo diante de Vincent. Ele tomou o frasco com as lágrimas da deusa e, com um sopro, derramou-as sobre Vincent, que ainda estava de joelhos. Logo, a visão do cavaleiro se tornou embaçada, tal como a audição se tornou fraca, então não mais enxergava e ouvia. Não mais sentia seu corpo, e seus pensamentos se desalinharam com sua mente, foi quando caiu desacordado, entrando em sono profundo.

25

O REINO DOS MORTOS

Vincent despertou em meio a árvores escuras e rochas cinzentas. Ainda com a visão turva, a primeira coisa que seus olhos fitaram ao acordar foi o céu. Longe de ser azul, este estava pintado em um tom roxo que se aproximava do rosa, e milhares de estrelas brilhantes se faziam presentes. Ainda atordoado e agora intrigado, o cavaleiro se levantou e seguiu uma trilha em meio ao gramado verde. Uma grande névoa azulada surgiu, cegando o caminho que Vincent seguia e a paisagem ao redor dele. Vozes foram ouvidas, conversas, choros, risos, o bater do martelo do ferreiro, o miar de gatos e até o rugido de tigres dentes-de-sabre.

Um tormento indiferente. Vincent sabia que caminhava entre o reino dos mortos e que havia de procurar por Lauren, pois longo havia sido seu caminho e mortal a mudança para o mal. A névoa se desmanchou e a paisagem se tornou outra. Uma enorme cachoeira, que caía de longe, formava um majestoso riacho azul que seguia a correnteza para o norte. Nele, peixes de cor de ouro nadavam e saltavam para o ar, sempre em sincronia, um a um. Uma multidão surgiu, e as pessoas andavam e conversavam, mas não era necessário abrir a boca para falar.

Ora, em meio à multidão, Vincent encontrou seus pais junto de sua irmã, mas os três não esboçaram reação alguma, nem lhe falaram nada. Em vez disso, eles o seguiam com o olhar, fitando seu corpo com os olhos arregalados. O cavaleiro se sentiu inútil e completamente envergonhado, pois sabia que poderia ser apenas uma visão, truques do ofício para fazê-lo se sentir mal. Foi quando o Corvo da Morte se afastou de Vincent e pousou nos ombros de uma figura ao longe, que se apoiava em um cetro. Teve fortes dores de cabeça ao fitar a figura misteriosa, e vozes trêmulas ecoaram na sua mente.

O pior ainda estava por vir. Uma sombra negra se apresentou vindo de longe, materializando-se. A sombra se personificou à sua perfeita imagem e era idêntica a Vincent. No entanto, era sombria e negra, desde a espada até os fios de cabelo. Quando Vincent desembainhou sua lâmina, o clone negro repetiu a mesma ação, em sincronia, sem nenhum segundo de atraso. Naquele momento soube do que se tratava. Era Daélius.

Além de ser conhecido como um dos cinco príncipes das trevas e também como domador das ilusões contínuas, Daélius causava discórdia e sofrimento a quem ele desejava, pois usava as ilusões daqueles que já haviam partido para torturar seus familiares que ainda viviam. Era sua tarefa, era como alimentava o mal dentro de si e se mantinha vivo e ardiloso. De fato, o maior obstáculo que Vincent já havia enfrentado era a si mesmo. Não podia feri-lo sem se ferir, pois qualquer golpe que fizesse a imagem reproduziria identicamente.

O primeiro confronto foi esquisito e incômodo, e Vincent não estava disposto a se sacrificar apenas para destruir Daélius. Por longos minutos, o cavaleiro duelou com cautela contra sua sombra, até que decidiu chamar Azrael e pedir ajuda. Nada veio do Senhor da Morte. O chamado de Vincent foi em vão, pois sua voz não ecoava através das árvores, nem das montanhas, nem dos rios, até mesmo a sombra de Vincent parecia tê-lo deixado.

Uma poderosa luz ofuscou os dois e tinha tanto brilho que queimou Daélius e o fez se tornar uma sombra novamente, movendo-se para longe. A luz vinha da queda da cachoeira, e, próximo às margens do rio, revelou-se uma bela mulher de cabelos compridos e brancos, ela vestia uma seda transparente. Consigo, carregava uma harpa de ouro e, acompanhada do som que produzia, cantava canções maravilhosas. Uma aparição de Cetiliah, deusa do amor e bondade, se pôs diante de Vincent e disse que retiraria a maldição se assim desejasse, pois Azrael das cinzas se levantara e das cinzas fizera sua morada.

— Se acredita em minha beleza e encanto, saberá a escolha que deve fazer, cavaleiro. Não se torne fantoche das cinzas, pois você não tem nada a ganhar com isso — alertou, e sua voz era como chuva serena quando cai nos mares calmos.

No entanto, Vincent a ignorou, não em palavras, mas em segredo. Sábia era a deusa e não ousaria ser tomada como tola. Quando leu o pensamento do cavaleiro, agora chamado servo de Azrael, e descobriu que sua escolha estava feita, Cetiliah chorou lágrimas de sangue. Eram quentes como magma e ardentes como o calor de um trovão intenso. A deusa desapareceu com um rastro infinito de luz sem dizer uma palavra, abandonando Vincent.

Caminhando pela névoa azul, Vincent encontrou Lauren. Ela estava sentada em uma pedra, acariciando um coelho branco, alimentando-o com cenouras. De repente, sua cabeça foi decepada por um carrasco, e, quando este retirou o gorro negro, revelou-se Aimir I. Ele encarava Vincent com o olhar de quem deseja vingança. Seu corpo, tal como o de Lauren, virou fumaça e desapareceu na névoa azulada. De repente, notou Lauren despida, flutuando a poucos metros do chão. Chamava constantemente por Vincent e perguntava por que ele não havia visitado ela antes. O corpo se contorceu acompanhado por gritos intensos, então fumaça consumiu seu corpo. Foi quando, à beira do rio, viu-a sentada. Esta parecia ser a verdadeira.

— Como conseguiu chegar aqui? — Ela quis saber. — Não te sinto como sinto os demais. Este não é seu lugar, Vincent.

— Não, não é, mas também não é o seu. Vim te buscar, pois você é a luz que me ilumina na escuridão, o nosso fim não tem de ser assim.

— Leve-me, se assim desejar.

— Eu te salvarei, mas deve fazer algo quando retornar.

— O que quer dizer?

— Assim que retornarmos, a Guerra Dourada acontecerá. Você deve ir diretamente para Acáy.

— O que quer dizer com "deve ir"? Você não vem? — perguntou Lauren.

— Sinto muito... — desculpou-se enquanto tocava as mãos dela.

A visão dos dois ficou escura e sentiram seus corpos mais leves. Caindo em devaneio, os dois se deitaram sobre o gramado à beira do rio. Longos foram os minutos que permaneceram desacordados, embora estivessem com as mãos entrelaçadas.

Ao abrir os olhos, Lauren percebeu que Vincent não mais a acompanhava, e Hiren-gaal estava em um tremendo colapso. Do céu, caíam bolas de fogo e os servos de Malogh rondavam o continente atacando todos que cruzavam o caminho. Dragões estavam ainda mais ferozes e lançavam fogo nas cidades, buscando a destruição. Forte era o povo livre do império, que defendia a cidade contra a tirania do inimigo.

Sucedeu que, movendo-se como um trovão, o lobo-dos-ventos de Wald chegou até Lauren e a carregou até Acáy. Nos portões da Cidade Santa, encontravam-se os três irmãos da dinastia dos anjos e eles defendiam seu lar com orgulho e determinação. Ardilosos eram os servos de Malogh, que estavam mais habilidosos. Lauren se juntou aos anjos, jogando luz contra os inimigos, cegando-os e os destruindo. Ora, não possuíam tempo suficiente para conter as hordas, pois grandes eram os outros reinos de Essenia, comandados por regentes dos irmãos do vale.

Concentrado e já pronto, James se encontrava no Altar Sagrado, depois das montanhas da cidade. O garoto fechou os olhos e abriu os braços como se para um abraço, sem receio ou medo. De seu peito, saíram faíscas brancas, e em seu coração queimava a luz celestial. Ele caiu de joelhos e, com as mãos puras, tocou o chão sagrado. Houve então tremores vindos do leste, tremores nas encostas e no mais profundo dos mares que contornavam a Cidade Santa. O Pico do Terror se rompeu, e as grandes montanhas de gelo se quebraram, derramando estilhaços pelo mar de Alduin.

Do núcleo das montanhas derrubadas, ele ascendeu. Era grandioso, maravilhoso e temível. As escamas eram como ferro, e as garras, como diamante. A cor branca e azulada resplandecia com a chuva de fogo que caía do céu vermelho. Bem-aventurados foram os que presenciaram, em toda região de Acáy, a ascensão de Namíra, despertado pela segunda vez na história. Não por um anjo lendário, mas por um simples garoto, que desde o início era parte de um plano imenso, destinado a salvar o povo livre do império. O bater de suas asas estremecia a terra, e seu rugido atordoava e fazia com que os servos de Malogh fugissem para o escuro.

A majestosa criatura pousou próximo ao altar e deu passagem para que James montasse em suas costas. Juntos, sobrevoaram Acáy, espantando as criaturas das sombras e as mandando de volta para seu mestre. Namíra partiu de Acáy, uma vez que a cidade estava segura, e sobrevoou por todos os reinos, espantando as criaturas maléficas.

O dragão de gelo se movia como o vento, rápido e sagaz, movimento que criatura ou bruxo algum conseguia superar. Namíra libertou todos os reinos do leste, exceto Fhalsreach, que Namíra não desejou sobrevoar.

Seu último alvo foi a cidade de Lóren, grande capital. Os muros do portão central haviam caído e parte do exército dos homens já não respirava mais. Aimir se encontrava pendurado no pescoço de um dragão negro, esfolando-o até a morte, enquanto seus homens lançavam flechas em sua carcaça. Então se fez presente o temor dos espíritos para com Namíra, enviado de Clavicus Mora, grande Criador.

De sua boca cuspia grande quantidade de gelo e seu rugido criava rachaduras por todo o solo, tal como raios e trovões vindos do céu. Lóren estava livre da ameaça. Ora, foi dito por James, em tom grandioso, ecoando por toda a terra, e sua voz era como um vulcão furioso:

— Hão de marchar para Acáy, pois os anjos os esperam para o confronto final contra Malogh. Héstia será apresentada e lá ocorrerá a Guerra Dourada.

Namíra lançou um sopro que envolveu todos aqueles que sobraram do exército dos homens, abençoando-os com a velocidade superior, fazendo assim com que se movimentassem para Acáy com mais rapidez. E, como ordenado por James, eles fizeram. Não foi pedido para que os elfos negros os seguissem, não por desdém ou inferioridade, mas porque havia coisas por vir, e os elfos negros precisavam se preparar.

Graças à bênção de Namíra, os exércitos se reuniram em pouco tempo diante do caminho para Acáy, prontos para marcharem para a guerra. Namíra lançou seu hálito gélido em direção ao mar e criou uma gigantesca ponte de gelo sobre ele, abrindo caminho para os exércitos passarem. Longa e infinita era a duração da ponte, que se via até o horizonte leste do mar.

Não havia sinal de Vincent, e tanto Lauren quanto James se perguntavam onde seu amigo estaria. Fendrel assumiu a linha de frente junto com seus irmãos e Aimir II.

Longa foi a viagem, mas a chuva de fogo havia cessado, e os dragões haviam fugido para as montanhas de onde saíram. Logo, quando fitaram o leste, notaram uma imensa ilha, seu solo era completamente plano, sem montanhas ou casas. Era apenas um campo de trigo, com a cor tão dourada que parecia ouro. Héstia estava próxima.

26

HÉSTIA E A GUERRA DOURADA

Fascinante aos olhos daqueles que a viam, a Ilha de Héstia era de fato um local celestial, escondido dos povos da terra, sendo visível apenas com a bênção de Namíra. Pilares flutuavam no céu, e sua estrutura era feita de mármore. Eram chamados de: Pilares de Arkay, deus do fogo e justiça. Estruturas mágicas e divinas, campos de batalhas intensos e épicos.

— Lauren, não tive tempo de perguntar, mas como está aqui? Pelo Oblivion! Vi com meus próprios olhos Azrael te levando — disse Arafel.

— Vincent foi me buscar no reino dos mortos, mas não o vi desde que voltei. Estou com um mau pressentimento... — respondeu, insegura.

— Vincent foi para o reino dos mortos? Lauren, o único jeito de fazer tal coisa... — hesitou — É através de Azrael.

— Está me dizendo que Vincent fez um acordo com a morte para poder me salvar?

— É incrível como o amor nos faz tomar decisões desastrosas, não? — ironizou Aimir.

— De qualquer forma, Vincent não é mais confiável. Azrael é capaz de corromper quem ele desejar, sem exceções... — mencionou Arafel.

— Vincent é uma ótima pessoa, foi o melhor amigo que meu pai já teve, e não era um anjo... Ele não se juntaria à morte. Meu grandioso pai, Findrath, não o acolheu e o treinou para se tornar uma pessoa ruim — defendeu Fendrel.

Todos ficaram em silêncio, fitando o céu azul, banhados pela grande luz do sol. Foi quando sussurros ecoaram pelo norte daquela terra. Os exércitos da coroa se posicionaram ao comando de Fendrel e Aimir e logo ficaram em formação de combate. Embora não estivessem com um número suficiente para ultrapassar Malogh, sua coragem era incomparável. Uma trevosa cortina de fumaça caiu do céu e dela surgiu Malogh, trazendo consigo todo o seu exército nunca mostrado. O céu, que antes era azul, agora jazia negro e cinzento, com longas nuvens carregadas que cobriram o sol. Foi quando se iniciou uma forte chuva de decadência naquela terra.

— Que a bênção de Ragnar caia sobre os povos livres de Essenia — rezou Aimir.

Intacto na linha de frente, Malogh desembainhou a lâmina escura, rodeada de cinza e sombra, e, com a capa negra arrastando pelos campos de trigo, caminhou na direção do exército inimigo.

Fendrel levantou Tempestade de Gelo para o céu com mais determinação do que nunca e libertou as asas, entrando em sua forma celestial. Logo, todos os anjos presentes o seguiram, apontando as espadas de prata para o céu, libertando as asas. Somavam-se mais de três mil anjos armados com sua fé e coragem.

Os servos de Malogh se moviam como a brisa da manhã, serena e cautelosa, e seus pés não alcançavam o chão, como se estivessem sendo puxados por entidades que os controlavam. A colisão entre os exércitos aconteceu. Malogh libertou seus aliados mais poderosos para a luta. Dentre eles estavam grotescos minotauros e seu grandioso dragão negro, o desolador de L'ozag.

O poder de Namíra foi suficiente para conter o dragão negro de Malogh, que lançava escuridão de sua boca com o hálito destrutivo. O dragão de gelo lançou a criatura de Malogh ao mar. Enfurecido, o Lorde das Cinzas libertou as luvnirs de um frasco que guardava consigo e as cravou em sua espada. Seu tamanho dobrou, tal como seu poder e sombra, assim como a maldade de seus servos.

No meio da batalha, Fendrel contornou seu olhar para o redor do campo e avistou Malogh dizimando seus soldados. Ali, fez-se o ódio de Fendrel, e seu destino estava prestes a ser cumprido. Permaneceu paralisado por um momento e em sua cabeça passou os momentos que tivera com seu pai, assim como a missão que o grandioso Findrath havia reservado para seu filho mais velho antes de desaparecer para sempre: a herança, tal como o dever de guiar os anjos em seu nome. Fendrel sabia que se cravasse Tempestade de Gelo em Malogh, a lâmina se romperia e se transformaria em mil estilhaços de prata, levando o reinado dos anjos para o fim.

No entanto, se não o fizesse, Malogh venceria, e todos os sacrifícios teriam sido por nada. Fendrel cerrou as mãos no pomo de sua espada e voou ferozmente em direção a Malogh, mas uma surpresa inesperada aconteceu. Uma sombra negra, diferente das sombras que Malogh carregava, veio como um trovão e agarrou Fendrel pelo pescoço, enforcando-o e o arremessando para um dos pilares de Arkay, acima do solo. Ao se levantar da queda, Fendrel fitou a sombra descendo até o chão de mármore, e então se apresentou.

Azrael, em forma mortífera, havia chegado e tinha a intenção de parar Fendrel.

— Maldição! Não entre em meu caminho! — berrou Fendrel.

— Não posso deixar que você derrote Malogh, Fendrel. Não cabe a você fazê-lo! — sussurrou a morte.

— Não cabe a você decidir, morte!

— Pois cabe, sim. — Sorriu ironicamente. — A morte decide fazer o que bem entender, pois não será punida por isso.

— O que quer, criatura sombria?

— Não posso deixar que um anjo destrua uma criação minha. Além disso, o reinado dos anjos não pode terminar, pois preciso de sua raça para um bem maior — explicou, sem muitos detalhes. — Você entende?

— Mas então... Malogh foi uma criação sua? Maldição! Você é tão sujo quanto dizem, criatura. Se quer o poder de matá-lo precisa me enfrentar primeiro.

— Enfrentar você? Isso não teria graça nenhuma, anjo tolo. Você se lembrará deste confronto para o resto da vida, se sobreviver, e mesmo assim não saberá se fez a coisa certa. Contudo, não terei piedade, eu darei o que quer.

Azrael bateu as asas negras e flutuou acima dos pilares, lançando uma onda de escuridão no solo de mármore abaixo de si. E, da sua sombra, surgiu Vincent, com olhos negros e espada escura.

— Vincent? O que fizeram com você, Vincent? Pare com isso; esse não é o homem que meu pai treinou.

— Isso acaba aqui, Fendrel — rebateu, e sua voz era fria e raivosa.

— Então que a luz de tudo o que é mais sagrado destrua você! — Fendrel o amaldiçoou amargamente, e empunhou Tempestade de Gelo uma outra vez.

O confronto entre o rei arcanjo e o cavaleiro mais fiel de seu pai havia começado. Azrael assistia do céu e estalava seu dedo de segundo em segundo, levando as almas dos soldados que ainda respiravam em Héstia. Ainda que o poder de Fendrel fosse demais para Vincent, este carregava a maldição de Azrael e tinha consigo a maldade divina daquele que havia recuperado os poderes pelo guardião dos vedaín.

O duelo entre os dois grandiosos seres parecia não ter fim. Fendrel, através do voo, esquivava-se dos ataques do cavaleiro negro enquanto Vincent se movia através de um vulto envolvido em sombra e medo. O coração do rei voltou a se encher de luz, transbordando pelos olhos e boca, e a auréola flamejante surgiu em sua cabeça como uma flâmula de batalha vantajosa.

Cada vez que Fendrel erguia a mão e a baixava, um trovão branco atingia os pilares, buscando ferir Vincent. Por três vezes Fendrel o fez, mas Azrael o protegeu, lançando uma cortina de névoa pelos ares. Chegou o momento em que Vincent atingiu o rei arcanjo na costela, fazendo-o gemer de dor. Em seguida, desferiu outro golpe, fincando a lâmina escura em sua coxa, fazendo com que Fendrel se ajoelhasse.

Vincent levantou a espada para desferir o último golpe contra Fendrel, mas o rei dos anjos reagiu. Ele bateu forte com Tempestade de Gelo no chão, causando um estrondo que arremessou Vincent. O rei rapidamente se levantou com o bater de suas asas e voou na mesma velocidade que um raio atinge a terra, fincando a lâmina no estômago do cavaleiro.

Ardilosamente, Azrael voou por trás de Fendrel e, com sua foice longa e maldita, cortou as grandiosas asas do rei dos anjos, fazendo com que ele tirasse Tempestade de Gelo do corpo de Vincent e a direcionasse contra ele. Vincent fugiu da batalha, desvanecendo-se em meio à nevoa sombria.

Fendrel estava diante de Azrael, que o cobria com suas asas e o mantinha na sombra do mundo. Ali, sem as asas, seu bem mais precioso, e com sua vergonha à mostra, Fendrel libertaria a maior potência de sua força. Fez um breve sacrifício de sangue apertando a mão na lâmina enquanto agonizava de dor pelas asas removidas. Os céus se enfureceram e as nuvens foram manipuladas, formando um tornado; em seu centro, uma forte luz se fez, descendo na direção de Fendrel. O rei arcanjo levantou a espada divina e a apontou para Azrael, desafiando-o pela última vez.

– Eu não temo nenhum mal – declarou Fendrel, confiante de sua fé.

Enquanto o rei permanecia com a espada apontada para Azrael, o Senhor da Morte se aproximou do anjo, pressionando o próprio peito na ponta da lâmina, atravessando-o sem causar dano algum. Ali, Azrael mostrou que seu corpo não era mortal e que nem pela mais poderosa relíquia dos anjos poderia ser morto, pois era um deus.

– A morte não pode ser apagada deste mundo, pois dele faço parte – proferiu em tom sussurrante.

Azrael pegou Fendrel e o jogou contra o chão, fazendo com que a foice em sua mão se tornasse cinzas e, um instante depois, a arma se materializou no céu e caiu em alta velocidade contra o corpo de Fendrel, atingindo seu peito. Azrael tomou de Fendrel a runa onde estava aprisionado Andaroth e deixou o anjo agonizando de dor. O Senhor da Morte desapareceu através das cinzas à procura de Vincent, pois o cavaleiro deveria tomar a espada de Fendrel, já que o Senhor da Morte não poderia portar uma arma tão poderosa e abençoada.

Enquanto isso, abaixo do pilar dos céus, Arafel e Uriel confrontavam Malogh e seu exército maldito. O uso das luvnirs tinha feito com que o Lorde das Cinzas ficasse ainda mais poderoso e temível. Suas bestas causaram grande alvoroço, tal como seus servos. À medida em que Namíra sobrevoava em sua direção, lançando contra ele longas rajadas de gelo divino, o Lorde das Cinzas se envolvia em uma espécie de escudo negro, bloqueando qualquer tipo de dano. De repente, surgiu no campo de batalha Evendros, portando consigo Kalima e mostrando a aparência de seu espírito em metade de seu corpo denso e negro.

O poder de Kalima fez com que Vexia, a aranha gigante de outrora, fosse conjurada em forma espectral maior ainda e mais mortífera que antes. Vexia foi mandada para conter Malogh, e assim ela o fez. Enquanto Malogh duelava contra a criatura, Evendros roubou as luvnirs que estavam cravadas em sua lâmina e desapareceu da visão de todos.

O elfo negro apareceu diante de Namíra e mostrou para a grande criatura as luvnirs em suas mãos. E, embora estivesse amaldiçoado, Namíra notou o ato de bondade do elfo negro em ter roubado as joias e sabia o que ele queria que fizesse. Namíra soltou seu hálito gélido contra Evendros e as joias em suas mãos, purificando-as e as queimando, tal como Evendros, pois também se encontrava amaldiçoado.

Evendros surgiu nos pilares de Arkay, onde Fendrel ainda agonizava em seus últimos minutos e, antes que desaparecesse daquele mundo. Ofereceu-lhe as luvnirs, proferindo as sábias palavras:

— Crave as luvnirs em sua espada, Fendrel. Apenas por você o Lorde das Cinzas deve perecer, e apenas você tem a chance de fazê-lo. O reinado dos anjos não deve acabar, muito menos Azrael prosperar.

Foi então que Evendros berrou dolorosamente, cerrando os punhos com grande força, pois ao mesmo tempo em que a maldição era purificada de seu corpo, sua vida se esvaía, uma vez que havia condensado sua vida à de Kalima.

Ele teve sua morte ali, próximo ao rei Fendrel, que em seu último minuto de vida cravou as luvnirs na Tempestade de Gelo. Imediatamente, os céus se fecharam e grandes e poderosos trovões atingiram a ilha, queimando os belos campos de trigo. O rei rastejou até a beira do pilar. Fendrel observou o vasto campo abaixo de si e a destruição que Malogh causava. Suas forças eram gigantescas e sua escuridão cobria a luz dos anjos, que esperançosos ainda batalhavam.

Fendrel tentava se colocar de pé, mas não conseguia. As costas jorravam sangue e diversas partes de seu corpo ardiam como se ferro quente estivesse posto contra a pele. Naquele momento, todos os anjos o fitaram em meio ao fogo e as sombras.

Foi quando conseguiu ouvir a voz de seu pai, que vinha dos mares ao norte. A chuva cessou, tal como a nevasca; e Fendrel conseguiu ouvir a voz de Valindra o encorajando. Ao fitar a parte inferior do pilar, avistou Malogh duelando contra seus irmãos e Namíra. James montava ferozmente o dragão. Mesmo exausto, o garoto continuava determinado a cansar o Lorde das Cinzas até o último momento.

A determinação de James contra Malogh fez com que Fendrel acreditasse que nem tudo estava perdido, pois ainda havia esperança. Mesmo sem força e em seus últimos segundos de vida, fez a última jogada sem saber se obteria sucesso. O rei rolou para fora dos pilares, caindo em direção ao Lorde das Cinzas, portando em suas mãos Tempestade de Gelo. Fendrel caía como um raio cai do céu e atinge os mares, causando alvoroço e tsunamis. O rei arcanjo caiu nas costas de Malogh e, embora seu corpo queimasse junto do inimigo, a lâmina sagrada foi fincada nas costas do Lorde das Cinzas de forma tão certeira quanto um martelo acerta um prego.

A lâmina de Fendrel, porém, não se rompeu. Ao contrário, as luvnirs lhe deram ainda mais força e poder. O corpo de Malogh explodiu, transformando-se em mil pedaços, cobrindo os campos de trigo ao redor e os fazendo morrer. O exército de Malogh pereceu, transformando-se em estilhaços negros, virando pó. Ainda que Fendrel tivesse cumprido a profecia da Guerra Dourada e derrotado o Lorde das Cinzas, libertando o povo de Hiren-gaal de sua tirania, e impedindo que o reinado dos anjos terminasse, o lendário rei arcanjo se rendeu à dor. Ele faleceu com honra e lealdade, cumprindo o desejo de seu pai de guiar os anjos à vitória e liberdade.

Todos lamentaram a morte de Fendrel, porém não mais que seus irmãos. Agora Tempestade de Gelo seria passada para Arafel. Ao tocar a lâmina pela primeira vez, tirando-a do solo em que estava posta, uma forte ventania se fez presente e os céus se abriram, libertando gigantescos feixes de luz naquela ilha, reluzindo os campos de trigo que ainda estavam vivos.

Uriel voou até o pilar onde as asas de seu irmão se encontravam e topou com Evendros morto. A fumaça saía de seu corpo. Uriel levou consigo as asas de seu irmão e carregou Evendros em seu colo, a fim de devolver o corpo à família, como salvador que fora. Arafel carregou Fendrel durante toda a viagem de volta com lágrimas em seus olhos, pois seu irmão sacrificara a vida para salvar milhares de outras, que futuramente teriam sucumbido ao Lorde das Cinzas, inocentes e não inocentes.

Ao pisarem em terra firme, na província de Acáy, pouco acima do Porto Cinzento, Namíra pediu as luvnirs que estavam em posse dos anjos, cravadas na lâmina de Arafel. Assim eles o fizeram. Fortes eram as luvnirs, indestrutíveis contra qualquer tipo de arma ou magia. Namíra, para tornar impossível que alguém as possuísse novamente, as engoliu.

Hiren-gaal estava livre dos ardis do Lorde das Cinzas, mas não houve felicidade, nem alegria, nem comemoração. A morte de Fendrel ficaria marcada por muito tempo, pelo menos para os anjos, cuja vida dariam para lutar por seu rei.

27

RECOMEÇO

Se o Lorde das Cinzas havia sido derrotado, a tirania de Azrael apenas começava, uma vez que havia se apresentado depois de 3.500 anos da criação. Lauren, apaixonada por Vincent, sofria amargamente seus sentimentos pelo cavaleiro. O que Vincent havia feito com Fendrel no topo dos pilares de Arkay não tinham perdão. E o cavaleiro sentia pesar pelos seus atos, fugindo de Héstia quando Fendrel o jogou dos pilares de Arkay.

Livres de fardos eram os anjos, que não tinham vingança em seu coração, nem receio. Arafel e Uriel passaram longos dias entristecidos pela morte de seu irmão mais velho e pela traição de Vincent, aquele que era bem-vindo em sua casa.

Aquele cuja vida sacrificara para que a profecia de Fendrel fosse cumprida, foi levado diante de Os Seis e o Um. E eles lhe deram a chance de aceitá-los como verdadeiros Divinos para que assim tivesse a vida através do perdão e do aprendizado.

Evendros residiu no Palácio Vitorioso por um determinado tempo, pois este não corria na terra dos imortais como era em Westonia, ele corria com grande rapidez. O rei de Fhalsreach conviveu em harmonia com Os Seis e o Um e aqueles que estavam salvos do esquecimento do Oblivion. Muito ele aprendeu com os Divinos, que passaram seus ensinamentos que já eram seguidos por muitos em Westonia e com eles mudou seu coração e mente. Em especial, Evendros teve um apego a mais por Kyne, aquele que da natureza era dono, e dos animais o criador. O antigo rei demonstrou grande força de vontade nas tarefas do senhor da natureza e por isso foi abençoado.

Chegou o momento em que Evendros estava pronto para um propósito grandioso em Essenia. Provar a quem não os seguia sobre Os Seis e o Um e fazer de Fhalsreach um reino nunca visto, mais próspero e abençoado que nunca. Foi quando despertou de seu devaneio reluzente, acordando em uma mesa de pedra, no pátio da frente do castelo de Fhalsreach. Ali, fazia-se presente a população de sua cidade, os filhos de Findrath, e seus próprios filhos.

Todos se espantaram, porém foram confortados pelos anjos, cuja voz amoleceu o coração e trouxe calmaria para todos. Seus filhos, antes profundamente entristecidos, agora sentiam medo e dúvida.

— Não, não é uma obra maligna retornando, pois a carne não cheira mal e a pele ainda está macia e quente! — disse Uriel, com sua voz doce e serena. — Nos conte de sua própria boca, pai de Fhalsreach.

— Eu vi o impossível. Eu vi o Palácio Vitorioso e habitei nele por certo tempo. Os Seis e o Um ficaram diante de mim e me mostraram uma nova luz, uma nova chance. Com eles aprendi muito e os aceitei como divinos protetores de Westonia. Deram-me outra chance para mudar minha vida e impedir que outros possam ir para o Oblivion quando deixarem este mundo! — Virou-se para a multidão. — Eu estou vivo, povo da minha terra! Não tenham medo, pois de carne e osso ainda sou feito. Venho para fazer com que nosso reino prospere e para que haja natureza e vida abundante em nossa terra, pois de Kyne sou abençoado.

Evendros estendeu as mãos no ar, e o sol brilhou forte. A grama que cercava as trilhas rochosas de sua terra se tornou mais verdejante, e flores brotaram. Pássaros e borboletas vieram em abundância e rondaram por Fhalsreach, dentro e fora. O ar que respiravam se tornou diferente, mais puro do que antes. Todos se maravilharam e tiveram Evendros como exemplo de vida nova e renascimento. Todos os elfos negros de Fhalsreach abandonaram Noreen e, através do perdão, seguiram Os Seis e o Um e seus nomes foram escritos nas Areias do Destino. Gratos ficaram os filhos ao ter o pai de volta à vida como um herói.

Embora o continente estivesse em paz, diversos assuntos ainda haviam de ser resolvidos, tal como a coroação dos reinos livres dos elfos negros. A sucessão de Vérion teve início, e Tanur, filho mais velho de Sven, passou a governar a maior província dos elfos negros em Hiren-gaal. Pinefalls, guardada pelos regentes Ereneth e Ariandar, ficou sob comando de Ariandar, pois seu irmão decidiu ficar em Vérion e aconselhar Tanur nas decisões como rei.

Fhalsreach voltou a ser bela como outrora, e as teias que estavam espalhadas por toda a província foram destruídas pela luz de Kyne.

Evendros sabia que suas ações em Héstia se tornariam canções, tal como a ressureição pelos deuses. Aquele que um dia julgaram ser inferior e submisso a rei menor havia se tornado o grande salvador do reino dos anjos.

Ora, o pequeno garoto James, que desde o início do retorno de Malogh sofria se escondendo do Lorde das Cinzas, tornou-se inspiração para todos por ter montado a grandiosa Namíra, tornando-se uma canção, inclusive proferida em grandes palácios: *O Garoto e o Dragão*.

A grandiosa Floresta do Desespero foi libertada da maldição que dizia que apenas os elfos negros podiam pairar sobre ela, tornando-se livre e pura.

A coroa de prata foi dada a Arafel, sucessor do império dos anjos. Uriel não se fez presente no dia de sua coroação, pois partiu para a Fenda Valiosa com a clava de Salor, já falecido. Uriel já havia esperado muito para entregar Grito para os orcs, que estavam sob a maldição dos príncipes das trevas.

Com a clava feita a partir da terra natal dos orcs, Uriel desferiu um golpe poderoso no trono da Fenda Valiosa e fez com que a maldição de Silverin partisse daquelas terras e fugisse para o oeste.

Burton, assim como os outros orcs, recuperou as forças e saudou Uriel como salvadora de seu povo. O rei dos orcs voltou a segurar a lâmina Castânica uma outra vez e a agradeceu profundamente por salvar seu povo. Eles ficaram felizes ao saber sobre a queda de Malogh e voltaram a seus afazeres de mineradores.

No mesmo dia em que Arafel foi coroado como rei arcanjo, Luin foi coroado rei de Istíria, filho mais velho de Hadgar e herdeiro do trono.

Hanna sentiu inveja profunda de seu irmão e foi consumida pelo ódio. No entanto, o povo de Istíria permaneceu entristecido, pois não eram merecedores de tal trono.

Assim se iniciou um novo tempo em Hiren-gaal, e, embora o povo estivesse em paz novamente, os anjos, assim como Evendros, sabiam que Vincent tramava alguma coisa com Azrael. O objetivo de Malogh de superar as divindades e confrontar o próprio Criador não passava de uma farsa. Malogh era um fantoche poderoso e ardiloso, mas, ainda assim, um mero fantoche. A notícia sobre o verdadeiro inimigo, o Senhor da Morte, foi espalhada não só por Hiren-gaal, mas por todos os continentes do leste.

O cavaleiro, antes bom e solidário, foi apelidado de Fantoche por todos aqueles que habitavam o leste de Essenia.

28

SEGREDOS ANCESTRAIS

Abençoado por Kyne havia sido Evendros, aquele que portava a paz do divino, representante dos animais e natureza. Seu reinado se tornou belo e progressivo. As riquezas aumentavam, a província prosperava e as fazendas e plantações cresceram e deram vida com uma rapidez desconhecida. Foi dada a ele uma nova coroa, esta de flores. No entanto, Evendros sentia algo. Sentia que deveria tomar uma decisão importante. Os ventos sussurravam aos ouvidos dele que algo deveria ser descoberto e explorado, algo esquecido pelo mundo misteriosamente. Foi dito a Evendros que marchasse para os salões de Barguldul, onde residia um terrível minotauro.

As lendas do leste de Essenia contavam sobre um grotesco minotauro que residia em um grandioso salão conhecido como Barguldul, a norte da Floresta de Melóra e a sul de Fhalsreach. O que se contavam as lendas era que a criatura guardava uma arca de um minério desconhecido, tão poderoso e pesado que não poderia ser quebrada ou extraída daquele salão. Milhares de aventureiros, mercenários e heróis de toda Westonia tentaram confrontar a terrível criatura, mas nunca retornaram. Não se sabia o que a arca guardava, e os boatos sobre tal eram muitos. O único jeito de abrir a arca, era pela chave única, posta em uma pulseira presa no pulso do minotauro.

Certo dia, quando a luz do sol raiava lindamente nos céus de Ýris, Evendros cavalgou ao sul com a égua, carregando consigo apenas a nova fé pela religião dos vedaín. Lá, encontrava-se o grande salão de mármore. Ele amarrou a égua em uma árvore próxima e adentrou os salões empurrando os portões pesados e gigantescos de mármore. Escuro era aquele lugar, salvo apenas por pequenas tochas aos pés das paredes. O chão era coberto por esqueletos cheios de pó e cinzas, certamente estavam descansando ali havia muito tempo.

Evendros ouviu o barulho de correntes se arrastando e bufadas altas e grotescas. Kyne o acompanhava e o completava em espírito. Uma forte corrente de luz veio da floresta e penetrou com tanta força nas paredes de mármore que fez com que seus muros caíssem e se despedaçassem no solo. O teto se rompeu junto às paredes e, embora fosse pesado, não foi o suficiente para derrubar o minotauro, que partiu o teto em dois quando atingiu seu corpo horrendo.

Iluminada apresentou-se a terrível fera. Tinha chifres pontudos, olhos avermelhados e estava acorrentada. Seu tamanho era tão grande que poderia facilmente agarrá-lo com apenas uma mão e amassá-lo à morte. No entanto, a criatura estava com as mãos ocupadas, segurando um machado de ferro enorme. Graças à luz de Kyne, o minotauro rugia ferozmente e bufava com ódio da claridade e da audácia de Evendros, que ousava enfrentá-lo sozinho. Desferia golpes com seu enorme machado, mas Evendros conseguia se esquivar.

Aconteceu que, com a graça de Kyne, vieram quatro grandiosos falcões do tamanho de cavalos. Os falcões rodearam a criatura, crocitando com tamanha frequência que o deixou surdo dos dois ouvidos. Eles avançaram nos olhos do minotauro e os bicaram com sagacidade e ferocidade, arrancando-os e deixando a criatura cega e ainda mais mortal. Os falcões deixaram o salão e voltaram para as florestas ao sul, deixando Evendros novamente sozinho.

A criatura, agora, desferia golpes sem enxergar ou ouvir, seus ataques eram contínuos e acertavam o chão com tanta força que o rachou. Ora, após tantas rachaduras, o piso do monastério se desfez, causando grande desmoronamento no que parecia um abismo subterrâneo. Junto de Evendros e o minotauro, a sagrada arca que a criatura guardava também veio a cair.

Evendros se apoiou no peito da criatura e desferiu diversos golpes, acertando o coração. A criatura, que caiu no solo inferior, causando ainda mais desmoronamento, finalmente começou a se enfraquecer. Evendros percebeu que estavam em uma suposta torre subterrânea, pois caíam de andar em andar até chegarem ao fim. Havia uma enorme estaca feita de ouro onde o minotauro caiu, perfurando-o profundamente, causando a quebra da estaca e também a sua morte. Evendros, que se apoiava na criatura, teve a queda amortecida, mas ainda assim se feriu. Ao ver que a arca cairia sobre ele, Evendros se jogou para o lado, atingindo o local com impacto. O elfo se levantou e retirou a sujeira e poeira que a queda havia causado.

Ele observou ao redor e notou que se encontrava em um lugar estranho. Jamais vira lugar parecido: havia corredores acabados em pedra. Mirou para cima, de onde havia caído, e percebeu que a distância era tão grande que não se via o topo. Sem mais tempo a perder, Evendros tomou para si a chave do pulso do minotauro e partiu para destrancar a lendária arca, que ainda permanecia intacta. No entanto, teve uma grandiosa surpresa ao abrir a arca, pois tudo o que ela guardava era um pergaminho antigo.

Você foi capaz de matar a gigantesca fera que guardava esta arca, ou foi inteligente o bastante e desvendou o jeito certo de encontrar nossa antiga civilização. Você provavelmente deve estar lendo este pergaminho na sala da armadilha, onde preparamos esta enorme estaca para dar um fim à criatura. Deve estar se perguntando o que é este lugar, mas o que não sabe é que com certeza já ouviu falar de nós. Nós somos os anões. Ou pelo menos costumávamos ser. Não vou entrar na soberba de contar sobre nossos feitos extraordinários, que estão muito à frente dos povos da superfície, porém nosso mundo é incrível demais para simplesmente ser esquecido assim.

Seguindo pelo corredor central, você encontrará uma porta de ouro. Através dela, verá nosso verdadeiro mundo, onde costumávamos viver. Maravilhe-se, explore, mas tome cuidado! Nossa raça pode estar extinta, mas nossos engenhos ainda pairam pelas terras: robôs mecânicos em forma de aranhas ou esferas. Outro aviso é sobre os insetos gigantes como lagartos e besouros, extremamente venenosos. Uma única picada pode levar à morte em minutos.

Isso é tudo o que precisa saber, pelo menos por ora. Lembre-se: esta terra está abandonada. Não espere ter companhia.

Desconhecido.

– A civilização esquecida dos anões? Será que realmente descobri essa relíquia? – perguntou-se Evendros.

Tomou para si uma tocha presa à parede e seguiu o corredor. Avistou a porta de ouro que era mencionada no pergaminho e, ao abri-la, Evendros se encantou. Jamais vira algo parecido em toda sua vida, nem em histórias ou lendas. Era literalmente um mundo inteiro subterrâneo. Vasto. Seu céu era feito de rocha e tinha a altura de mais de quinhentos metros. Aquele local era espaçoso o suficiente para abrigar todos os dragões de Hiren-gaal. O solo era composto por um gramado de cor roxa. As árvores eram cogumelos gigantes e estes produziam luzes azuis e brancas tão fortes que iluminavam a milhares de distância. Rios cruzavam o solo, vindos de diversas cachoeiras postas nos limites rochosos daquele local. Havia diversas casas espalhadas nas colinas e eram feitas de mármore e ouro. Possuíam uma beleza que nenhum homem, elfo, argo, ou qualquer outra raça já havia planejado.

Ele não ouvia o barulho do vento, nem da vegetação se movendo com a brisa, nem o som dos pássaros, muito menos do martelo dos ferreiros, ou da conversa dos mercadores. O único som que aquele local produzia era o das águas das cachoeiras caindo nos rios, formando as correntes. Seu som ecoava por todos os cantos daquela terra. Evendros vagou por uma trilha daquele lugar sem nome, abandonado e esquecido.

Curioso, adentrou em uma das diversas casas que lhe chamou a atenção. Havia diversas flores e plantas envolvendo sua estrutura, plantas que reluziam uma cor esverdeada e dourada, breve e curta. Os móveis estavam revirados e empoeirados e eram todos de madeira, ouro ou mármore. Havia também diversos livros rasgados, queimados e espalhados por todo o chão. Percebeu então que o antigo morador daquela casa era um alquimista, por causa das diversas receitas e livros alquímicos. Enquanto folheava alguns livros que encontrava pela frente, tendo a infelicidade de ver as páginas se desprendendo por estarem tão velhas, Evendros encontrou um manuscrito avulso pregado na parede.

Elixir para curar envenenamento:

Essas criaturas tóxicas são extremamente perigosas. Uma só picada pode levar à morte. Por isso, descobrimos um elixir que cura o envenenamento.

Ingredientes:

2 cogumelos azuis (crescem na parte oeste de Limite Sombrio)

2 pares de asas de borboleta do tipo rosa (funciona apenas com a rosa)

Água do Rio Sagrado (você sabe, nosso belo rio)

Modo de preparo:

Coloque os cogumelos e as asas das borboletas no recipiente onde irá beber, bata e amasse bem até ficar homogêneo, depois coloque a água e misture. Pronto, seu elixir mágico está feito.

— Oeste de Limite Sombrio? — perguntou-se. — Este local se chama Limite Sombrio. E esta receita é magnífica. O único local onde há cogumelos azuis é em Arcádia, e não descobriram um elixir que cura envenenamento, apenas as ervas que retardam.

Ele encontrou uma estante com uma grande quantidade dos ingredientes para a receita do elixir, pegou uma bolsa, que estava ao lado da estante, e guardou alguns dos ingredientes necessários. Enquanto guardava os itens na bolsa, ouviu alguém correndo na grama lá fora. Ainda que um pouco distante, Evendros podia ouvir, e se arrepiou da cabeça aos pés. Colocou a bolsa em suas costas e desembainhou a espada curvada lentamente. Kalima produziu breves sussurros ao ser desembainhada, tomando a atenção de Evendros.

— Devo me desfazer desta lâmina o quanto antes. Quando eu retornar para... Espera um pouco... como sairei daqui? — disse, preocupado.

Ele ouviu os passos novamente e sua atenção se voltou para o barulho lá fora. Procurando fazer o mínimo de barulho possível, pôs a cara para fora da casa lentamente, mas nada avistou. O som dos passos havia desaparecido e nenhuma alma viva estava à vista.

Pensando ter sido a imaginação lhe pregando peças, Evendros continuou a jornada caminhando pelas margens do rio. Não tinha como objetivo lugar algum, pois grandioso e vasto era aquele mundo novo, e não sabia o que poderia esperar. Logo, não muito à frente, encontrou uma fogueira recém-apagada com brasas acesas nos troncos e fumaça preta subindo. Havia uma grelha e nos espetos estavam peixes no ponto. Intrigado, Evendros se mostrou ainda mais curioso. Os arrepios em seu corpo aumentavam cada vez mais, e ele começou a ter a sensação de que alguém o vigiava.

Ora, do fundo da terra subiu à superfície uma praga grotesca: um besouro gigante com corpo de centopeia. Uma criatura nunca vista pelos povos do mundo superior. Sua cor era negra com manchas azuladas que reluziam um pequeno brilho. As vinte patas eram feitas de ferrões nas pontas, e em sua boca havia mais dois ferrões pontudos, deles respingavam uma toxina. A criatura partiu para cima de Evendros, mas teve um fim breve quando o elfo negro cortou quatro de suas patas e fincou a lâmina na cabeça da criatura.

Um estrondo veio de uma vila próxima, era o som como o de uma estrutura grande de vidro se quebrando, Evendros seguiu até a vila e, enquanto caminhava, teve a certeza de que estava sendo vigiado.

— Você não deveria estar aqui — alertou uma voz vinda por trás.

— Sua mãe não lhe ensinou que espionar os outros é feio?

Virou-se com os braços cruzados.

A figura vestia uma armadura robusta, feita de metal anão. O elmo era fechado e o metal tinha a aparência de um rosto humano com barba e expressão fechada. A estrutura corporal era menor que a de um humano e batia um pouco abaixo do peito de Evendros. Em sua mão direita, carregava um esplêndido martelo de metal anão e, no seu interior, estava cravado uma espécie de gema, que brilhava forte e reluzia auras magníficas. Na mão esquerda, carregava um escudo de metal anão e diamante, como um escudo polaco.

— Você é um anão! — exclamou Evendros.

— Diga o que faz aqui, elfo negro. Como veio parar aqui? — perguntou, irritado.

— Bem, é um pouco estranho, pois muitas coisas aconteceram comigo e eu senti que deveria vir até Barguldul, onde o lendário minotauro guardava a arca.

— Ah, a arca, foi por ela que chegou até aqui.

— Não sou um aventureiro ou mercenário qualquer, se é o que está pensando. Sou um grande rei da província de Fhalsreach.

— Vocês, reis de Hiren-gaal, são fascinantes! Não são como os outros, que permanecem sentados em seus infelizes tronos sem sequer moverem um dedo, como malditos ursos hibernando. Olhe para você. Enfrentou o minotauro sozinho e conseguiu descobrir a passagem para nossa civilização perdida embaixo da terra.

— O papel de um rei não é guardar o trono feito um covarde escondido atrás das muralhas de seu castelo. O papel de um rei é enfrentar qualquer desafio que surgir em seu caminho, para que aqueles que o vejam tenham respeito e consideração.

— Chamo-me Soram — apresentou-se, sorrindo pela resposta do rei. — Costumava ser conhecido como guardião de Limite Sombrio, mas agora sou apenas o último sobrevivente de nossa raça.

Ele retirou o elmo, revelando a cor da pele azulada e a barba branca, tal como as sobrancelhas grossas.

— É uma honra conhecer um anão. Chamo-me Evendros, de Fhalsreach.

— O que busca em Limite Sombrio, Evendros?

— Bem, não sei ao certo. Recebi uma luz que me guiou até aqui.

— Estranho, muito estranho. Diga-me, durante a luta contra o minotauro, aconteceu algo um tanto incomum?

— Bem... — Pensou um pouco. — Ah, sim! Em determinado momento, uma forte luz veio da floresta e penetrou com tanta força que as paredes dos salões se romperam e caíram! Logo, diversos falcões do tamanho que jamais tinha visto, adentraram os salões, cegaram e ensurdeceram a criatura.

— Oh, sim! — berrou contente. — Você é a Luz de Kyne!

— O que quer dizer?

— Foi Kyne quem nos criou e nos deu a sabedoria e a paz para construir e reinar este mundo que um dia já foi povoado e cheio! Quando os dias escuros chegaram, e todos se foram, eu rezei todos os dias para Kyne, para que mandasse a Luz para nos ajudar a vencer estes dias escuros, e você não estaria aqui se não fosse graças a ele.

— Eu costumava carregar em meu coração uma maldição, a maldição do Lorde das Cinzas, mas ao tomar uma decisão trágica de salvar os anjos da extinção, e dar minha própria vida por tal causa, Kyne me abençoou e retirou a maldição do meu corpo, dando-me uma nova chance.

— Sim, você é abençoado por Kyne, é a Luz dele. E eu pensava que os elfos negros carregavam em suas crenças apenas Noreen — comentou Soram.

Soram levou Evendros para seu lar, uma espécie de base, feita em cima de cogumelos gigantes crescidos dentro do rio. Soram revelou a Evendros o motivo de sua reza a Kyne, contou-lhe que algo que era de grande importância para seu povo estava agora perdido nas mãos dos inimigos. Tratava-se dos homens de fogo, criaturas humanoides banhadas em lava e labaredas. Seus cabelos respingavam lava e suas espadas queimavam o fogo infernal.

Crias do fogo, vindos misteriosamente para Limite Sombrio, os homens de fogo não tinham força suficiente para subirem à superfície de Essenia, pois forte e divino era o sol, assim como a lua, ambos criados por Ýris e Arkay a mando de Clavicus Mora. E, se eles ousassem invadir Essenia, seriam exterminados imediatamente, pois a pureza dos deuses baniria qualquer exército vindo de outro plano. No entanto, fizeram moradia em Limite Sombrio. Poucos foram os que sobraram dos homens de fogo, pois Soram, com bravura e fé, destruiu muitos em seu caminho, restando apenas a fortaleza antiga, que antes fora a sua casa, mas agora era lar das chamas universais.

— Então eu vim ajudá-lo a recuperar algo que está na fortaleza antiga, lar dos homens de fogo? — perguntou Evendros.

— Sim. Os homens são fracos, porém os guardas são fortes e implacáveis, e o som de suas vozes é como ondas se chocando.

— Vigias, você diz?

— Sim. Eles usam armaduras de ferro e capas longas, cobertos de chamas eternas.

— E o que eles guardam na fortaleza antiga? — perguntou o rei, intrigado.

— Uma riqueza capaz de fazer anões arriscarem a própria vida para tê-la.

29

ASSUNTOS MARÍTIMOS

Veio a suceder, em uma manhã quente e maravilhosa, que Hanna chamasse Luin, seu irmão mais velho e também novo rei de Istíria, para uma pescaria a fim de se distraírem dos últimos acontecimentos. A família real de Istíria, os ursos-selvagens, embora não tivessem portos para frotas, tinham um barco próprio, que ficava escondido em um cais localizado no mar atrás da Fenda Valiosa. É claro que Istíria pagava muitos hires para os orcs manterem a localização do barco em segredo. Os orcs aceitaram, pois eram gananciosos e pensavam apenas em mineração, visando sempre o ouro e a riqueza. Burton era o responsável por viajar até Istíria e pegar o pagamento.

Ora, Hanna e Luin foram a cavalo para a costa norte de Hiren-gaal, enquanto sua mãe, Sarah, guardava o trono para o filho e rei. Uma pequena passagem pelas encostas das montanhas da Fenda Valiosa os levou a uma praia deserta, a qual a família real de Istíria e os orcs nomearam de Refúgio. Hanna levou consigo muitos dos guardas de Istíria para remarem o barco. Bela era a vista dos mares de Alduin na costa norte, a visão era composta por um azul-claro reconfortante, tão claro quanto os olhos dos anjos ao despertarem.

— Nosso pai costumava nos trazer aqui para pescar em alto-mar. É estranho sem ele aqui — confessou Luin.

— Meu querido irmão, não pode se prender àqueles a quem tem afeto. O que fará você quando todos aqueles que você ama se forem?

— É uma pergunta que, sem dúvida, não posso responder sem pensar. — Fez uma pausa. — Aprontávamos para buscar a aprovação de nosso pai, visando ser o filho favorito... besteira. Tudo em vão! Somos uma família, não importa quem está no trono de nossa casa. Você, nossa mãe e Talior são tudo o que me sobrou, tudo o que amo agora.

Hanna sorriu.

— Venha, vamos para o quarto real, quero lhe mostrar uma coisa — convidou, passando a mão na coxa de seu irmão.

Hanna o levou para o piso inferior e trancou o quarto. Serviu a Luin uma taça de seu vinho favorito, Safra do Vale. Encantado e excitado estava Luin, já acostumado com o incesto que cometia com a irmã em segredo. Duas taças ele tomou enquanto Hanna bebia apenas do barril de cerveja.

A princesa então se livrou de seu vestido, desnudando diante de Luin seu belo e sedutor corpo. Os seios fartos fizeram com que Luin direcionasse totalmente a atenção para eles e, pela excitação, tomou toda a taça de uma vez. Ora, antes que pudesse se divertir com a irmã, sentiu um incômodo em sua garganta, arranhões e catarros grossos. Tossiu algumas vezes de início, porém, logo se deu conta: havia sido envenenado. Enquanto se retorcia de dor e quebrava todos os móveis e decorações do quarto ao tombar para todos os lados, Hanna permanecia parada, com um sorriso no rosto.

Traído pela própria irmã, Luin pegou sua espada, e Hanna fez o mesmo. No entanto, a batalha não seria justa, pois Luin já estava cego pela morte. A visão começou a escurecer, e Hanna desarmou o irmão e o amarrou aos pés da cama, dando-lhe um elixir à base de ervas e águas sagradas, para retardar o envenenamento.

— Maldita! Por que isso? — perguntou Luin.

— Não esperava que fosse coroado e eu ficasse apenas olhando, não é mesmo? Essa coroa é minha, e sorte a sua que o bracelete ainda não foi dado a você, pois precisa esperar até a grande festa. — Ela pausou, avaliando as próximas palavras. — Você estaria morto agora, pois eu o teria matado nos corredores do castelo se estivesse sob a posse do bracelete.

— E qual será a mentira que contará? Você não tem escapatória, todos vão saber o que fez aqui. E meus guardas lá fora? Você está perdida! — disse, tossindo.

— Comprei todos, é claro. Eles já sabiam de sua morte desde o momento em que subiram a bordo. — Ela colocou o vestido e pegou uma tocha presa à parede. — O que direi é bem simples: estávamos pescando e houve um acidente no piso inferior, uma tocha caiu no chão pelas ondas que o barco enfrentou e ela rolou até o depósito de rum e pólvora, provocando uma grande explosão. Infelizmente, nosso rei estava em seus aposentos, no piso inferior, e com certeza não sobreviveu. Ninguém sobreviveu, exceto eu — explicou enquanto passava a tocha por diversas partes do vestido, queimando-o aos poucos, assim como a pele.

Hanna tomou a coroa de seu irmão e a levou consigo. Ao subir ao convés, um bote já estava pronto para partir, foi quando Hanna deu a ordem que os guardas acendessem uma trilha de pólvora até o depósito de rum, para que a explosão ocorresse. E foi exatamente o que aconteceu.

Ora, não havia outros botes, e os guardas pulariam no mar, com a promessa de Hanna que viria outro barco pouco tempo depois para buscá-los. Estavam completamente enganados. A trilha queimou rápido demais, e, antes que os guardas pudessem se jogar no mar, o depósito explodiu, fazendo com que o barco naufragasse e não sobrasse uma alma viva sequer. Os dois guardas que acompanhavam Hanna foram mortos pela princesa, duvidosa de sua lealdade e silêncio.

Ao chegar à encosta da Fenda Valiosa, encontrou guardas reais de Istíria, que ela mesmo havia convocado. Estes a acompanharam de volta ao castelo com carruagem real. Ao chegar à sala do trono, encontrou sua mãe.

— Onde está Luin? — indagou Sarah, ao notar que o filho não a acompanhava.

— Um trágico acidente fez com que o barco explodisse e Luin falecesse, para nossa infelicidade — inventou, chorando lágrimas de mentira.

— Sua maldita criatura! Você fez isso! Conheço sua cobiça pela coroa e seus ardis contra nossa família! Como você pôde... assassinar seu próprio irmão?! — confrontou aos prantos.

— Eu não fiz isso, eu juro! Foi um acidente! Eu tentei salvá-lo! — Tentava convencer a todo custo a mãe.

— Sua mentirosa desgraçada! Se pensa que ficará com essa coroa, está enganada! Eu guardarei o trono para Talior, pois você não se sentará aqui!

Sarah ordenou que os guardas reais retirassem a coroa das mãos de Hanna e a entregassem para ela. De Hanna surgiu um ódio mortal contra sua própria mãe.

— Sei que vai tramar algo contra mim! E pode ter certeza de que os guardas que você comprou para conspirarem a seu favor serão enforcados! — Virou-se para os guardas que estavam na sala do trono. — Guardas, procurem todos aqueles que acompanharam a princesa em sua pescaria e que a trouxeram para o castelo e os prendam!

Assim foi feito. Os guardas fiéis que serviam à rainha regente Sarah organizaram uma força tarefa e prenderam mais de dez guardas comprados por Hanna. Inclusive, a princesa foi mantida em cativeiro sob a ordem de sua própria mãe. Talior apenas presenciou a cena de sua irmã sendo levada para a masmorra. Mesmo Hanna implorando para que o irmão mais novo apelasse para o perdão e a misericórdia, alegando inocência, ele nada fez.

O rapaz guardou os ardis que sua irmã fizera para si mesmo, tal como o ato de incesto com seu irmão. No entanto, não almejava a coroa de Istíria, tampouco ser rei. Ora, era chegada a hora de Sarah ter muito trabalho para preparar o filho mais jovem para o reinado, mesmo que ele não desejasse.

30

A MELODIA DAS CINZAS

Arafel caminhava pelas estradas frias de Acáy e, ao passar ao lado da igreja, ouviu a oração de proteção vinda de uma voz fina e frágil. Ora, muito tempo havia se passado desde a morte de Pandora e a destruição da igreja, e, embora tivesse sido totalmente refeita, a madeira velha e suja era o que consagrava aquele local.

— Bem-aventurados aqueles que possuem sua fé elevada, pois ainda que na mais profunda escuridão, nunca estarão sozinhos. Kyne, Arkay, Ýris, Alduin, Cetiliah, Raklion, deem-me sabedoria e proteção.

Ao adentrar na igreja, encontrou James sozinho. O novo rei de Acáy decidiu se juntar ao garoto, pois sabia que ainda estava comovido com a morte de Fendrel. Ainda que tentasse consolar James, Arafel escondia a mais profunda dor pela morte de seu irmão, mostrando tê-la superado. Sentimentais eram os anjos quando a morte de um parente vinha à tona. Especialmente de seu líder, o qual sempre fizera o possível para o povo prosperar.

Depois da morte dos reis, não se teve notícias dos conselheiros de Hiren-gaal, pois fugiram de suas províncias e foram dados como traidores. Os ventos contavam que foram vistos cavalgando para o oeste, com nova identidade e destino.

— Fico feliz que tenha se aproximado dos Divinos, James. Isso lhe trará bênção — disse Arafel, aproximando-se pelo grande tapete vermelho da igreja.

— Diga-me, Arafel, por que a única igreja de uma cidade grandiosa como esta nunca está cheia? — o garoto questionou, levantando-se e se virando para Arafel.

— Já deve ter ouvido essa história, mas a igreja de Acáy foi construída antes mesmo de qualquer muro de Acáy ser levantado. No início, a habilidade de dar vida era mágica e milagrosa e foi com ela que meu pai despertou, junto com os segundos filhos, nos pés das Montanhas Brancas. Mas esta igreja... — Contemplou-a com brilho em seus olhos. — Esta igreja é o local mais sagrado de Essenia. Valindra cumpriu sua missão a mando dos Divinos bem aqui... Arkay criou a forja celestial para forjar Tempestade de Gelo bem aqui. Bom, a única vez que vi esses bancos lotados foi quando Fendrel assassinou Pandora diante da estátua dos Seis, que ela havia zombado e destruído.

— Os anjos que estavam aqui naquela manhã, eles sabiam o que Fendrel iria fazer?

— Difícil dizer, James, mas a igreja de Acáy nunca fica cheia apenas por adoração.

James abaixou a cabeça e pôs as mãos para trás, pensativo e com semblante de tristeza. Pensava constantemente em Vincent e no que havia feito. Naquele mesmo instante, os portões da igreja de Acáy se abriram com força, fazendo um grande estrondo. Era Lauren, banhada em lágrimas e amargura. Atrás dela vinha Wald, abraçando-a por trás enquanto a jovem elfa berrava pedindo resposta aos Divinos. De fato, Lauren havia enlouquecido. Talvez não tivesse aceitado o destino de Vincent e se recusava a viver com aquilo.

Arafel se aproximou de Lauren e pôs a mão em sua cabeça, o que fez com que o silêncio voltasse a reinar naquela igreja. Lauren se ajoelhou e ficou parada feito uma estátua. As lágrimas agora caíam lentamente enquanto guardava a agonia dentro de si.

Arafel libertou as asas brancas como a neve, assim como fora a de seu irmão, assim como fora a de seu pai em seus dias de glória. Arafel se ajoelhou diante de Lauren, e ambos trocaram olhares. Os de Arafel reluziam através de uma luz branca e faziam com que Lauren se maravilhasse, chorando de emoção.

— Todos temos de passar por momentos difíceis um dia, Lauren. A vida é assim, uma hora acordamos ao lado de quem amamos, pescamos juntos, descobrimos lugares juntos; e em outra, essa pessoa se esvai, sem dizer adeus. Sei a dor que está sentindo, pois dela já enchi meu coração. Os anjos podem não expressar muito os seus sentimentos, exceto Uriel, que transborda sentimentos com uma facilidade incrível, mas eu já tive meu coração partido uma vez. *Ela* era tudo para mim. Quando suas asas me cobriam, eu me sentia seguro, confortado, tão seguro que nem mesmo Malogh, com todo seu exército, me faria soltar de seus braços.

— E o que aconteceu com ela? — perguntou Lauren. — Como se chamava?

— Ela simplesmente desapareceu — revelou, ignorando a outra pergunta. — Nunca ninguém mais soube dela. Tínhamos planos juntos, ela seria minha princesa, e um dia reinaríamos juntos. No dia de minha coroação, não pensava em mais nada senão nela. Naquele dia, descobri que estava enganado minha vida toda.

"Estava certo de que havia superado sua ida, sua traição. Mas eu estava errado. Não havia superado nada. Sua aparência não havia saído de minha memória, nem seu cheiro, nem o toque de sua pele, nem o brilho de suas asas... Eu achava que tinha seguido em frente há muito tempo, mas, na realidade, eu estava no mesmo lugar, parado no tempo.

"Tome minha dor como lição, Lauren. Pois se até os anjos têm seus corações partidos, o que será das outras raças? A ida de Vincent lhe deixará mais forte, mas tem de controlar sua força. Você é uma bela mulher. Enfrentou Aimir II em sua ira contra os elfos negros apenas para se juntar a Vincent e sua tarefa. É mais corajosa do que imagina."

Arafel deu um beijo na testa de Lauren e limpou toda a amargura que estava sentindo, trazendo de volta a felicidade que havia partido. James pegou a mão de Lauren e a levou para caminhar em Acáy, a fim de distraí-la. Wald observou os dois se afastando, para que pudesse conversar a sós com Arafel.

Fez uma reverência.

— Meu rei.

— Wald, grande amigo, que notícias me traz?

— As mais preocupantes, para minha infelicidade. Faz algum tempo que Malogh foi destruído. No entanto, sabemos o que Azrael fará com Vincent.

— Sim, ele tem a marca de Malogh. Sendo assim, tem o mínimo de seu poder em seu corpo.

— Agora que o império está livre, nossas chances de sucesso em uma guerra contra o Senhor da Morte diminuem, pois não temos alianças. É questão de tempo até que Azrael transforme Vincent em uma arma sombria.

— Maldito Azrael! Ousa superar os Divinos, seus irmãos! O que faremos, Wald?

— Se conheço bem os rituais proibidos, Azrael tocará a *Melodia das Cinzas* para Vincent, uma espécie de rito de passagem. Isso fará com que Vincent absorva o poder da morte.

— Pode descobrir onde eles estão? — indagou Arafel.

— Rondarei Hiren-gaal com o lobo-dos-ventos e farei o que for possível.

— Conversarei com Aimir, então. Temos de impedir Vincent antes que o ritual seja feito.

— Você quer dizer...

— Não há outra escolha, Wald... Vincent tem de ser assassinado.

•

Aos olhos de Vincent, o Monte Libellen estava maior do que sempre foi, pois de cima conseguia ver as nuvens. Uma forte tempestade caía, e Azrael permanecia sentado em seu trono de ossos. Vincent não tinha mais inocência em seu coração, tampouco se importava com aqueles que conhecia e que um dia amara. Lauren não vinha em seu pensamento, nem James, pois Azrael havia tirado de si a felicidade e as memórias felizes.

— Vai me explicar o motivo de ter corrido feito um covarde quando Fendrel o jogou dos pilares, Vincent?

— Eu não consegui, não iria conseguir. Fendrel estava destinado a cumprir aquela missão, ele que deveria destruir Malogh.

— Poupe-me de suas desculpas. Você ainda está fraco e, por essa razão, está na hora de dar um passo à frente.

— O que quer dizer?

— Um rito há de ser feito, Vincent. Para que se transforme em um ser poderoso, preciso que faça uma última tarefa.

— O que desejar, Senhor da Morte.

— Terá de velejar para uma ilha esquecida de nordeste, a qual todos que tentaram chegar lá tiveram seus barcos naufragados pelas ondas ou pelas criaturas ancestrais que habitam aquelas terras.

— A Ilha dos Heróis — concluiu Vincent.

— Lá, encontrará as asas do esquecimento. Traga-as para mim.

— Isso me dará poder? — perguntou ganànciosamente.

— Dará muito mais que poder, Vincent. Dará poder celestial. — Ele se levantou de seu trono. — No entanto, você precisará de mais força para conseguir chegar à ilha, eu lhe darei minha bênção.

Ele tirou debaixo de sua manta negra e escura a foice mortal e a fincou no peito de Vincent, transferindo parte de seu poder a ele, tornando-o ainda mais sombrio e poderoso que antes. Contou ao Fantoche, como chamavam Vincent agora, que nas encostas do monte seu barco o esperava, junto de cem servos da escuridão decadente. Vincent, então, partiu para sua última missão, buscando obter ganànciosamente o poder e servir a morte como ela desejasse.

Vendo-o pela segunda vez, o grande barco da morte, Vincent se lembrou de quando velejaram até as Terras Corrompidas e recordou de James, pois naquela época era um homem bom. No entanto, seu pensamento logo foi engolido pela maldade e ganância. Subiu a bordo do barco com velas pretas, velhas e rasgadas. O piso superior, assim como o inferior, estava repleto de seres que já tinham sido homens, mas que agora estavam deformados, escondendo a aparência em armaduras e elmos de ferro enferrujado. Estes serviam a Vincent. O barco partiu para os mares, em direção à gloriosa e lendária Ilha dos Heróis, na qual as pessoas temiam pisar.

31

A SUPERIORIDADE QUE NÃO TEMOS

Através das janelas reluzia o brilho laranja do fogo enquanto Evendros e Soram se escondiam atrás de cogumelos gigantes, a fim de não serem vistos pelos homens de fogo. Seria impossível passar pela longa ponte de mármore da fortaleza sem serem vistos, então Soram bateu o martelo no gramado, tocando em Evendros, tornando-os invisíveis. Abençoado era Soram, que carregava consigo habilidades incomuns para qualquer ser que já habitara Essenia. A invisibilidade era uma magia desconhecida até pelos mais poderosos magos e bruxos de Essenia. Juntos, os dois atravessaram a longa ponte e adentraram à fortaleza antiga.

Logo no saguão principal, havia dezenas das criaturas com corpos de centopeia e garras de ferro, nunca vistas por Evendros. Soram revelou que eram chamados de maavika, criaturas que habitavam as profundezas da terra, como os insetos de Limite Sombrio, além de serem extremamente venenosos. As maavikas estavam mortas, queimadas e dilaceradas.

Eles exploraram a antiga fortaleza, que tinha os corredores silenciosos e quentes, e, por desventura, encontraram os primeiros homens de fogo. Como dito, eles tinham cabelos chamuscados que pingavam lava e magma. As armaduras queimavam com o fogo infernal e as espadas chamuscavam a chama negra. Evendros temeu mais do que já temera qualquer coisa. Sua invisibilidade não fazia mais efeito por causa do medo que demonstrava.

Soram disse para que não temesse, pois, mais do que assustadores e amedrontadores, eles eram frágeis. A única coisa que parava o fogo, além da água, era o poder divino. Soram bateu com seu martelo reluzente e fez com que a criatura se transformasse em cinzas, esvaindo-se com o vento. Evendros se sentiu tolo por subestimar uma criatura tão frágil, e, quando os outros ouviram o bater do martelo no ferro quente, vieram atrás dos dois.

Evendros e Soram destruíram muitos deles com golpes majestosos e logo fugiram para o topo da fortaleza. Após subirem uma escadaria diagonal por fora da fortaleza, que os levava ao topo, adentraram uma sala aberta e espaçosa. Um grande tapete vermelho se fazia presente no centro dela, este reluzia em chamas. No final do tapete, havia um pedestal que fez com que Soram corresse com grande esperança, mas, ao chegar, notou que estava vazio.

Logo ouviram passos pesados vindo da escadaria, e o som de metal sendo arrastado pelo chão. A porta se abriu sozinha e as chamas se tornaram mais altas e mais fortes, e ali se fez presente o maior dos homens de fogo, chamado de Vigia. Seu tamanho era de três metros e carregava uma espada longa de carrasco feita de metal, encantado com chamas infinitas. A armadura de aço, tal como a capa, reluzia o brilho infernal do fogo.

Sobre a cabeça de Vigia, com um brilho e destaque maior que a lava que respingava, havia uma incrível coroa de diamante, artefato roubado dos anões e que Soram buscava há tempos.

No tempo da ascensão dos anões, aquele que portasse a coroa de diamante teria todos os anões a seu dispor. No entanto, apenas um deles teve a honra de colocá-la na cabeça, o grande rei da fortaleza antiga, agora morto.

— Essa coroa não lhe pertence e este lugar não lhe pertence, criatura! Desapareça! Volte para o fogo! — Soram berrou, apertando firme o martelo em sua mão.

A criatura não disse uma palavra e continuava indo em direção aos dois, que se dividiram e duelaram contra o Vigia. Alto e vantajoso era o líder dos homens de fogo daquela fortaleza. Evendros manejava a lâmina com o maior desempenho e esperança que jamais tivera. A bênção que caía sobre ele, fazia-o acreditar que a luz sempre venceria.

Cinco falcões adentraram a fortaleza antiga e, embora fossem gravemente feridos ao atacar a criatura que chamuscava fogo e lava, as aves deram grande vantagem aos dois aliados. Um dos falcões trazia consigo um pequeno frasco circular de cor esmeralda. Dentro dele, havia diversas sementes e estas reluziam um brilho esverdeado e branco, tão forte que iluminaria um túnel no escuro.

Jogou-o para Evendros, que contemplou curioso o item e logo o abriu, libertando três daquelas sementes, jogando-as ao chão. Milagrosamente, cresceram três grandes e belíssimas treants de Melóra, as criaturas magníficas da floresta feitas de troncos e galhos. As criaturas partiram para o combate contra o Vigia, lançando de suas mãos galhadas e cipós feito cordas, a fim de prender o inimigo e o mobilizar.

O poder de fogo do Vigia fez com que as treants viessem a falecer, por causa do calor de seu corpo. De qualquer modo, Evendros e Soram destruíram a criatura, fazendo-a cair de joelhos. Evendros desferiu um golpe em seu pescoço antes que pudesse se deitar morto e decepou sua cabeça flamejante. A cabeça rolou pelo tapete e a coroa se separou, caindo aos pés de Soram.

— A relíquia de meu povo, pois, mesmo que todos tenham partido, não será esquecida tão facilmente, não se depender de mim.

— Agora você tem o que sempre buscou. O que pretender fazer? — perguntou Evendros.

— O salão de Barguldul foi destruído, os magos e bruxos logo descobrirão Limite Sombrio, pois é uma questão de tempo para que a notícia se espalhe e povos distantes venham dominar estas terras. — Suspirou profundamente. — Devo deixá-las e partir para um novo destino.

— Não pode simplesmente deixar sua terra para que os outros a tomem, não é o que um rei faria, Soram!

— Não sou um rei, luz de Kyne. Sou um guardião. Tenho a coroa e a guardarei. Não tenho mais propósitos aqui. — Dizendo isso, ele largou o martelo e escudo e caminhou até uma das janelas da fortaleza, admirando a beleza de seu mundo.

A fim de aconselhar Soram e fazê-lo mudar de ideia, Evendros pegou o martelo, e, antes que pudesse levá-lo para Soram, uma luz incomum reluziu da arma, um brilho mais forte e mais potente. A joia cravada no martelo respondeu ao toque de Evendros, o abençoado por Kyne. A luz se espalhou por todos os cantos da fortaleza antiga e varreu as impurezas que lá havia, destruindo todos os remanescentes dos homens de fogo.

— Parece que alguém encontrou um novo dono — disse Soram.

— Isso não faz sentido, não posso ficar com ele.

— Ele respondeu a você, Evendros. Eu partirei destas terras, não tenho motivo para levá-lo comigo. A joia cravada nesse martelo tem grande poder divino. Junto à sua bênção, você trará grande alegria ao mundo. Kyne o escolheu, não o decepcione. Você tem a natureza e os animais a seu favor e um poder que não imagina.

O martelo de Soram havia passado para Evendros, que se mostrou à altura de manejar a arma, uma vez que havia sido abençoado por um Divino. O que estava por vir para Evendros mudaria o rumo do mundo, pois sua província se tornaria ainda mais bela e magnífica, e Fhalsreach se tornaria assunto e comentário até nas terras do oeste. Evendros pegou o escudo, pôs nas costas e seguiu Soram até um alçapão de ouro no primeiro piso da fortaleza. Disse para que o rei permanecesse distante e que tomasse cuidado. Ao abrir o alçapão, centenas de criaturas robotizadas saíram em forma de aranhas, maavikas e esferas. Obra dos anões em seus tempos de glória. As criaturas obedeciam quem portasse a coroa de diamante e assim ficaram à disposição de Soram.

O guardião ordenou que construíssem um elevador e que elevassem Evendros de volta aos salões de Barguldul. As criaturas dilaceraram o minotauro já morto para que pudessem levar suas partes para outro lugar. Incríveis engenhosidades feitas pelos anões, pois em pouco tempo construíram um majestoso elevador de mármore e ouro, dando passagem para o mundo superior e inferior através de uma simples alavanca.

— Aqui nos despedimos, rei de Fhalsreach — disse Soram, vestindo uma cota de couro com uma manta encapuzada.

— E quanto às criaturas? — perguntou, referindo-se aos robôs.

— Eles não responderão a ninguém, terão a vida própria. Agora que os libertei, vagarão pela imensidão destas terras.

— Eu agradeço pelo martelo.

— Eu que agradeço por me ajudar a recuperar a relíquia do meu povo. — Ele apertou a mão de Evendros. — Você é abençoado, Evendros. Que a luz de Kyne permaneça sempre em seu caminho.

— Que os ventos te guiem, meu amigo — Evendros se despediu.

Assim, partiu Soram, o último guardião dos anões, para o oeste. Nunca havia estado no mundo superior, mas tinha certeza de que Hiren-gaal não era seu destino, pois conturbado era o continente. Soram, no resto de sua vida, procurava paz.

Evendros suspirou fundo enquanto observava o guardião caminhando com as mãos para trás, cabisbaixo. Logo, concentrou sua atenção no martelo, que nem sequer sabia se tinha nome. O rei sabia que havia um plano a ser cumprido.

32

HERANÇA ESQUECIDA

Longos foram os dias velejando nos mares de Alduin, pois o mar naquela parte do mundo se fazia encantado, ou amaldiçoado, de modo que a viagem demorou mais do que deveria. O mar trazia consigo ilusões e puxava o barco de volta a um caminho já percorrido.

O barco parou bruscamente no meio do mar, como se tivesse batido em algo. Vincent dava a ordem para que os servos remassem, mas o transporte não se movia. Os céus se fecharam com nuvens negras e trovoadas repentinas e, em seguida, uma forte tempestade os alcançou. Raios caíam perto do barco, e todos ficaram aterrorizados, exceto Vincent, que permanecia parado na ponta do convés.

Foi quando uma grotesca fera dos mares surgiu, retirando o barco dos mares e o levando às alturas. As serpentes abocanhavam umas às outras com tamanha violência e insensatez, enquanto a própria fera rugia alto com o som de cinco tempestades no mesmo oceano. No convés, surgiu Absalom, saltando dos mares.

— Ousa velejar por este lado do oceano? Pois é um tolo! Você carrega consigo uma parte do poder de Azrael, e eu o quero para mim. Cansei de esperar por aquele mentiroso traiçoeiro. Isso acaba aqui.

— Isso não acaba aqui, amaldiçoado dos mares. Isso está apenas começando — respondeu Vincent em tom de soberba, desembainhando a espada.

— Ousa me desafiar? Patético! — berrou, soltando altas gargalhadas que ecoaram pelos mares.

— Eu duelei com seu irmão Daélius, no Oblivion, e não hesitarei em derrotá-lo da mesma forma.

Vincent não temia a morte naquele momento, pois ela era sua aliada. Foi ouvido, do alto Monte Libellen, o toque de uma harpa decadente e sombria acompanhada de um canto, como se fossem corvos cantando em coro com crocitos sincronizados. O canto das cinzas teve vida, e a sombra no coração de Vincent se tornou mais intensa, abrindo espaço para que a própria morte saísse de seu corpo, surpreendendo Absalom, que ameaçava destruir os servos de Azrael sem ele saber.

Enfurecido, Absalom partiu para enfrentar Vincent, lançando a âncora de suas costas contra o cavaleiro. Por todas as vezes que fora lançada, Vincent se esquivou e, na última vez, partiu a âncora ao meio com uma força descomunal.

O duelo entre os dois não durou muito, quando Azrael interveio. Avançando com sua larga foice, ele abriu o peito do amaldiçoado, fazendo com que Vincent retirasse o coração de seu peito, que ainda batia. A fera dos mares, embora ainda forte e feroz, soltou o barco e rugiu ainda mais fortemente, desaparecendo dos mares como um tornado que varre uma cidade.

Absalom não havia sido morto, mas recuara em extrema vergonha para Nórinon, de onde havia saído, pois seu poder havia se esvaído e estava completamente fraco. Vincent guardou consigo o coração de Absalom e continuou sua viagem.

A morte desapareceu junto da luz do dia, sem dizer nenhuma palavra.

Finalmente Vincent avistava a ilha ao longe. No caminho à frente, dava-se para ver muitos barcos naufragados e milhares de gaivotas sobrevoando em volta deles. A temperatura era mínima, sendo mais frio que Acáy e Arcádia. Nevava tão fortemente como nunca havia presenciado. Ao ancorar o barco nas encostas da ilha, Vincent se vestiu adequadamente para a temperatura do local. Havia um armário cheio de roupas no piso inferior do barco. Vincent deixou a armadura de ferro e vestiu uma armadura de couro acolchoado, seguido de mantos felpudos, botas grossas e luvas.

Ele se deparou com morsas agressivas, com presas tão afiadas quanto as de um tigre. A ilha, embora não muito grande, era repleta de montanhas e florestas de pinheiros, cobertas de neve e solidão. Completamente perdido, o cavaleiro caminhou por longos dias até escalar a mais alta das montanhas e avistar do topo manchas de sangue. As manchas eram recentes, e Vincent ficou intrigado. Elas seguiam um rastro para atrás das montanhas, onde havia colinas de gelo. Ele pediu para que seus servos voltassem para o barco e o vigiassem para que conseguissem retornar em segurança. Enfrentou a tempestade de gelo bravamente, já consumido pelo frio e a neve.

Ora, depois de caminhar por tanto tempo, avistou algo em meio à forte nevasca que atrapalhava sua visão. Uma construção feita de madeira no topo de uma colina. O homem conseguiu se aproximar o bastante e ter a certeza de que aquilo não era imaginação. Definitivamente havia um chalé nos confins do mundo. Bastava saber quem seria corajoso o suficiente para fazer moradia ali.

O cavaleiro girou a maçaneta lentamente e adentrou. Era um humilde lar, havia uma bela lareira iluminando o ambiente e disposta a esquentar corações. Tudo estava organizado e arrumado. Enquanto Vincent admirava o local, levantou-se de uma poltrona próxima à lareira um velho senhor, que parecia estar em sua idade máxima, segurando um livro antigo, vestindo um manto longo cinza.

— Como é possível um velho como você sobreviver a esta temperatura? — perguntou Vincent.

— Como veio parar aqui? — retrucou o velho.

— Tenho uma tarefa a ser realizada.

— E que tarefa seria essa, senhor...

— Vincent, meu nome é Vincent.

— Certo, Vincent. Qual é sua missão aqui? Talvez possa lhe ajudar...

— Eu preciso das asas do esquecimento — contou.

O velho levantou as sobrancelhas e fechou o livro que segurava.

— As asas do esquecimento? É por isso que veio? — questionou, coçando a cabeça.

— Como posso consegui-las?

— Só uma pessoa desejaria esse artefato, e creio que ela não pode ser chamada de "pessoa". Está se envolvendo com Azrael?

— Isso não importa. Dê-me as asas — exigiu com voz raivosa, enquanto o fogo da fogueira se tornava fraco, quase se apagando.

— Se as deseja, deverá se sentar e esperar. — O velho voltou a se sentar em sua poltrona, tremendo e tossindo. — Não as possuo.

Vincent fez conforme foi sugerido, esperando impacientemente, mas nada acontecia. A identidade do velho ainda era um mistério, pois ainda que Vincent perguntasse quem ele era, o senhor não responderia. Horas haviam se passado e Vincent, impaciente e cansado de esperar, levantou-se com intenções violentas. Foi quando ouviu um grande barulho vindo do lado de fora e a tempestade de gelo acalmou.

O velho foi o primeiro a sair para fora, seguido por Vincent. Diante dos dois estava um senhor tão velho quanto o que residia no chalé. No entanto, em vez de cabelos cinzentos como os dele, o outro senhor possuía longos cabelos brancos. Vestia uma túnica branca e azul e em suas costas havia lindas asas, maiores e mais brancas que as de qualquer outro anjo... e só uma pessoa poderia tê-las.

— Findrath? Como é possível? — perguntou, boquiaberto.

— Vincent? Já faz um bom tempo, não? — disse com um sorriso.

— Por que veio para cá? Por que se escondeu de todos, até de seus próprios filhos?

— Ele deseja as asas do esquecimento, meu senhor — interrompeu o velho.

— Ah, mas é uma decepção, não é mesmo, Timmóteo? Não é possível pegar as asas do esquecimento.

— Timmóteo Eul?

Vincent estava cada vez mais surpreso com a descoberta de dois seres lendários do leste, dados como mortos há muito tempo.

— Você veio aos confins do mundo, suportando o maior frio existente, a fim de buscar um artefato tão valioso para... o Senhor da Morte? — Parou. — Sinto muito, Vincent, mas não entregarei minhas asas assim tão facilmente.

Vincent estava abismado ao descobrir que as asas do esquecimento eram, na verdade, as asas de Findrath, e havia ficado ainda mais ao saber que Findrath estava vivo. Contudo, em momento algum sentiu desprezo por sua tarefa, pois, se tivesse de arrancar as asas das costas daquele que um dia fora seu melhor amigo, assim seria.

— Isso não tem de ser assim, Findrath. Você está velho e não tem armas a seu favor.

— Eu prefiro morrer a entregar minhas asas de bom grado para o senhor mais sombrio e maligno de Westonia! — respondeu, batendo as asas e subindo aos céus.

— Então que assim seja. — Dizendo isso, Vincent desembainhou sua espada.

De imediato, o cavaleiro tentou assassinar Timmóteo, mas foi agarrado por Findrath, que o lançou para longe, dando a oportunidade de Timmóteo fugir para o chalé. A tempestade de gelo voltou ainda mais forte e devastadora, cegando Vincent e o fazendo atacar tudo à sua frente. Findrath desapareceu em meio à tempestade de gelo e logo desceu em rasante tão rápido quanto um raio atinge a terra. Ainda que muito velho, Findrath era astuto e devastador, e suas pancadas em Vincent faziam com que o cavaleiro se cansasse de lutar.

Ora, o sol se levantou até o céu, iluminando aquela terra, possibilitando a visão clara dos voos de Findrath para o cavaleiro, que em sua destreza, conseguiu agarrar os pés do anjo em uma tentativa de golpeá-lo. Vincent o jogou contra o chão, pisando fortemente em suas costas, agarrou uma das asas de Findrath com a mão esquerda e a cortou sem pensar duas vezes. Fez o mesmo com a outra.

Findrath gritou tão forte que fez com que toda a tempestade terminasse drasticamente. O corpo de Vincent se banhava com o sangue puro de Findrath, tal como a túnica branca do antigo rei. Um dos piores pecados do mundo era cortar as asas de um anjo, assim como ocorreu com Fendrel durante a Guerra Dourada.

— Aqui está uma mancha de heresia digna — falou, contemplando a lâmina molhada com sangue puro.

— Eu não temo nenhum mal! — gritou Findrath, em grande agonia.

— Fendrel disse a mesma coisa minutos antes de ser morto pelas mãos da morte — zombou.

— Fendrel, não! O que se tornou, Vincent? Eu não o criei e o treinei para se tornar isso. Um mero fantoche inútil. O que Azrael lhe prometeu? O que ele fará quando você falhar com ele, assim como Malogh fez?

— Não se preocupe, velho. Você me foi útil quando teve de ser. Daqui para a frente, eu assumo.

Vincent virou Findrath de barriga para cima e fincou a lâmina no estômago do anjo tão profundamente que Findrath não conseguiu dizer nenhuma palavra. O cavaleiro fitou o chalé e decidiu deixar Timmóteo abandonado, pois já tinha o que precisava. Ele carregou as asas do esquecimento consigo até a praia onde havia atracado. Ele e seus servos subiram a bordo do barco da morte e velejaram de volta para Libellen.

Durante a viagem, Vincent tirou debaixo de seu manto o coração de Absalom, que havia tomado do príncipe amaldiçoado enquanto velejava para a Ilha dos Heróis. Ao apertá-lo fortemente, Vincent conjurou a fera dos mares com suas serpentes renascidas. A fera respondia agora a Vincent, pois ele era o dono do coração negro. A chave maior de Absalom. O cavaleiro contemplou longamente a gigantesca fera dos mares.

Vincent ordenou que a criatura os levasse com rapidez até Libellen e assim foi feito. A fera encantou os mares em que Vincent navegava, tornando seu caminho mais rápido, velejando em velocidade maior.

Assim que chegaram ao Monte Libellen, a fera desapareceu nas profundezas dos mares. Vincent subiu os seis mil degraus carregando consigo as asas de Findrath, seguido por seus servos obscuros. Azrael se encontrava em seu trono de ossos, ansioso e maligno.

— Fez um bom trabalho, Vincent.

— Por que não me disse que Findrath estava vivo e que as asas eram dele? — gritou, raivoso.

— Isso importa? Findrath está morto agora, não?

— Não tive escolha, ele não entregaria as asas — afirmou, jogando-as no chão diante dele.

— Fique em cima delas, Vincent. Está na hora do último rito.

O Senhor da Morte se levantou de seu trono. Azrael colocou a mão em seu próprio peito e dele retirou pó e cinzas, jogando sobre Vincent, criando uma nuvem de fumaça sem fim, negra como a noite. Ele bateu as seis asas negras contra a cortina e, com sua harpa, proferiu a *Melodia das Cinzas*, concretizando o rito em Vincent. Uma tenebrosa tempestade se formou e trovejou tão fortemente que rochas do monte se romperam e vieram a rolar da montanha até o chão.

Azrael proferiu o que Vincent estava a se tornar:

— Você perderá tudo. Seu futuro, seu passado, nada mais terá sentido para você, mas não vai se importar com isso.

Quando, enfim, a cortina de fumaça se esvaiu, Vincent não era o mesmo que antes fora, nem de aparência nem de pensamento. Seus olhos ficaram negros e sua pele, cinzenta. Os cabelos enegreceram e, em suas costas, haviam surgido duas grotescas asas com penas negras, que exalavam uma fumaça escura.

A *Melodia das Cinzas* havia sido completada e o rito maldoso estava concretizado. Vincent, o cavaleiro de outrora, jamais seria lembrado como cavaleiro, mas como o anjo da morte, tenente dos exércitos de Azrael.

— Você tem um único propósito, Vincent. Ajudar-me a adentrar no paraíso e derrotar meus inimigos.

— Sim. Qual será o próximo passo?

— Chega de nos esconder feito cães medrosos. Vamos atacar Acáy e dar origem à raça dos anjos negros. Se tivermos sorte, poderemos encontrar James e obter a chave do paraíso.

•

Comovido pela história de Arafel, Aimir, ainda que livre de alianças, uniu-se com os anjos uma outra vez com o propósito de destruir Vincent. O exército dos humanos se reunia no palácio de Acáy quando um forte temor foi ouvido. Com as lanças e espadas de prata em punho, todos ficaram atentos ao que poderia ser um possível ataque surpresa.

Arafel, junto de sua irmã Uriel e Aimir II, saiu na varanda da torre do castelo e olhou em direção à praia. O barco de Azrael estava atracado.

Foi o suficiente para Arafel ordenar que todos os anjos voassem até a beira da praia e cercassem o barco.

Nesse momento, a fera dos mares surgiu na praia, em grande tamanho e fúria, atacando os anjos e causando grande confusão. Arafel se juntou aos seus para defender o lugar, mas, para infelicidade da aliança, houve um ataque do outro lado da cidade.

Os servos de Azrael invadiram a cidade e o toque deles corrompeu todos os homens que tocavam, transformando-os em servos das sombras. Estes eram diferentes dos servos de Malogh. Sua aparência era de escuridão. E, mesmo que o elmo estivesse aberto, não se podia ver o rosto deles. O brilho resplandecente dos olhos era a única coisa possível de se enxergar naquelas criaturas. Moviam-se rápido, deixando vultos de sombra e temor por onde passavam. Uma batalha foi travada no palácio de Acáy, mas o pior ainda estava por vir.

Vincent adentrou vestindo uma armadura de ébano e uma capa negra, segurando em sua mão uma garrafa, contendo em seu núcleo uma forte luz avermelhada, sussurrante. Quando o anjo da morte abriu a garrafa dada por Azrael, antes de partir, o terror foi libertado. Andaroth, que não foi morto nem destruído com a queda de Malogh, continha a essência de Azrael.

As paredes foram destruídas com o tamanho da criatura, e o inverno se tornou infernal, pois a neve que caía dos céus foi substituída por cinzas da destruição de Andaroth, o Acorrentado. O tamanho dele era tanto, e sua fúria maior ainda, que varreu grande parte dos soldados de Aimir e dos anjos de Arafel.

Vincent libertou as asas negras e sobrevoou até a Praia Branca, onde os anjos tentavam conter a fera dos mares. Uma cortina de fumaça e névoa se fez a partir das asas negras de Vincent, e, ao atingirem os anjos de Acáy, corromperam-nos. Quando se levantaram, a pele pálida estava cinza-escura, e suas asas, que outrora eram brancas como as Areias do Destino do Palácio Vitorioso, estavam negras como o coração de Azrael. Ali, formou-se uma nova raça. Aquela era a arma que Azrael possuía para se fortalecer com o objetivo de adentrar no paraíso: os anjos negros. Entristecidos ficaram os anjos de Acáy por lutarem contra seu próprio sangue.

Folk veio das montanhas, atrás do castelo real, portando em uma mão sua espada de prata e na outra seu martelo de ferreiro. Abençoado era o martelo de Folk, contendo a luz e a força de Arkay e Valindra, e, ao desferir golpes com o martelo, seu raio de alcance foi triplicado, acertando todos que estivessem pelo caminho. Se fossem anjos, eram purificados e voltavam a lutar pela Cidade Santa, se fossem humanos, viravam pó.

Quando a luz do sol raiou sobre a terra, iluminando as sombras, viu-se nos mares milhares de barcos vindos pela costa norte, em direção a Acáy. Barcos nunca vistos, reforçados e maiores que os ancorados no Porto Cinzento. Trombetas foram tocadas assim como tambores, e o som que estes emitiam causava ondas e tempestades nos mares, fazendo com que a entrada fosse triunfal.

Era o exército dos elfos cinzentos, que havia abandonado o reino em Hältiat para vingar a filha assassinada, Pandora.

AGRADECIMENTOS

Gostaria de começar, primeiramente, agradecendo a uma pessoa que me ajudou muito e, se não fosse por ela, isso tudo talvez não tivesse sido possível. A mãe da minha filha, Karolaine Gonçalves. Durante diversas vezes pensei em desistir, pois o cansaço emocional tomava conta, principalmente pela situação em que eu e ela estávamos (só nós sabemos o que passamos). Minha querida, você foi essencial para o término desta obra e também por sua publicação. Apenas quero que saiba que sem você ao meu lado, nada disso seria mágico como é. Você tem a minha gratidão eterna.

Percebi que contos de fadas não só nos levam para outro mundo, como também são capazes de unir parentes distantes. Falo dos meus queridos primos, Felipe e Guilherme Fernandes, que, mesmo a centenas de quilômetros de distância, ao saberem da minha entrada no mundo da literatura fantástica, me apoiaram com as mais boas intenções. Aqui digo, como prova viva, que a literatura não só é conhecimento e entretenimento, mas também união. União de parentes distantes, que mesmo com as desavenças de suas famílias, apoiam algo em que acreditam do fundo de seus corações. Felipe e Guilherme, vocês fizeram parte disso, e eu tenho orgulho de vocês como bons filhos que são.

Por último, mas não menos importante, agradeço profundamente a todos aqueles que me incentivaram e acreditaram que seria possível. Aqueles do trabalho, que sempre me perguntavam: "E o livro? quando sai?". Devo admitir que, embora fosse engraçado e me enchesse de vergonha pela infeliz timidez que tenho, isso me incentivava a continuar a escrever meu próprio conto de fadas, que retrata a luta pela paz mesmo sem esperança e a união de povos com as mais complexas desavenças entre si.

Grupo Editorial
coerência

Esta obra foi composta na fonte ITC Legacy Serif,
tamanho 11,5 pt, e impresso em papel pólen soft 70g/m².
São Paulo, junho de 2020